R.L.Stine
Fear Street · Finstere Rache

Alle Taschenbücher der Reihe *Fear Street*:

Ferien des Schreckens
Stadt des Grauens
Straße der Albträume
Straße des Schreckens
Rache des Bösen
Schule der Albträume
Spiel des Schreckens
Nacht der Schreie
Opfer der Nacht
Klauen des Todes
Erbe der Hölle
Vermächtnis der Angst
Stimmen der Finsternis
Nacht der Vergeltung
Mörderische Verwechslung
Atem des Todes
Rache ist tödlich
Frosthauch des Todes
Spur des Grauens
Teuflischer Hass
Mörderische Freundschaft
Höllisches Vermächtnis
Gefährliches Vertrauen
Blutige Albträume
Finstere Rache

FEAR STREET

R.L. Stine

Finstere Rache

ISBN 978-3-7855-7779-0
1. Auflage 2013
© für diese Taschenbuchausgabe 2013 Loewe Verlag GmbH, Bindlach
Erschienen unter den Originaltiteln
Trapped (© 1997 Parachute Press, Inc.)
und *The New Girl* (© 1989 Parachute Press, Inc.)
Alle Rechte vorbehalten inklusive des Rechts zur vollständigen
oder teilweisen Wiedergabe in jedweder Form.
Veröffentlicht mit Genehmigung von Simon Pulse,
einem Imprint von Simon & Schuster Children's Publishing Division.
Fear Street ist ein Warenzeichen von Parachute Press.
Als deutschsprachige Ausgabe erschienen in der Serie *Fear Street*
unter den Titeln *Die Todesparty* (© 2011 Loewe Verlag GmbH, Bindlach)
und *Teuflische Schönheit* (© 2012 Loewe Verlag GmbH, Bindlach).
Aus dem Amerikanischen übersetzt von Sabine Tandetzke.
Umschlagillustration: Silvia Christoph
Printed in Germany

www.loewe-verlag.de

Die Todesparty

Der Mörder lädt zum Tanz

1

„Ich kann nicht glauben, dass ich hier bin", murmelte Elaine
Butler leise vor sich hin und lenkte ihren Civic um die tiefe
Pfütze herum, die sich bei Regen immer auf dem Parkplatz
der Shadyside-Highschool bildete.

Die Scheibenwischer schurrten über die Windschutzscheibe. Trotz Jacke und Sweatshirt fröstelte Elaine. Die Heizung
brachte auch nicht viel.

„Ich fass es nicht, dass ich tatsächlich an einem Samstag
hierherkomme", dachte sie.

Sie versuchte, sich einzureden, dass es ein Schultag wie
jeder andere war. Aber das stimmte nicht.

Nachsitzen war angesagt.

Wieder lief ihr ein kalter Schauer über den Rücken. Sie
parkte den Wagen und machte den Motor aus. Aber sie konnte sich nicht überwinden auszusteigen.

Der kräftige Wind peitschte den Regen gegen die Scheiben.
Durch das beschlagene Glas blickte sie auf die Shadyside-
Highschool. Das alte Gebäude ragte grau, kalt und verlassen
vor ihr auf. Die Fenster waren dunkel und der Parkplatz – bis
auf zwei andere Wagen – wie ausgestorben.

„Wie konnte ich nur so blöd sein?", fragte sich Elaine.

Sie erinnerte sich genau an den Moment – an die über-
mächtige Panik, als sie merkte, dass sie ihre Mathehausauf-
gaben vergessen hatte. Diese lagen fein säuberlich gelöst auf
ihrem Schreibtisch zu Hause. Leider hatte sie nur nicht mehr
daran gedacht, sie in ihre Schultasche zu stecken.

Ihr Lehrer, Mr Forest, hatte nicht viel Verständnis gezeigt.

„Das ist jetzt schon die dritte vergessene Hausaufgabe,

Elaine", sagte er, während er sich über den Schnurrbart strich und vor der ganzen Klasse in seinem Heft mit den Eintragungen blätterte. „Ja. Eins, zwei und drei."

Ein hämisches Lächeln spielte um seine Mundwinkel. „Er genießt das richtig", dachte Elaine bitter.

„In diesem Kurs sind drei Mal die magische Grenze. Pack deine Sachen zusammen und melde dich beim Direktor."

Ihre Klassenkameraden hatten während der ganzen Szene keinen Mucks von sich gegeben. Aber Elaine spürte ihre Blicke im Rücken, als sie den Raum verließ. Wahrscheinlich waren sie froh, dass es nicht sie getroffen hatte. Wenn man in Mr Forests Mathekurs zum dritten Mal die Hausaufgaben vergessen hatte, gab es kein Erbarmen.

„Glauben Sie mir, ich habe die Aufgaben gemacht", versuchte Elaine ihn umzustimmen. „Ich hab sie nur dummerweise zu Hause vergessen."

„Das ist wirklich schade", erwiderte Mr Forest mit unbewegtem Gesicht.

Elaine wusste, dass sie in Schwierigkeiten steckte. Sie hatte die Gerüchte gehört. Der neue Rektor, Mr Savage, hatte anscheinend einiges geändert.

Die alte Nachsitzregelung war seinen Reformen als Erstes zum Opfer gefallen. Nur zwei Stunden nach der Schule – das war ihm nicht abschreckend genug. Aber wenn die Schüler einen ganzen Tag für ihre Sünden büßen mussten ...

Damit war Mr Savages Idee geboren, die Schüler samstags in der Schule antanzen zu lassen.

„Und ich bin eins der Versuchskaninchen", grummelte Elaine vor sich hin, während sie durch die Windschutzscheibe starrte. Dann stieß sie einen tiefen Seufzer aus. Sie konnte ja nicht ewig hier sitzen bleiben.

Widerwillig schnappte sie sich ihren Rucksack und stellte sich darauf ein, durch den Regen zu sprinten.

„Sieh's doch mal positiv", versuchte sie sich aufzuheitern. „Wenigstens verschwendest du keinen schönen Tag."

Sie knallte die Autotür zu und rannte los. Es war nicht sehr weit bis zum Schulgebäude, aber die dicken Regentropfen kullerten wie winzige Eiskugeln ihren Hals hinunter.

Die Eingangstür wurde aufgestoßen, bevor sie nach der Klinke greifen konnte.

Elaine bremste so abrupt ab, dass sie auf dem nassen Marmor des Treppenabsatzes noch ein Stück weiterschlitterte. Für einen kurzen Moment erhaschte sie einen Blick auf eine bleiche Hand, die von innen gegen den breiten Bügel drückte.

Dann blickte Elaine in das Gesicht von Mr Savage.

Er hatte große, müde wirkende Augen und ausgeprägte Tränensäcke. Seine Wangen waren eingefallen. Irgendwie erinnerte er Elaine immer an einen traurigen Jagdhund.

Mr Savage öffnete die Tür noch ein Stückchen weiter. „Komm rein", sagte er.

Elaine zögerte nicht lange. Sie schüttelte sich einmal kurz, um die Regentropfen loszuwerden. Dabei versuchte sie, auf der großen Gummimatte hinter der Eingangstür zu bleiben. Wahrscheinlich würde Mr Savage auch Stress machen, wenn sie Wasser auf den Fußboden spritzte.

Der Flur lag im Dunkeln. Das einzige Licht kam aus dem Büro, das sich am anderen Ende des Gangs befand.

„Du bist die Letzte", verkündete Mr Savage. Trotzdem starrte er durch die geöffnete Tür nach draußen, als würde er noch jemanden erwarten. Obwohl es Samstag war, trug er einen schwarzen Anzug und eine Krawatte.

„Ist jemand gestorben?", hätte Elaine am liebsten gefragt.

Savage stieß einen tiefen Seufzer aus, spähte ein letztes Mal hinaus in den Regen und ließ die Tür zufallen. Dann richtete er den Blick auf Elaine.

„Mr Savage?", sagte sie.

Er hob fragend eine Augenbraue. „Ja?"

„Ich, äh … ich habe nicht so viel Erfahrung mit so etwas", erwiderte sie. „Was muss ich denn jetzt tun?"

Er warf ihr ein kaltes Lächeln zu. „Du hast bis jetzt noch nie nachsitzen müssen?"

„Nein."

„Du bist eine gute Schülerin, Elaine", stellte er fest. „Ich fand es merkwürdig, dass ausgerechnet du eine Strafe bekommst, deswegen habe ich einen Blick in deine Akte geworfen."

„Oh, oh", dachte Elaine.

„Hervorragende Noten", fuhr er fort. „Außerdem bist du in der Schülervertretung und im Laufteam und arbeitest bei unserer Schulzeitung mit. Was hast du denn angestellt?"

Elaines Wangen wurden heiß. „Ich habe drei Hausaufgaben in Mr Forests Mathekurs nicht rechtzeitig abgegeben", murmelte sie.

„Richtig, jetzt erinnere ich mich wieder." Savage nickte langsam. „Die dritte hattest du zu Hause vergessen, stimmt's?"

„Ja."

Elaine merkte, dass er ihr nicht glaubte. Warum sollte er auch? Schließlich logen ihn die Schüler jeden Tag an. Auch die guten.

„Ich hoffe, du hast nicht vor, das zur Gewohnheit werden zu lassen", sagte er trocken.

„Nein."

„Gut. Es wäre nämlich schade, deine gute Schulakte mit einem Haufen Nachsitzterminen zu verhunzen." Er seufzte wieder. „Sogar ich musste zu meiner Zeit ein paar harte Lektionen lernen. Sehr harte sogar."

Seine Stimme wurde leiser und verstummte schließlich

ganz. Elaine wartete darauf, dass er weitersprach, aber er blickte nur starr über ihren Kopf hinweg.

Elaine räusperte sich.

Daraufhin richtete der Rektor wieder seine Augen auf sie, allerdings schienen sie merkwürdig abwesend und entrückt. „Die anderen sind in Raum 111", sagte er. „Bitte geh jetzt auch dorthin."

Damit drehte er sich um und schlurfte zurück zu seinem Büro. Plötzlich sah Elaine ganz deutlich vor sich, wie sie wieder hinaus in den Regen schlüpfte und sich auf den Weg zum Einkaufszentrum machte. Ja! Das wär's doch, einfach den ganzen Tag dort zu verbringen. Ihre Freunde anzurufen und shoppen zu gehen. Und hinterher ihren Eltern zu erzählen, dass Nachsitzen gar nicht so schlimm war …

Doch das war nur eine verrückte Idee. Die Realität sah anders aus.

„So ein Mist", knurrte sie leise.

Dann schlurfte sie widerwillig durch den düsteren Korridor in Richtung Raum 111. Ihre Schritte hallten in dem leeren Gang. Der Klang erinnerte sie daran, dass sie hier ganz allein war. Dass sie keinen hatte, mit dem sie reden konnte. Nichts außer Regen und langweiligen Extraaufgaben – einen ganzen Samstag lang.

„So lange ich lebe, werde ich nie wieder eine Mathehausaufgabe vergessen", schwor sie sich und zog sich die Jacke fester um die Schultern, um das hartnäckige Frösteln zu vertreiben.

Es würde ein langer Tag werden.

Noch hatte sie keine Ahnung, wie lang – und wie gefährlich.

2

Aus Raum 111 strömte Licht und lautes Lachen war zu hören. Elaine rückte ihren Rucksack zurecht und trat ein.

Das Gelächter erstarb.

Ein stämmiger Junge in einem Flanellhemd kritzelte etwas auf die Tafel. Das Haar hing ihm ins Gesicht und seine Bartstoppeln schimmerten stumpf wie Schmirgelpapier.

Ein anderer Junge saß an einem Tisch nahe der Tür. Sein Name war Jerry Fox. Elaine kannte ihn aus ihren Kursen. Er war klein und schmächtig und trug ein braunes Sweatshirt und Jeans. Sein sandfarbenes lockiges Haar war kurz geschnitten und lag eng am Kopf an. Ein Biobuch lehnte geöffnet vor ihm.

Zwei weitere Leute saßen hinten im Klassenzimmer. Das Mädchen hatte braunes Haar und war recht hübsch, aber das übertriebene Augen-Make-up verlieh ihrem Gesicht einen harten Zug. Sie hatte ein stylishes T-Shirt und knallenge Jeans an. Während sie eine große Kaugummiblase platzen ließ, starrte sie Elaine neugierig an. Die versuchte, ihrem Blick auszuweichen.

Den Jungen kannte Elaine nur vom Hörensagen. Bo Kendall war ein Fall für sich. Er trug eine zerschlissene Armyjacke, ein löchriges T-Shirt und zerfetzte Jeans. Sein pechschwarzes Haar war ziemlich kurz und stand dank Unmengen von Gel stachelig vom Kopf ab. Kaum hatte Elaine die Klasse betreten, ließ er sie nicht mehr aus den Augen.

„Na toll!", dachte sie. „Das sind ja nicht gerade die Leute, mit denen ich sonst zusammen bin."

Ihr fielen die Geschichten ein, die über Bo im Umlauf waren. Schlägereien. Rauchen in der Klasse. Feuerwerkskörper in der Jungsumkleide und noch ganz andere Sachen. Es wurde sogar gemunkelt, er hätte einen Wagen gestohlen, aber niemand wusste etwas Genaues.

„Äh, hallo", stotterte Elaine. „Bin ich hier richtig beim Nachsitzen?"

„Nein, hier ist der Sezierkurs", antwortete Bo in sarkastischem Ton. „Die toten Ratten werden jeden Moment geliefert."

„Ich kann's kaum erwarten", gab Elaine zurück und versuchte, cool zu klingen.

Der Typ an der Tafel kicherte. „Tote Ratten sind super Haustiere", sagte er. „Mit denen musst du wenigstens nicht Gassi gehen."

„Bäh, wie eklig!" Das Mädchen mit dem missglückten Make-up verdrehte die Augen und warf ein zusammengeknülltes Stück Papier nach Bo.

Der fing es auf und legte es auf den Tisch. Dann griff er in seine Jackentasche und holte ein billiges Einwegfeuerzeug heraus. Er machte es an und hielt das Papierknäuel in die Flamme.

„Es ist acht Uhr morgens und die setzen die ganze Schule in Brand!", schoss es Elaine durch den Kopf.

In Sekundenschnelle ging das Papier in Flammen auf.

„Yo!", grölte Bo begeistert und ließ es auf den Boden fallen.

„Du wirst noch die Sprinkleranlage auslösen", sagte Jerry warnend.

Bo schnaubte höhnisch. „Na und?"

„Noch mehr Ärger kann ich mir echt nicht leisten", stöhnte Jerry.

„Wer kann das schon?", meinte das Mädchen schnippisch.

Jerry wandte sich wieder seinem Buch zu.

„Hey!", rief Bo. „Setzt du dich jetzt vielleicht mal hin? Du machst mich ganz nervös."

„'tschuldigung", murmelte sie, nahm ihren Rucksack ab und suchte sich einen Platz neben der Tür.

„Hallo, Elaine." Jerry nickte ihr zu. „Na, was macht deine Mathehausaufgabe?"

„Haha, sehr witzig", erwiderte Elaine lächelnd, dankbar für ein freundliches Gesicht. „Was hast du denn angestellt?"

„Exzessives Schleimscheißen", murmelte der Typ an der Tafel. Bei näherem Hinsehen stellte Elaine fest, dass er Graffiti zeichnete. In großen, eckigen Buchstaben stand dort: ICH WERDE NICHT.

Der Rest fehlte noch.

Jerry ignorierte ihn. „Habt ihr in Bio auch Frösche seziert?", wollte er wissen.

„Ja", antwortete Elaine. Allein bei dem Gedanken an das schlängelige Gedärm und den Geruch von Formaldehyd wurde ihr ganz schlecht. „Es war total eklig."

„Ich mach so was nicht", erklärte Jerry stirnrunzelnd. „Das ist doch total unnötig. Man lernt dabei nichts, was man nicht auch auf Abbildungen sehen könnte. Warum müssen wir sie dann aufschneiden?"

„Du musst nachsitzen, weil du dich geweigert hast, einen Frosch zu sezieren?", ertönte Bos Stimme.

„Ja, ich find das nicht richtig", antwortete Jerry. „Es ist unmenschlich."

„Aber der Frosch ist doch eh schon hinüber", meinte Bo.

„Na und? Würde es dir etwa gefallen, wenn man nach deinem Tod an dir rumschnippelt?"

„Von mir aus gerne", gab Bo zurück. „Dabei könnten sie echt noch was lernen."

Jerry schnaubte abfällig und wandte sich wieder an Elaine. „Ich wollte es einfach nicht tun."

Elaine zuckte mit den Schultern. Sie hatte keine moralischen Einwände gegen das Sezieren von Fröschen, sie fand es einfach nur eklig.

„Und deswegen hat Mrs Blaker dich zum Nachsitzen verdonnert?", wollte der Junge an der Tafel wissen.

„Sie hat mich vor die Wahl gestellt", antwortete Jerry düster. „Entweder den Frosch auseinandernehmen oder nachsitzen und einen Aufsatz von tausend Wörtern über Amphibien schreiben."

„Und du hast dich für die zweite Variante entschieden?", fragte der Typ.

Jerry nickte seufzend.

„Für einen so klugen Jungen bist du ganz schön bescheuert", meinte Bo kopfschüttelnd.

„Ich hatte auch nicht erwartet, dass ausgerechnet du das verstehst", gab Jerry in höhnischem Ton zurück.

„Okay, schon gut", sagte Bo. Er riss ein paar Seiten aus einem Schulbuch, fächerte sie wie bei einem Kartenspiel auf und setzte sie mit seinem Feuerzeug in Brand.

„Hör auf mit dem Scheiß!", fauchte Jerry ihn an.

„Vergiss es, Alter", erwiderte Bo grinsend. „Du weißt doch, dass ich Richtig und Falsch nicht unterscheiden kann."

Brennende Papierfetzen segelten durch die Luft. Elaine versuchte, ihnen auszuweichen. Sie fragte sich, was Bo tun würde, wenn das Papier bis zu seinen Fingern heruntergebrannt war.

Mit der freien Hand begann er, weitere Seiten aus dem Buch zu reißen.

„Hey, hör auf damit!"

Als Elaine erschrocken herumfuhr, sah sie Mr Savage im Türrahmen stehen. „Mach das aus! Sofort!", donnerte er.

„Kein Problem", antwortete Bo lässig, ging langsam nach vorne und ließ alles in den Mülleimer fallen. Dann schnappte er sich die Vase vom Lehrerpult, nahm die Blumen heraus und goss das Wasser über die Flammen. Anschließend stellte er den Strauß in die leere Vase zurück. Bo drehte sich zum Rektor um und grinste ihn provozierend an. „Jetzt zufrieden?"

„Ist der Typ nicht ganz dicht?", fragte sich Elaine. „Was will er damit beweisen?"

„Ich hoffe, du hast für nächsten Samstag noch nichts vor", sagte Savage. Seine Stimme zitterte vor Wut. „Dann wirst du nämlich wieder hier nachsitzen."

„So was Blödes!" Bo klatschte sich mit der flachen Hand gegen die Stirn. „Dann wird's also nichts mit meiner Verabredung zum Tanztee."

Das Mädchen mit den braunen Haaren kicherte hinter vorgehaltener Hand.

Elaine konnte es nicht fassen. Sie und ihre Freunde mochten Savage auch nicht besonders, aber sie hätten sich ihm gegenüber nie so respektlos verhalten. Damit bettelte man ja förmlich um Ärger.

Mr Savage trat auf das Mädchen zu. „Du solltest lieber ganz still sein, Darlene. Immerhin hast du genug Unterricht geschwänzt, um ein weiteres Jahr an unserer Highschool zu verbringen. Na, würde dir das gefallen?"

Darlene starrte auf ihre Fingernägel. „Ich denke nicht", murmelte sie.

Savage wandte sich nun an den Jungen an der Tafel. Er hatte bis jetzt nicht mehr geschrieben als: ICH WERDE NICHT MALEN.

„Setz dich, Max."

Max verzog genervt das Gesicht. Er ließ die Kreide auf den Boden fallen und stapfte hinüber zu einem Tisch in der ersten Reihe. Währenddessen betrachtete Savage seine Zeichnung.

„Wirklich schade, dass du nicht daran gedacht hast, Kreide

zu benutzen, als du den Schulbus mit Graffiti verziert hast", sagte Savage. „Du musst noch an deinem Stil arbeiten."

„Sind Sie etwa Kunstkritiker?", murmelte Max.

„Vielleicht würdest du dein Talent etwas ernster nehmen, wenn du nicht ständig damit beschäftigt wärst, Bo hinterherzulaufen", erwiderte Savage und blickte ihn spöttisch an.

Max zuckte nur mit den Schultern.

„Nun gut, Leute", fuhr Savage fort. „Hier kommen die Grundregeln für euch. Es wird nicht geredet. Keiner steht von seinem Stuhl auf. Und von jetzt an gilt: Wenn einer Mist baut, sind alle dran. Ihr solltet euch also besser gegenseitig kontrollieren."

„Na toll!", dachte Elaine. „Diese Typen machen doch nichts als Ärger. Und ich muss dafür noch mehr nachsitzen. Das ist total unfair!"

Aber sie konnte nichts dagegen tun.

„Und wie kontrolliert man sich selbst, Mr Savage?", fragte Bo provozierend.

Savage ignorierte ihn. „Wenn ihr diesen einfachen Regeln folgt, könnt ihr um drei nach Hause gehen. Wenn nicht, leistet ihr Bo nächsten Samstag wieder Gesellschaft. Verstanden?"

„Ja", antwortete Jerry etwas zu laut.

Max schnaubte nur genervt.

Savage musterte ein letztes Mal die Gruppe. Sein Blick wanderte von einem Schüler zum anderen. Elaine konnte nicht sagen, ob er es genoss, sie zu bestrafen, oder nicht. Für manche Lehrer gab es nichts Schöneres, aber Mr Savage war schwer zu durchschauen.

„Ich bin bald wieder zurück", murmelte er und ging Richtung Tür.

Aus den Augenwinkeln bemerkte Elaine eine Bewegung. Sie warf einen Blick über ihre Schulter und sah, wie Bo aufstand. Dann hörte sie ein Klicken aus seiner Richtung.

Savage drehte sich nicht um.

Der Junge hob seinen Arm über den Kopf. Als Elaine entdeckte, was er in der Hand hielt, wurde ihr flau im Magen.

Ein Springmesser.

Sie schnappte entsetzt nach Luft, als Bo das Messer nach Savage warf.

3

Das Messer schwirrte durch die Luft. Elaine hörte das leise Pfeifen, als es über ihren Kopf hinwegsauste.

Dann knallte die Klassentür zu. Nur einen Sekundenbruchteil später bohrte sich die Klinge mit einem dumpfen Geräusch in das Schwarze Brett daneben.

Savage hatte gar nicht mitbekommen, was passiert war.

Elaine stieß die Luft aus, die sie die ganze Zeit angehalten hatte. Bo hatte seinen Wurf perfekt getimt ... oder etwa nicht? Er war dafür bekannt, dass er ständig irgendwelche verrückten Aktionen durchzog. Aber war er auch so verrückt, Mr Savage vor ihrer aller Augen abzumurksen?

Elaine merkte erst jetzt, dass sie die Tischkante so fest umklammerte, dass ihre Knöchel weiß hervortraten. Sie musste sich regelrecht zwingen, ihren Griff zu lockern.

„Kontrollier *das* doch mal!" Bo lachte laut auf.

„Was war das denn?", stieß Jerry hervor.

„Ein Messer, du Schnellmerker", erwiderte Bo spöttisch und ging mit langen Schritten zur Tür.

„Du hättest ihn umbringen können, Bo!", rief Darlene.

„Genau, Mann", stimmte Max ihr zu. „Das war echt krank!"

Elaine war überrascht. Sie hatte eigentlich erwartet, dass Bos Freunde die Sache mit dem Springmesser lustig oder cool finden würden.

„Ich bin ja auch blöd, das wisst ihr doch", sagte Bo ungerührt. „Miese Noten, mieses Verhalten, miese Manieren. Wahrscheinlich bin ich einfach ein mieser Typ."

Er zerrte das Messer mit einem Ruck aus dem Schwarzen

Brett, klappte es zusammen und steckte es weg. Dann ging er zum Lehrerpult und ließ sich dort nieder.

„Netter Stuhl", bemerkte er und schaukelte ein paarmal hin und her.

„Ich glaub's einfach nicht", murmelte Jerry vor sich hin.

„Was?", fragte Bo unschuldig.

„Du hättest ihn töten können."

„Bist du immer noch bei dem Thema?" Bo stöhnte genervt. Dann fügte er mit übertrieben hoher Stimme hinzu: „Das ist doch schon ganze fünf Minuten her."

Elaine warf einen nervösen Blick zur Tür. Savage konnte jeden Moment zurückkommen. Wenn Bo dort sitzen blieb, wo er jetzt saß, und sich weiter so provokativ verhielt, würden sie alle Ärger bekommen.

Sie sank auf ihrem Stuhl zusammen. Warum hatte sie bloß nicht an diese bescheuerte Mathehausaufgabe gedacht? Dann würde sie jetzt nicht in der Klemme stecken. So was durfte einer Einser-Schülerin einfach nicht passieren!

„Na gut, einer Zwei-plus-Schülerin", korrigierte sie sich im Stillen. „Aber was soll's? Ich hab bei diesen Spinnern nichts verloren."

„Weswegen bist du eigentlich hier?", fragte Bo im selben Moment.

Elaines Kopf ruckte hoch. Bo sah sie eindringlich an.

„Hausaufgaben vergessen", antwortete sie. Ihr lässiger Ton erschreckte sie. Warum tat sie so, als wäre es das Normalste auf der Welt, samstags in der Schule herumzuhängen?

„Hausaufgaben vergessen", wiederholte Bo. „Hey, Max. Wann haben wir eigentlich das letzte Mal Hausaufgaben gemacht?"

„Das kleine Einmaleins in der dritten Klasse?"

„Yo!"

Bo richtete seine Aufmerksamkeit wieder auf Elaine. „Du hältst dich also für tough?", fragte er.

„Nein, tu ich nicht", erwiderte Elaine.

„Ach, komm", schnaubte er. „Nimm mein Feuerzeug und fackel ein Buch ab."

Bevor Elaine etwas darauf erwidern konnte, marschierte Darlene durch den Gang auf Bo zu. Sie setzte sich vor ihn aufs Lehrerpult und blockierte so seinen Blick auf Elaine.

Elaine hatte das Gefühl, als wäre ein schweres Gewicht von ihr genommen worden. Bo in die Augen sehen zu müssen, hatte sie nervös gemacht. Sie beobachtete Darlene. Sie wirkte wie ein Hund, der sein Revier verteidigt.

„Mir ist langweilig, Bo", jammerte Darlene. „Hör auf, mit Miss Mimose zu quatschen, und lass uns was Lustiges machen."

Miss Mimose? Elaine runzelte die Stirn. Am liebsten hätte sie etwas auf diese verletzende Bemerkung erwidert, aber sie war nicht sicher, wie Darlene reagieren würde. Nachher zog sie auch noch ein Messer …

„Ich hab eine Idee", sagte Bo. „Na los, kommt."

Er stand auf. Max und Darlene ebenfalls.

„Was hast du vor?", wollte Jerry wissen.

„Von hier verschwinden", antwortete Bo.

„Ich wusste es", dachte Elaine frustriert. „Das nächste Nachsitzen ist schon mal fällig."

„Und wo willst du mit uns hin?", fragte Darlene.

„Keine Ahnung", erwiderte Bo. „Ich werde jedenfalls nicht den ganzen Tag in diesem öden Klassenzimmer rumhängen. Wie wär's, wenn wir uns in der Cafeteria ein paar Snacks organisieren?"

„Cool", meinte Max.

„Spinnst du?", fauchte Jerry ihn an. „Savage hat gesagt, er kommt gleich wieder."

„Na und?"

„Ich habe keine Lust, noch öfter nachzusitzen, nur weil ihr Hummeln im Hintern habt."

„Dann kommst du eben nicht mit", schaltete Darlene sich ein.

„Das werd ich auch nicht", verkündete Jerry.

Bo beugte sich über Elaines Tisch. Das verschaffte ihr einen ungehinderten Blick auf sein markantes Gesicht und seine dunkelbraunen Augen. „Er sieht echt gut aus", dachte sie. „Wenn man diesen Typ mag."

„Und was ist mit dir?", fragte er.

„Was soll mit mir sein?"

Er grinste sie herausfordernd an. „Kommst du mit?"

Elaine spürte, wie ihr ganz heiß wurde. Sie versuchte, seinen Blick zu erwidern. Warum fiel es ihr bloß so schwer, ihm in die Augen zu sehen?

„Lasst uns gehen", knurrte Darlene.

Bo ignorierte sie und starrte Elaine weiter an. „Denk darüber nach. Wahrscheinlich läuft's so oder so drauf hinaus, dass du noch mal nachsitzen musst. Savages Motto war schon immer: ‚Wenn einer Mist baut, müssen es alle ausbaden', auch als er noch ein einfacher Lehrer war. Wenn man's genau nimmt, hast du die Regeln sowieso schon gebrochen. Also kannst du genauso gut mitkommen und dir für die Zeit was Nettes zu mampfen organisieren."

Elaine wusste, dass es klüger gewesen wäre, im Klassenraum zu bleiben, aber sie konnte sich nicht dagegen wehren. Tief in ihrem Inneren war sie froh, dass Bo sie dabeihaben wollte. Und außerdem stellten sie ja nichts Schlimmes an. Vielleicht hörte Darlene dann auch mit ihrem „Miss Mimose"-Spruch auf.

„Okay", antwortete Elaine und stand entschlossen auf. „Gehen wir."

Bo grinste. „Das war doch gar nicht so schwer, oder?"

„Na toll", murmelte Darlene und verdrehte die Augen.

„Elaine, spinnst du?", quiekte Jerry ungläubig. „Du wirst einen Riesenärger kriegen!"

„Du auch, Jerry", erwiderte sie. „Selbst wenn du einfach nur hier rumsitzt. Na, komm schon."

„Ich denke gar nicht dran!"

„Lass ihn, Elaine", brummte Max. „Er war sowieso nicht eingeladen."

„Na los", rief Bo mit durchdringender Stimme. „Lasst uns von hier verschwinden."

Langsam öffnete er die Tür des Klassenzimmers, die in ihren Angeln quietschte. Bo steckte den Kopf nach draußen und ließ seinen Blick den Flur auf und ab wandern. „Die Luft ist rein", verkündete er dann.

„Ich werde euch nicht decken!", rief Jerry.

„Halt die Klappe", murmelte Max genervt.

„Im Ernst", fuhr Jerry fort. „Ich tu's nicht!"

Bo trat auf den Flur. Ihm folgten Darlene, die sich am Saum seiner Armyjacke festhielt, und Max. Elaine dackelte als Schlusslicht hinterher.

Der lange Korridor lag verlassen da. Keine Spur von Savage. Der Regen prasselte gegen das große Fenster am anderen Ende der Halle und ließ unheimliche Muster aus Licht und Schatten über den Boden tanzen. Elaines Herz klopfte aufgeregt.

„Was für eine blöde Aktion", dachte sie. „Hoffentlich ist es die Sache auch wert."

In diesem Moment landete eine Hand auf ihrer Schulter.

Elaine schnappte erschrocken nach Luft. Als sie herumfuhr, erblickte sie Jerry.

„Spinnst du?", blaffte sie ihn an. „Du hast mich fast zu Tode erschreckt."

„Entschuldige", sagte er betreten.

„Nett, dass du uns Gesellschaft leistest, Jerry", sagte Bo mit gedämpfter Stimme. „Aber jetzt sei gefälligst leise."

„Geht klar", flüsterte Jerry.

Auf Zehenspitzen machten sie sich auf den Weg zur Cafeteria. Bo blieb alle paar Meter stehen. Elaine vermutete, dass er auf das klackernde Geräusch von Savages Schuhen auf dem Linoleumboden lauschte. Sie erwartete, jeden Moment Schritte zu hören. Aber es blieb alles still.

Elaine kam es seltsam vor, so durch die Schule zu schleichen. An diesem langweiligen Ort hielt sie sich jeden Tag auf. Doch jetzt, wo die Lichter ausgeschaltet und die Flure menschenleer waren, wirkte alles total unheimlich.

Beim Laufen hielt sie den Blick auf Bo gerichtet. Es schien ihm nichts auszumachen, sich klammheimlich durch die Schule zu bewegen. Er wirkte total entspannt, ohne jede Ängste oder Selbstzweifel. Es war bestimmt cool, so zu sein wie Bo. Ihm war es offenbar egal, ob er Ärger bekam oder nicht.

Elaine machte sich um eine Menge Dinge Sorgen: um ihre Noten, ihre unterschiedlichen Aktivitäten in der Schule und darum, einen Platz an einem guten College zu bekommen. Sich selbst übertreffen, nannte ihr Vater das.

Bo und seine Freunde mussten sich nicht ständig selbst übertreffen. Bei diesem Gedanken spürte Elaine einen neidvollen Stich. Sie konnte sich überhaupt nicht vorstellen, wie es war, sich *keine* Sorgen um ihre Eltern, ihre Freunde oder ihre Zukunft zu machen.

Dieser kleine Akt der Rebellion war jedenfalls schon mal nicht schlecht. Auf alle Fälle fing das Nachsitzen spaßiger an, als sie erwartet hatte. Und bis jetzt war die Aktion wirklich nicht übel.

Die Cafeteria wirkte genauso düster wie der Rest der Schule. Die langen Tische waren leer und sauber gewischt. Nirgendwo eine Spur von Krümeln oder verschütteter Milch. Die einzige Beleuchtung kam von dem Getränkeautomaten in der Ecke und von dem schmalen Streifen schmutzig-grauen Lichts, das durch ein einzelnes Fenster fiel.

„Wetten, wenn die Dosen aus dem Automaten plumpsen, klingt das wie Gewehrschüsse?", meinte Max.

„Ich hatte eigentlich nicht vor, Geld auszugeben", entgegnete Bo spöttisch. „Werfen wir doch mal einen Blick in die Küche."

Er stieß die Schwingtüren auf, die hinter dem Verkaufstresen in die riesige Küche führten, und schnappte sich als Erstes ein Tablett.

„Zeit zu shoppen!", rief er und stürzte sich in das Gewirr von Kühlschränken, Hackblöcken und riesigen Töpfen und Pfannen.

Elaine war nicht besonders hungrig, weil sie zum Frühstück ein paar Toasts gegessen hatte. Aber eine Schokomilch wäre jetzt gar nicht schlecht gewesen.

„Ich will Kartoffelchips", rief Darlene.

„Wie sieht's denn mit Eis aus?", fragte Max und riss eine große Stahltür auf. Elaine schaute über seine Schulter hinweg in den Kühlschrank. Darin befanden sich nur riesige Tuben mit Mayo und Senf. Eine Schokomilch war nicht in Sicht.

„Mist", grummelte Max und knallte die Tür wieder zu. „Wo ist denn der Tiefkühler?"

„Yippieh!", rief Darlene triumphierend und hielt eine Tüte Chips hoch.

„Wo ist eigentlich der Kühlschrank für die normalen Sachen?", fragte sich Elaine. Als sie sich suchend umsah, entdeckte sie Jerry, der vor einer anderen großen Stahltür stand und mehrere Dosen Eistee im Arm hatte. Elaine grinste ihn an.

„Guck doch nicht so", wehrte er ab. „Die anderen machen das auch."

„Ich weiß", antwortete Elaine. „Und übrigens – ich hab voll Lust auf Schokomilch."

„Oh." Jerrys Miene entspannte sich. „Die ist auf dem zweiten Bord."

Elaine nahm sich nur zwei Tetrapaks, obwohl dort bestimmt Hunderte standen. Die anderen waren nicht so bescheiden. Jerry schüttete den Eistee nur so in sich hinein, während Darlene mehrere Tüten Chips auffutterte. Und Max verdrückte mindestens vier große Eiswaffeln.

Elaine sah sich in der Küche um. Sie hatte so viel Spaß, dass sie Mr Savage für einen Moment völlig vergessen hatte.

Ob er wohl schon gemerkt hatte, dass sie verschwunden waren? Sie wollte den anderen gerade vorschlagen, wieder zurückzugehen, als ihr auffiel, dass irgendetwas nicht stimmte.

Jemand fehlte.

„Wo ist Bo?", fragte sie.

Die anderen hörten auf zu essen und sahen sich suchend um.

„Wo ist er hin?", wiederholte Elaine.

„Was geht dich das an?", fuhr Darlene ihr über den Mund.

„Gar nichts", feuerte Elaine zurück. „Aber dich vielleicht. Er ist nämlich verschwunden."

Darlene warf ihr einen wütenden Blick zu. „Bo!", rief sie.

Keine Antwort.

„Vielleicht ist er einfach in die Klasse zurückgegangen", sagte Jerry.

„Der doch nicht", schnaubte Max. „Hey, Bo! Na, komm schon. Wo bist du?"

Immer noch keine Antwort.

„Wir sollten nach ihm suchen", schlug Elaine vor.

Niemand sagte etwas zu ihrem Vorschlag. Elaine ließ ihren Blick über die riesigen Gerätschaften und Küchenmaschinen wandern. In dem schwachen Licht machten sie einen unheimlichen Eindruck.

Plötzlich erregte ein Gestell mit Kochutensilien, das an der Wand gegenüber befestigt war, ihre Aufmerksamkeit. Schöpfkellen. Rührlöffel. Und Messer.

Große Schlachtermesser.

Eins davon fehlte.

„Seht doch!", rief Elaine. „Das Messer da vorn ist verschwunden!"

„Na und?", sagte Max kurz angebunden.

„Entspann dich, Elaine", meinte sogar Jerry.

Darlene wollte gerade etwas sagen. Aber ein leises Stöhnen ließ sie verstummen.

Alle erstarrten.

„Was war das?", fragte Elaine im Flüsterton.

„Bo? Bist du das?", rief Max.

Keine Antwort.

Elaine spürte plötzlich, dass sie ihre Fingernägel in ihre Handflächen gegraben hatte, und versuchte, sich zu entspannen.

„Das ist nicht mehr witzig, Bo", rief Darlene. „Hör auf damit!"

Wieder ein Stöhnen.

„Bo?" In Max' Stimme schwang jetzt leichte Panik mit.

Nur zwei Meter von ihnen entfernt stolperte Bo hinter einem der Kühlschränke hervor. Schwankend stand er einen Moment da. Seine Augen wirkten glasig. Eine rot schimmernde Flüssigkeit bedeckte sein T-Shirt und seinen Hals.

Elaine holte tief Luft. Das konnte nicht sein. Das war doch nicht etwa …

Auf einmal brach Bo zusammen.

Unsanft landete er auf den harten Fliesen vor Elaines Füßen. Ein Fleischermesser löste sich aus seiner Faust und schlug scheppernd auf dem Boden auf.

Elaine starrte ungläubig auf sein T-Shirt. Seinen Hals. Sein Gesicht.

Alles war blutüberströmt.

„Neiiin!" Sie stieß ein entsetztes Stöhnen aus. Bos Kehle war durchgeschnitten.

4

Darlene schrie gellend auf.

„Bo!", rief Max entsetzt.

„Los, wir müssen Savage holen!", kommandierte Jerry. Aber keiner bewegte sich. Alle waren vor Schreck wie erstarrt.

Elaines Blick blieb wie hypnotisiert an Bo hängen. An seinen weit aufgerissenen Augen. An der hässlich klaffenden Wunde an seinem Hals.

Und an dem blutverschmierten Messer.

„Kommt schon!", drängte Jerry. „Wir müssen dem Rektor Bescheid sagen!"

Er packte Elaine am Arm, doch sie schüttelte ihn ab und ging ein Stück auf Bo zu.

„Warte!", sagte sie in scharfem Ton.

„Was ist?", fragte Jerry.

„Bos Hand hat sich bewegt. Er lebt noch."

„Das hast du gesehen?", stieß Max hervor.

Elaine antwortete nicht. Die schreckliche Wunde machte ihr Angst, aber sie musste wissen, ob Bo noch am Leben war. Ob sie ihm helfen konnte. Am liebsten wäre sie weggelaufen, aber irgendetwas zwang sie zu bleiben. Sie beugte sich über ihn und nahm sein Handgelenk, um seinen Puls zu fühlen.

Triumphierend drehte sich Elaine zu den anderen um. „Er lebt!"

In diesem Moment schossen Bos Hände nach oben und umklammerten ihre Kehle.

„Jetzt bist du dran!", rief er. „Mehr Ketchup!"

Elaine kreischte und schlug seine Hände weg. Sie wich so hastig zurück, dass sie mit dem Rücken grob gegen einen Kühlschrank stieß.

Wut stieg in ihr auf. „Du Idiot! Ich bring dich um!"

„Ich bin schon tot", erwiderte Bo grinsend. „Und du darfst mich jetzt sezieren, Jerry."

Elaine versuchte, das Zittern ihrer Hände zu unterdrücken. Sie schüttelte den Kopf. „Ich kann nicht glauben, dass wir darauf reingefallen sind."

„Du bist echt unmöglich", sagte Jerry ärgerlich.

„Und ich dachte immer, Ketchup wär nur gut auf Pommes", witzelte Bo. Er schnappte sich ein Geschirrhandtuch und begann, die rote Schmiere abzuwischen. „Ich hab mich da hinten in einem Spiegel gesehen. Mann, das sah richtig echt aus."

„Wie witzig", sagte Darlene in vorwurfsvollem Ton.

„Habt ihr wirklich geglaubt, dass in der Schule ein Psycho rumläuft und Leute aufschlitzt?", fragte Bo.

„Das hier ist Shadyside", bemerkte Elaine trocken.

Die anderen starrten sie verständnislos an.

„Wer weiß, wo sie das Essen für die Cafeteria herbekommen!", fügte sie hinzu.

Die ganze Gruppe brach in Gelächter aus. Alle, bis auf Darlene, wie Elaine auffiel.

„Vielleicht hat sie Angst, dass ich ihr Bo wegschnappe", dachte sie.

Erstaunt stellte sie fest, dass dieser Gedanke ihr ein Lächeln entlockte.

„Lasst uns von hier verschwinden!", kommandierte Bo.

Sie gingen zurück in die Cafeteria. Bis jetzt war die Luft rein.

„Und wohin jetzt?", fragte Max.

„Such dir eine Richtung aus", erwiderte Bo.

„Pscht!", zischte Elaine. „Wartet mal!"

Alle verstummten. Auf dem gefliesten Boden war das laute Klacken von Schritten zu hören.

Elaines Herz begann zu rasen. Das hier war kein dummer Ketchup-Streich, das war bitterer Ernst. „Savage kommt!", flüsterte sie.

„Lasst uns abhauen!", rief Bo und schubste Max auf den linken Ausgang zu.

„Nein!", protestierte Jerry. „Aus der Richtung kommt er doch!"

„Tut er nicht!", widersprach Max. Er zeigte auf den rechten Ausgang. „Er kommt von da."

Das Geräusch der Schritte hallte von den Wänden und der Decke der Cafeteria wider. Obwohl Elaine sich anstrengte, konnte sie nicht genau sagen, woher sie kamen.

„Wir müssen etwas tun", flüsterte sie. „Er ist auf dem Weg zu uns."

„Zurück in die Klasse!", kommandierte Jerry.

„Nein", konterte Bo. „Dann schneidet er uns den Weg ab. Ich habe eine andere Idee. Folgt mir!"

Er stürmte zurück in das unüberschaubare Labyrinth der Küche. Elaine blieb ihm dicht auf den Fersen. Während sie zwischen den Kolossen aus Edelstahl hindurchrannte, dröhnte ihr das Blut in den Ohren.

Was, wenn Savage sie erwischte?

Dann war weiteres Nachsitzen fällig. Oder Schlimmeres.

Sie holte tief Luft und lief weiter.

Bo führte sie zu einer Tür auf der anderen Seite der Küche. Dort blieben sie schwer atmend stehen und lauschten.

Die Schritte waren nicht mehr zu hören.

Wenigstens im Moment nicht.

Elaine seufzte erleichtert auf.

Vorsichtig zog Bo den Riegel zurück, der die Tür versperrte. Als er den Knauf drehte, ertönte ein lautes Klicken, das in der absoluten Stille wie ein Pistolenschuss klang.

Immer noch keine Schritte.

Bo öffnete die Tür. Vor ihnen lag – in fast völliger Dunkelheit – ein Flur mit endlosen Reihen von Spinden. Hier gab es kein einziges Fenster.

Bo machte ihnen ein Zeichen, ihm zu folgen. Einer nach dem anderen traten sie hinaus auf den Gang. Die Küchentür fiel hinter ihnen ins Schloss.

Elaine konnte nun nichts mehr sehen.

Klonk. Klonk.

Die Schritte! Lauter jetzt. Elaine versuchte, sich in der Finsternis zurechtzufinden. Die Schritte klangen so nah! Als würden sie aus dem Treppenhaus rechts von der Küche kommen.

„Bewegt euch!", knurrte Bo und stürmte den Flur entlang.

Elaine blieb dicht hinter ihm. Sie versuchte, gleichzeitig zu rennen und auf Zehenspitzen zu laufen und nicht zurückzuschauen, ob die anderen hinterherkamen.

Das Geräusch der Schritte wurde lauter. Elaine versuchte, ihre Geschwindigkeit zu steigern, aber es war sinnlos. Der Flur war einfach zu lang. Wenn Savage aus dem Treppenhaus kam und den Korridor hinunterblickte, würde er sehen, wie sie davonliefen, oder zumindest das Hämmern ihrer Füße hören.

Und dann wäre das Spiel aus.

Als sie das Ende des Flurs erreicht hatten, blieb Bo stehen.

„Spinnst du?", keuchte Jerry. „Lauf weiter!"

„Hör doch mal", entgegnete Bo.

Die Schritte waren verschwunden.

„Wir sollten trotzdem zusehen, dass wir weiterkommen", sagte Elaine. „Er könnte hier noch irgendwo sein."

Bo sah sie einen Moment an, als würde er ernsthaft über ihren Vorschlag nachdenken. Wieder wurden Elaines Wangen ganz heiß und sie trat unbehaglich von einem Bein aufs andere. Sie hasste es, wenn er sie auf diese Weise anschaute.

„Sie hat recht", sagte Bo schließlich. „Wenn wir hier bleiben, wird Savage uns mit Sicherheit schnappen."

„Ich dachte, das wäre dir egal", sagte Jerry in ironischem Ton.

„Ist es ja auch."

„Ich weiß, wo wir hinkönnen", schaltete Elaine sich ein. Sie wusste nicht, ob es eine clevere Lösung war, aber es war einfach zu riskant, sich weiter in den Fluren herumzutreiben. „Mir nach!"

Sie lief ein paar Schritte und drehte sich dann um.

Die anderen vier starrten sie nur an.

„Wollt ihr jetzt rumdiskutieren oder mitkommen?", fragte sie ärgerlich.

Dann ging sie einfach weiter, ohne abzuwarten, ob sie ihr folgten oder nicht. Aber in Wirklichkeit war es ihr nicht egal, denn in dem unheimlichen dunklen Flur wollte sie nur ungern alleine sein.

Als sie kurz darauf zurückschaute, stellte sie erstaunt fest, dass die anderen ihr nachkamen.

Elaine konnte sich ein Lächeln nicht verkneifen. Bo war also nicht der Einzige, der sich zum Anführer aufschwingen konnte.

Sie hoffte nur, dass sie auf ihrer Fluchtroute nicht erwischt wurden.

„Wo gehen wir eigentlich hin?", fragte Max.

„Das wirst du schon sehen", gab sie zurück.

„Hey, Mann! Das war eine coole Idee!", rief Bo aus.

Elaine nickte. Sie standen auf der Bühne der Aula und blickten über die Stuhlreihen im Zuschauerraum. Ihre Stimmen hallten in dem großen Raum.

„Wie wär's mit ein bisschen Licht?", fragte Jerry.

„Vergiss es!", fuhr Bo ihn an.

„Wahrscheinlich vermasselt dir das deinen nächsten gruseligen Streich", murmelte Darlene vor sich hin.

Bo gluckste leise. „Bist du immer noch sauer deswegen?"

„Das war wirklich nicht komisch", erwiderte Darlene.

„War es wohl", behauptete Bo.

„Du bist ein Idiot", zischte Darlene. „Ich sollte gar nicht mehr mit dir reden."

„Aber du tust es trotzdem", sagte Bo. „Weil du genau weißt, dass du mir nie lange böse sein kannst."

„Ach, glaubst du?", erwiderte Darlene spitz. Aber das winzige Lächeln, das um ihre Mundwinkel spielte, verriet Elaine, dass Bo recht hatte.

„Das sind die hässlichsten Kulissen, die ich je gesehen habe", meldete Max sich zu Wort.

Elaine drehte sich um, um zu sehen, was er damit meinte. Das Bühnenbild für das aktuelle Stück der Theater-AG lehnte an der hinteren Wand der Bühne. Drei riesige, über Holzrahmen gespannte Leinwände waren mit blauem Himmel und grünen Bäumen bemalt.

„Mann, sind die schlecht", meckerte Max. „Ein Affe würde das besser hinkriegen."

„Ein Affe vielleicht, aber was ist mit *dir*?", zog Bo ihn auf.

Max grinste. „Wart's ab."

Er marschierte zu einem Raum am rechten Bühnenrand hinüber, der als Materiallager diente, und zog eine Kiste mit verschiedenen Farben aus dem Regal. Daraus holte er eine Flasche mit schwarzer Acrylfarbe und quetschte sie über der ersten Kulisse aus. Dann wiederholte er das Ganze mit einer blauen und anschließend einer orangefarbenen.

Elaine spürte, wie Scham in ihr aufstieg. Max hatte die

Grenze zwischen Spaß und Boshaftigkeit eindeutig über-
schritten. Einige ihrer Freunde waren in der Theater-AG. Sie
konnte sich ihre Reaktionen am Montagmorgen lebhaft vorstellen.

„Irgendwer hat Stunden damit zugebracht, dieses Bühnenbild zu malen", murmelte Jerry betreten und sprach damit
Elaines Gedanken aus.

„Mad Max zerstört alles", sagte Max ungerührt. „Sie hätten
doch eine Wache aufstellen können."

Elaine fuhr zusammen, als plötzlich ein durchdringendes,
kreischendes Geräusch den Raum erfüllte.

Sie drehte sich um und sah Bo mit einer Geige in der Hand
auf der Bühne stehen. Wenn er mit dem Bogen über die Sai-
ten strich, gellte ein schriller, ohrenbetäubend lauter Ton
durch die Aula.

„Cool, nicht?", sagte Bo mit einem breiten Grinsen. „Und
dabei hatte ich keine einzige Stunde Unterricht."

„Die ist für *Fiddler on the Roof*", erklärte Jerry. „Das wird
die Theater-AG in ein paar Wochen aufführen."

Wieder schrammte Bo mit dem Bogen über die zarten Sai-
ten.

„Hör auf damit!", schrie Elaine ihn an. „Warum rufst du
Savage nicht gleich hierher?"

Doch Bo sägte ungerührt weiter auf der Geige herum.

Genervt entschied sich Elaine, ihn zu ignorieren, und trottete schließlich hinter die Bühne. Sie schlenderte vorbei an
Kisten mit Requisiten, Möbeln und alten Kulissen. Ganz hinten, weit genug entfernt von Bos schrägem Gefiedel, entdeckte sie einen schwarzen Vorhang. Er hing so weit oben an der
Decke, dass Elaine das letzte Stück in dem dämmrigen Licht
nicht mehr erkennen konnte. Jemand hatte den Vorhang zusätzlich mit winzigen scharfen Nägeln an der Wand befestigt.

„Komisch, warum hängt der denn nicht vorne an der Bühne

beim Zuschauerraum?", dachte sie und schlug den dunklen Stoff ein Stück zurück. Dabei sprangen einige der kleinen Nägel heraus und fielen klirrend zu Boden.

Elaine fuhr erschrocken zusammen. Hinter dem Vorhang erstreckte sich ein langer, dunkler Gang, der von der Bühne wegführte. Sie hatte ihn noch nie gesehen.

„Das ist ja cool", dachte sie aufgeregt und trat einen Schritt hinein.

Sofort hüllte Dunkelheit sie ein. Sie stieß mit dem Zeh gegen etwas Hartes, das sie nicht identifizieren konnte. Elaine schrie vor Schmerz auf und war erstaunt, wie laut ihre Stimme in der Dunkelheit klang.

Von den anderen war kein Ton zu hören. Wie weit hatte sie sich von ihnen entfernt?

Sie war allein. Ein eiskaltes Gefühl von Furcht kroch ihren Rücken hoch. Vielleicht war es keine besonders gute Idee, diesen Gang alleine zu erforschen. Wer weiß, was sich hier alles verbarg.

Aber was sollte ihr schon groß passieren? Mr Savage konnte sie höchstens schnappen und ihr weiteres Nachsitzen aufbrummen.

Doch dann schlich sich ein anderes Wort in ihren Kopf.

Schulverweis.

Elaine versuchte, diesen Gedanken abzuschütteln. Das war doch Unsinn! Nur die echten Problem-Kids flogen von der Schule. Leute wie Bo. Und Darlene und Max.

Aber wenn sie nun erwischt wurden? Wenn Savage sie auf der Bühne entdeckte?

Sie sah sich um. Dieser Gang wäre das perfekte Versteck. Hier war es so dunkel, dass niemand sie sehen konnte. Keiner würde auf die Idee kommen, dass sie hier war, sollte Savage tatsächlich einen Blick in die Aula werfen. Jetzt musste sie es nur schnell Bo und den anderen zeigen.

Sie ging einen Schritt Richtung Bühne, um zu ihnen zurückzukehren.

Der Holzboden unter ihren Füßen knarrte, gefolgt von einem krachenden Geräusch.

Und dann gaben die Dielen mit einem lauten Splittern unter ihr nach.

Elaine verlor das Gleichgewicht. Sie warf die Arme in die Luft und versuchte, sich an irgendetwas festzuhalten. Aber da war nichts.

Sie schrie panisch auf, als sie durch den morschen Boden brach.

5

Elaine stürzte durch die Dunkelheit.

Ihr Magen hob sich und die Luft wurde aus ihren Lungen gepresst.

Dann schlug sie hart auf dem Boden auf.

Ein weißglühender Schmerz schoss von ihrem linken Knöchel bis zur Hüfte empor. Vor ihren Augen tanzten Sterne und in ihren Ohren schrillte es durchdringend.

Sie bekam keine Luft. Ihr Herz schien zu streiken. Alles wurde schwarz.

Dann spürte sie kalten Zement unter sich. Spürte, wie sich die scharfen Metallkanten einer Leiter in ihre Schulter bohrten und wie ihr Herz nun wieder in der Brust klopfte.

Nach und nach verschwand die Taubheit und wurde durch einzelne Schmerzpunkte ersetzt. Ihr Knöchel pochte. Ihr rechter Ellbogen brannte unter ihrem Sweatshirt.

Wie tief war sie gefallen? Drei Meter? Fünf? Zehn? Nein. Einen Zehn-Meter-Sturz hätte sie unter Garantie nicht überlebt. Fünf Meter erschienen ihr ziemlich realistisch. Für Elaine hatte es sich angefühlt wie eine Ewigkeit. Jedenfalls lange genug, um noch zu denken, dass sie gleich sterben würde.

„Aber ich lebe", sagte sie sich. „Und ich muss herausfinden, wo ich bin."

Als Elaine sich aufsetzte, raste ihr der Schmerz durch alle Glieder. Vorsichtig fuhr sie mit dem Finger über ihren Knöchel. Er war schon so geschwollen, dass sie ihn nicht einmal mehr ertasten konnte. Als sie versuchte, ihn zu bewegen, schrie sie vor Qualen laut auf.

Noch nie in ihrem ganzen Leben hatte etwas so wehgetan.

Trotzdem wusste Elaine, dass der Knöchel nicht gebrochen war, denn sie konnte ihn – trotz der starken Schmerzen – immer noch bewegen.

Als sie sich den Ellbogen rieb, spürte sie warme, feuchte Haut, wo eigentlich der Stoff des Sweatshirts hätte sein sollen. „Zerrissen", dachte sie grimmig. „Und es blutet."

Eine Welle von Übelkeit durchflutete sie und ihr brach der kalte Schweiß aus.

„Reiß dich zusammen", murmelte Elaine in der Dunkelheit. „Es ist alles gut. Bleib ganz ruhig."

Der Klang ihrer eigenen Stimme beruhigte sie ein wenig. Nachdem es ihr gelungen war, sich aufzusetzen, spürte sie die Metallleiter im Rücken. Sie konnte nicht sehen, wie weit sie hinaufführte.

Vorsichtig tastete sie den Boden um sich herum ab. Ihre Hand berührte rauen Beton und Abfall. Eine zerbrochene Flasche. Eine zerdrückte Dose. Feuchtes Papier.

Wo war sie?

Es musste eine Art Tunnel unter der Schule sein. Aber wofür war er gedacht? Sie hatte noch nie etwas davon gehört.

Elaine holte tief Luft. Es roch feucht und irgendwie schimmlig. Wo auch immer sie gelandet war, hier unten hatte sich offenbar seit langer Zeit niemand mehr aufgehalten.

Irgendwie musste sie hier herauskommen. Entschlossen packte Elaine eine Leitersprosse und versuchte, sich daran hochzuziehen. Ein scharfer Schmerz sprengte durch ihren Knöchel. Mit einem Aufschrei ließ sie sich wieder auf den Boden fallen.

Das war's dann wohl.

„Hilfe!", kreischte sie.

Ihre Stimme hallte von den Wänden wider und drang den Schacht hinauf, aber sie klang schwach und dünn.

„Ist da jemand?", versuchte sie es noch einmal. „Helft mir doch! Bitte!"

Keine Antwort.

Sie war allein in der Dunkelheit.

Eine Panikattacke gesellte sich zu der Übelkeit. Und wenn sie nun nicht gefunden wurde? Womöglich würde sie tagelang hier unten festsitzen.

„Bloß das nicht", dachte sie voller Entsetzen.

Und begann wieder zu schreien.

Immer noch keine Reaktion.

„Kommt endlich!", schrie Elaine. Frustriert stieß sie ihre Faust in die Luft und knallte mit voller Wucht gegen die Wand. Ein mörderischer Schmerz raste durch ihren Arm.

Elaine jaulte auf und ließ sich gegen das scharfkantige Metall der Leiter fallen. Schweiß strömte ihr übers Gesicht. In der feuchten Luft hatte sie Schwierigkeiten zu atmen.

Plötzlich hörte sie ein Geräusch.

Ein huschendes Geräusch.

Elaine erstarrte. Lauschte angestrengt.

Stille.

Dann ertönte es wieder.

Tapp. Tapp.

„Steh sofort auf!", befahl sie sich.

Obwohl ihr Knöchel bei jeder Bewegung protestierte, tastete Elaine nach der Leiter.

Sie zog sich auf die Knie hoch. Während sie das raue Metall umklammerte, verspürte sie ein Gefühl der Erleichterung. Wie in Zeitlupe rappelte sie sich weiter auf.

Und dann plumpste ihr plötzlich etwas in den Nacken. Es war warm und schwer.

Und lebendig.

6

Elaine stieß einen schrillen Schrei aus.

Das Ding in ihrem Nacken wand sich und zappelte wie verrückt. Winzige Krallen bohrten sich in ihre Haut.

Sie griff danach und versuchte, es wegzuschleudern. Aber es hatte sich in ihrem Haar verfangen und quiekte laut.

Eine Ratte!

Panik durchflutete Elaine. Wieder schrie sie auf, als sie das feuchte, widerlich glatte Fell an ihrer Haut spürte. Schließlich gelang es ihr, sich das eklige Vieh aus den Haaren zu reißen – und mit aller Kraft schleuderte sie es in den Tunnel.

Mit einem gellenden Quieken landete die Ratte auf dem Boden.

Elaine rieb sich den Nacken. Sie hatte das Gefühl, dass die kleinen Krallen immer noch über ihre Haut scharrten.

„Sie ist weg", versuchte sie sich zu beruhigen. „Entspann dich. Du bist auch gleich von hier verschwunden."

Elaine packte eine Leitersprosse und zog sich daran hoch. Dabei verlagerte sie ihr ganzes Gewicht auf den rechten Fuß.

Ein brennender Schmerz schoss durch ihr linkes Bein. Sie zwang sich, die erste Sprosse zu erklimmen. Doch das Metall war mit einem dünnen Feuchtigkeitsfilm bedeckt. Ihre Hand rutschte ab, als sie sich hochzuziehen versuchte, und sie fiel wieder zu Boden.

Elaine landete auf einem warmen Klumpen, der sich unter ihr bewegte. Sie heulte auf und rollte sich beiseite.

Die Ratte huschte blitzschnell in die Dunkelheit.

Den Tränen nahe wälzte Elaine sich auf den Rücken.

„Cool", ertönte plötzlich eine Stimme.

Elaine erstarrte.

Da war jemand!

„Holt mich hier raus!", rief sie.

„Ellen ... El... wie war dein Name noch gleich?", war die Stimme wieder zu vernehmen.

„Elaine", knurrte sie.

Sie hatten sie gefunden! Über ihr ertönte das gleiche knarrende Geräusch, das sie gehört hatte, bevor sie gefallen war. Und dann ein lautes Krachen. Der Schein von Bos Feuerzeug tauchte über ihr auf.

„Es ist eine Falltür", hörte sie seine Stimme. „Jemand hat eine Planke drübergelegt, seht mal! Und Elaine ist damit durchgebrochen."

„Was hast du angestellt, Elaine? Bist du darauf rumgehüpft?", zog Jerry sie auf.

„Nein, das Holz war durchgefault", sagte Bo.

„Könntet ihr mir jetzt vielleicht mal helfen?", rief Elaine nach oben. „Ich hab mich am Knöchel verletzt."

„Kannst du klettern?", fragte Max.

Eine Woge des Ärgers durchströmte Elaine. „Was glaubst du wohl?"

„Bist du verrückt?", hörte sie Darlene protestieren. „Du könntest auch abstürzen."

„Elaine wird meinen Fall schon abbremsen", witzelte Bo.

Sogar unter diesen Umständen entlockte seine Bemerkung Elaine ein Lächeln. Jetzt, wo Bo da war, fühlte sie sich sicherer. Selbst in diesem rattenverseuchten Tunnel.

Die Leiter wackelte, als Bo nach unten kletterte. Sie ächzte und quietschte unter seinem Gewicht und ließ einen Schauer von Rostteilchen auf Elaine herabrieseln. In weniger als einer Minute stand Bo neben ihr in der Dunkelheit. Die anderen folgten ihm nach und nach.

Elaine griff nach seiner Hand und zog sich daran hoch. Seine Haut fühlte sich warm und trocken an. Sie schwankte ein bisschen, als sie versuchte, auf ihrem gesunden Fuß das Gleichgewicht zu halten. Daraufhin legte Bo seinen Arm um ihre Taille, um sie zu stützen. Elaine stellte fest, dass ihr Knöchel gleich viel weniger wehtat, wenn Bo sie festhielt.

„Was ist passiert?", fragte er.

„Ich bin gestürzt."

„Ach, was du nicht sagst." Er gluckste amüsiert. „Du hast Glück gehabt, dass du dir nicht den Hals gebrochen hast."

„Ich bin ja nicht auf dem Kopf gelandet", erwiderte sie trocken.

Jemand plumpste neben ihm auf den Beton. „Die Leiter ist total verrostet", ertönte Max' Stimme. „Ein Wunder, dass wir damit nicht abgestürzt sind. Die ist an der Wand gar nicht mehr fest. Das gibt mir echt den Rest."

„Hey, das war ja gereimt", sagte Bo grinsend.

Max schnaubte genervt. „Ich mein's ernst, Mann. Was haben wir hier unten eigentlich verloren?"

„Es ist eine Rettungsaktion", antwortete Bo und drückte Elaine noch ein wenig fester an sich.

„Ich glaub einfach nicht, dass ich das wirklich tue", knurrte Darlene und ließ sich auf den harten Boden fallen. „Es riecht hier ja total nach Schimmel!"

„Das ist bloß Max", erwiderte Bo.

„Kannst du stehen, Elaine?", fragte er und ließ sie los, bevor sie antworten konnte.

„Alles bestens", murmelte sie und hüpfte auf einem Bein zur Wand. In der Dunkelheit konnte sie kaum etwas sehen.

„Könnte mir vielleicht jemand verraten, was wir in einem Abwasserkanal unter der Shadyside-Highschool zu suchen haben?", fragte Jerry, während er von der letzten Leitersprosse sprang.

„Das ist kein Abwasserkanal", widersprach Bo.

„Na, sag schon. Wo sind wir?", quengelte Darlene mit weinerlicher Stimme.

„Lasst uns doch mal ein bisschen Licht ins Dunkel bringen", meinte Bo und zündete sein Feuerzeug an. Sofort flimmerte der Gang in gelbem, flackerndem Schein.

Alle keuchten vor Schreck auf.

7

Elaine starrte die beiden Worte an, die quer über die Wand vor ihnen geschmiert waren:

LET'S PARTY!

„Ich habe schon von diesem Ort gehört", sagte Bo leise.

Elaine blickte sich um. Sie waren in einem großen Raum, dessen Wände aus Schlackenbeton bestanden. Überall auf dem Boden lagen Flaschen, Dosen, Zeitungsfetzen und Essensverpackungen. An den Wänden wechselten sich große Flächen voller Schimmel mit verblichenen Graffiti ab.

LET'S PARTY! war mit blutroter Farbe hingeschmiert, die von der Unterkante der Buchstaben fast bis auf den Boden getropft war.

Mehrere dunkle Gänge führten in verschiedene Richtungen.

„Was ist denn das?", fragte Jerry.

„Das Labyrinth", sagte Max leise. Seine Stimme klang ehrfurchtsvoll.

„So isses", bestätigte Bo. Er und Max tauschten bedeutungsvolle Blicke.

„Was läuft hier eigentlich?", dachte Elaine. Und laut fragte sie: „Woher wisst ihr das?"

„Ein Typ, den ich kenne, hat uns davon erzählt", antwortete Bo. „Lloyd hat behauptet, er wäre schon mal hier unten gewesen, aber wir haben ihm nicht geglaubt."

„Er lügt nämlich meistens wie gedruckt", fügte Max hinzu.

„Auf jeden Fall haben sie diese Tunnel in den Fünfzigerjahren zum Schutz vor Atombomben gebaut", fuhr Bo fort. „Sie erstrecken sich angeblich über mehrere Meilen unter dem gesamten Stadtgebiet. Und da die Schutzräume nie gebraucht wurden, wurde das Ganze zu einer Art Partymeile. Die Kids aus Shadyside haben hier unten richtig abgefeiert."

„Das Labyrinth war total angesagt", fügte Max hinzu. „Gerade weil es verboten war, die Gänge zu betreten. Die Kids taten so, als würden sie hier unten festsitzen, während die Bomben unterwegs waren. Und in ihrer angeblich letzten Nacht feierten sie wie verrückt."

Elaine fröstelte. Ganz schön krank. Aber irgendwie war die Idee auch ziemlich abgefahren. Bis jetzt hatte sie immer nur bei ihren Freunden zu Hause gefeiert. Eine Party hier unten wäre viel cooler. Und viel … gefährlicher.

„Ich kann mir nicht vorstellen, dass keiner mehr herkommt", sagte Jerry skeptisch. „Es überrascht mich, dass du dich hier nicht regelmäßig rumtreibst, Bo."

Bos Augen funkelten in dem flackernden Licht. „Vielleicht bin ich nicht cool genug, Jerry."

„Wir haben schon öfter darüber gesprochen", sagte Max grinsend. „Aber wir haben den Eingang nicht gefunden."

„Ja. Danke noch mal, Elaine." Auch Bo grinste jetzt.

„Gern geschehen", erwiderte sie. Obwohl ihr der Knöchel höllisch wehtat, konnte sie sich ein Lächeln nicht verkneifen.

„Ich glaube nicht, dass dieses Labyrinth so schwer zu finden war", schnaubte Jerry.

„Ihr meint also, dass seit Jahren niemand mehr hier unten gewesen ist?", fragte Elaine. Ihr Blick schweifte über die mit Graffiti bedeckten Wände. Gegen ihren Willen war sie fasziniert. Dies war ein Ort, den keiner ihrer Freunde aus der Schule je gesehen hatte.

„Sie haben die Tunnel vor langer Zeit verschlossen", erklärte Max. „Alle Eingänge wurden versperrt."

„Und warum?", wollte Elaine wissen.

„Es ist etwas passiert", antwortete Bo leise. „Etwas Schlimmes."

Elaine fröstelte. Sie sah, wie ihre Schatten über die Wände huschten. Als wären die Kids, die hier unten gefeiert hatten, immer noch da und würden tanzen.

„Was ist denn damals passiert?", fragte Elaine weiter.

„Ich weiß es nicht genau", antwortete Bo. „Aber es sind Leute gestorben. Eine Menge Leute."

8

„Du spinnst ja!", rief Jerry aus. „Hier soll jemand gestorben sein? Das glaube ich nicht!"

„Hat dieser Lloyd dir das etwa alles erzählt?", fragte Elaine.

Bo nickte. „Und er war stocknüchtern. Deswegen habe ich ihm geglaubt."

Elaine glaubte Bo ebenfalls. Zuerst hatte sie das Ganze für einen seiner schrägen Späße gehalten, aber dafür wirkte er zu ernst.

„Wie wär's, wenn wir uns mal ein bisschen umsehen?", schlug Bo vor. „Ich würde gerne einen Blick in dieses Labyrinth werfen."

„Warum nicht?", meinte Max. „Ist immer noch besser, als uns da oben rumzutreiben. Wetten, hier findet Savage uns nie?"

„Und das bedeutet, dass wir nächsten Samstag wieder alle nachsitzen müssen", murmelte Jerry.

„Das bedeutet, dass wir wieder hier runterkommen können", fügte Bo hinzu.

Jerry verdrehte die Augen.

„Ich möchte hier raus", jammerte Darlene.

„Dann steht es zwei gegen zwei", stellte Bo fest. „Jetzt kommt es auf deine Entscheidung an, Elaine."

Alle starrten sie an. Elaine warf einen Blick in einen der dunklen Tunnel. Sie hätte gerne gewusst, wohin er führte. Am liebsten hätte sie das ganze Labyrinth erforscht, das sich unter Shadyside befand.

Aber die Angst von ihrem Sturz saß ihr noch in den Knochen und sie fühlte sich ganz zittrig. Ihr Knöchel tat höllisch weh, auch wenn sie ihn schon wieder belasten konnte. Und von ihrem aufgeschlagenen Ellbogen lief das Blut am Unterarm herunter.

Doch da sie jetzt wusste, wo sie war und wie sie herauskommen konnte, fühlte sie sich plötzlich gar nicht mehr so schlecht.

„Ich finde, wir sollten uns die Sache mal ansehen", sagte sie. „Wenn die Gänge nur eklig und miefig sind, kommen wir einfach wieder hierher zurück und klettern nach oben."

Jerry stöhnte.

Bos Gesicht leuchtete in einem triumphierenden Grinsen auf. Er ließ sich auf die Knie fallen und begann, in dem Müll auf dem Boden herumzuwühlen. Als er wieder aufstand, hatte er ein paar Holzstücke und ein gammeliges Stück Stoff in der Hand.

„Was soll das denn werden?", zischte Darlene.

„Ich mache uns Fackeln", antwortete Bo und wickelte den Stoff um die Holzstücke. „Mein Feuerzeug ist nämlich fast alle."

Elaine sah erstaunt zu, wie Bo innerhalb kürzester Zeit drei Fackeln herstellte. Dann wühlte er in seiner Jackentasche herum und brachte einen kleinen Behälter mit Feuerzeugbenzin zum Vorschein.

Elaine schnappte nach Luft.

„Wofür ist das denn da?", wollte Jerry wissen. „Bist du so 'ne Art Feuerteufel?"

„Was ich in meiner Freizeit mache, geht dich überhaupt nichts an", erwiderte Bo und tränkte den Stoff mit der Flüssigkeit.

Elaine hatte ein komisches Gefühl im Bauch. Bo war ihr irgendwie unheimlich. Wer trug schon ständig Feuerzeugbenzin mit sich herum?

Sie beobachtete ihn genau. Er hielt das Feuerzeug unter die Fackeln, die langsam zum Leben erwachten. Sie brannten nur schwach und produzierten eine Menge Rauch.

„Besser als totale Dunkelheit", meinte Bo. Dann reichte er eine Fackel Max und die andere Elaine. Die dritte behielt er selbst. Jerry beschwerte sich lautstark, aber Elaine ignorierte ihn einfach.

Sie schaute in jeden Tunnel, der von diesem Raum abging, aber außer völliger Finsternis war nichts zu sehen. Jeder einzelne von ihnen war voller Möglichkeiten. Am liebsten hätte Elaine alle erforscht. Sie war unglaublich aufgeregt.

„Welchen wollen wir nehmen?", fragte Bo.

„Den auf der rechten Seite", sagte Jerry.

„Warum?", wollte Darlene wissen.

„Warum nicht?", gab er zurück.

Elaine umklammerte ihre Fackel fester. Die anderen schienen genauso gespannt zu sein. Jetzt oder nie.

„Auf zur Party!", rief Bo.

Und dann betraten sie den Tunnel.

9

„Ich kann es gar nicht erwarten, den anderen am Montag davon zu erzählen", dachte Elaine. Sie kam sich kühn und abenteuerlustig vor, als sie so durch die Gänge trabten.

„Wahrscheinlich wird mir das keiner abkaufen. Wetten, niemand traut der praktischen, vernünftigen Elaine zu, dass sie das Labyrinth erkundet? Aber ich tu's!"

Elaine folgte Bo um die nächste Ecke. Sie beschloss, etwas mitzunehmen, womit sie beweisen konnte, dass sie tatsächlich hier unten gewesen war.

Beim Laufen hielt sie den Blick auf den Boden geheftet, aber außer leeren Bierdosen und Chipstüten war nicht viel zu sehen.

Max sang beim Gehen leise vor sich hin.

Elaine hörte, wie Jerry vor Lachen gluckste.

Das war aber auch echt komisch. Max war dabei, sein Image des knallharten Typen komplett zu ruinieren.

Elaine entdeckte einen Stapel Zeitungen an einer Wand. „Vielleicht ist eine alte dabei, die ich mit nach oben nehmen kann", dachte sie.

Sie ging hinüber und hob eine davon auf. „Hey, Leute, das müsst ihr euch mal ansehen!", rief sie.

Jerry eilte zu ihr hin. „Was hast du denn da?"

„Eine Schulzeitung von 1971", antwortete Elaine.

„Gib her!" Darlene riss Elaine die Zeitung aus der Hand. „Hey, seht mal die Weste, die das Mädchen anhat. Voll hippiemäßig! Das ist ja heute schon dreimal wieder out."

Bo schaute Elaine über die Schulter. „Oh, Mann! Und hier ist eine Besprechung des neuesten Doors-Albums."

Elaine beugte sich hinunter und schnappte sich noch eine Zeitung. Plötzlich hörte sie ein raschelndes Geräusch.

Sie sprang zur Seite und stieß gegen Darlene.

„Pass doch auf!", fauchte Darlene sie an.

„Ich dachte, ich hätte hier in der Ecke eine Ratte gehört", sagte Elaine.

„Ih, wie eklig!", quietschte Darlene. „Ich gehe zurück."

„Ich auch", schloss Jerry sich an.

„Ich nicht." Bo trabte weiter den Tunnel entlang und Max folgte ihm.

Elaine ließ ihren Blick über den Boden wandern. Es waren keine Ratten zu sehen. Offenbar kamen sie nicht näher, solange man sich bewegte. Hastig humpelte sie Bo und Max hinterher.

Kurz darauf hörte sie Schritte hinter sich. Elaine lächelte in sich hinein. Sie hatte nicht erwartet, dass Jerry und Darlene sich ohne Fackel auf den Rückweg machen würden.

Alle fünf bewegten sich tiefer ins Labyrinth. Keiner sagte etwas.

Elaine ertappte sich dabei, wie sie über die Geschichte nachdachte, die Bo ihnen erzählt hatte. Die Bilder anderer Teenager geisterten durch ihren Kopf. Leute wie sie, die hier unten richtig Party gemacht hatten.

Und dann gestorben waren.

Furcht ergriff sie. Am liebsten hätte sie kehrtgemacht, aber das ging nicht. Die anderen würden sie garantiert auslachen. Besonders Darlene.

Mit hoch erhobener Fackel humpelte Elaine weiter. Sie konnte jetzt auf keinen Fall umkehren, komme, was wolle.

Die Wände schienen immer näher zu rücken.

Ab und zu quiekte eine Ratte in der Dunkelheit. Elaine musste jedes Mal daran denken, wie sich die winzigen Krallen in ihren Hals gegraben hatten.

„Langsam macht es keinen Spaß mehr, hier unten zu sein", dachte sie. „Ich kriege richtig Angst."

Doch woher kam diese Angst?

Tief in ihrem Inneren wusste sie es.

Elaine hatte sich schon immer vor der Dunkelheit gefürchtet. Als sie klein war, hatte sie geglaubt, dass sich Monster darin verbargen. Selbst heute noch fühlte sie sich in einem finsteren Raum unbehaglich.

„Jetzt reiß dich mal zusammen", schimpfte Elaine im Stillen mit sich. Sie versuchte, die Angst zu verdrängen und sich zu beruhigen. Das half ein bisschen. Konzentriert starrte sie durch die Flamme ihrer Fackel auf das Karomuster von Max' Flanellhemd.

Der Tunnel wurde jetzt abschüssig und führte tiefer in die Erde hinein. Ein Stück weiter vorne hörte Elaine ein plätscherndes Geräusch.

Bo blieb stehen.

„Was ist das?", fragte Elaine.

„Sieh doch selbst nach", erwiderte Bo.

Vorsichtig ging Elaine weiter. Ihr Blick fiel auf eine große Wasserlache, die die ganze Breite des Tunnels einnahm. Aus einem Teil der Decke floss in Strömen neues Wasser nach.

„Wo kommt das bloß alles her?", fragte Jerry.

„Die entscheidende Frage ist, wie tief es ist und ob wir hindurchwaten können", bemerkte Bo abfällig.

Elaine entdeckte Müll, der in der Riesenpfütze trieb. Er hüpfte auf kleinen Wellen, die von dem herunterplätschernden Wasser verursacht wurden.

„Da gehe ich nicht rüber", verkündete Darlene. „Ganz egal, wie tief es ist!"

„Wo ist das Problem?", fragte Bo. „Ist doch bloß Wasser."

„Vergiss es", sagte Darlene entschlossen. „Da wate ich im Leben nicht durch."

„Ich auch nicht", schloss Elaine sich an und Jerry nickte.

Bo verdrehte genervt die Augen. „Na super. Dann kehren wir eben um und suchen uns einen anderen Tunnel."

Er drehte sich um und ging voran. Zuerst bog er rechts ab, dann links und noch einmal links. Elaine blieb dicht hinter ihm.

„Ich wünschte, wir würden zurück zur Leiter gehen", dachte sie. „Von mir aus können wir jetzt von hier verschwinden."

Bo bog wieder rechts ab.

„Warum gehen wir denn hier lang?", maulte Jerry. „In diesem Tunnel waren wir doch schon."

„Waren wir nicht", widersprach Max. „Das kommt dir nur so vor. Irgendwie ähneln die sich doch alle."

Bo ging einfach weiter.

„Ich glaube, Jerry hat recht", sagte Darlene.

Bo blieb stehen und schwenkte seine Fackel unschlüssig hin und her. In diesem Moment wurde Elaine klar, dass sie keinen blassen Schimmer hatten, wo sie waren und wie sie zur Leiter zurückfinden sollten.

Okay, sie waren drei- oder viermal abgebogen. Aber war es rechts oder links gewesen? Sie konnte sich beim besten Willen nicht daran erinnern.

„Wir haben uns verlaufen, stimmt's?", sagte sie leise.

10

„Wir haben uns nicht verlaufen", sagte Bo.

„Lasst uns einfach zurück zur Leiter gehen", meldete sich Darlene zu Wort. „Ich hab's satt, hier unten zu sein."

„Ich auch", schloss Max sich an.

„Okay, okay", sagte Bo. „Ich kenne den Weg. Kommt." Er ging weiter den Tunnel entlang.

„Ja!", dachte Elaine erleichtert. „Endlich verschwinden wir von hier. Und die anderen halten mich nicht für einen Feigling, weil ich vorgeschlagen habe umzukehren."

Bo bog rechts ab.

„Ich glaube, das ist nicht der richtige Weg. Wir bauen gerade Mist", murmelte Jerry.

„Sind die anderen so gestorben?", fragte sich Elaine. „Haben sie sich hier unten verlaufen?"

Sie zwang sich, nicht weiter darüber nachzudenken.

„Bist du sicher, dass du weißt, wo es langgeht?", fragte Darlene.

Bo antwortete nicht.

Elaines Knöchel schmerzte mit jedem Schritt mehr. „Wie lange werden wir denn noch hier unten sein?", fragte sie sich. Ein eiskalter Schauer durchfuhr sie.

Wieder führte der Tunnel abwärts. Elaine hörte das Geräusch von rauschendem Wasser.

„Wir sind wieder da, wo wir vorhin losgegangen sind", stöhnte Max.

„Toll, echt toll!", murmelte Jerry.

Bo wirbelte herum, um ihn anzufunkeln. „Meinst du vielleicht, du bekommst es besser hin?"

Jerry blickte über die Schulter in den Tunnel. „Nein", gab er zu.

„Hat sonst noch jemand was zu meckern?", fragte Bo.

Elaine schüttelte den Kopf. Max und Darlene auch.

„Was sollen wir denn jetzt tun?", fragte sich Elaine. Sie schlang die Arme um sich und versuchte, ruhig zu bleiben.

„Ich denke, wir sollten hindurchwaten", verkündete Bo. „Wenn wir umkehren, gehen wir nur wieder im Kreis."

Elaine starrte in das schmutzig-trübe Wasser. Sie sah Ratten. Braune Wesen mit fettig glänzendem Fell und fleischigen rosafarbenen Schwänzen. Sie schwammen hin und her und fraßen die verfaulten Papierklumpen.

„Bo hat recht", sagte Max. „Die Tunnel ziehen sich unter der ganzen Stadt entlang. Es muss jede Menge Ausgänge geben. Wenn wir diese Wasserlache durchqueren, finden wir bestimmt einen von ihnen."

„Aber wir wissen doch gar nicht, wie tief sie ist", protestierte Darlene.

Plötzlich fiel Elaine auf, dass irgendetwas das Licht von Bos Fackel reflektierte.

„Seht mal, da ist eine Flasche am rechten Wasserrand!", rief sie.

„Na und?", zischte Darlene.

„Sie liegt auf festem Untergrund und treibt nicht im Wasser."

„Wen interessiert denn schon eine blöde Flasche?", schnaubte Darlene.

Bo hielt seine Fackel hoch und blinzelte in die Dunkelheit. „Elaine hat recht", sagte er. „Da drüben scheint eine Art Sims an der Tunnelwand zu sein."

„Wow, ist ja super", murmelte Darlene.

„Und? Ist es breit genug, dass wir darauf gehen können?", fragte Jerry.

„Es gibt nur einen Weg, das herauszufinden", antwortete Bo und stieg auf den Vorsprung. Elaine sah, dass er ein wenig schwankte, als er versuchte, das Gleichgewicht zu halten. Vorsichtig machte er noch einen Schritt.

„Gar nicht mal so schlecht", rief er zurück. „Das Sims ist ziemlich schmal, aber es sieht so aus, als würde es ganz durchs Wasser reichen. Folgt mir!"

„Soll das ein Witz sein?", knurrte Darlene.

Bo blieb einen Moment stehen und betrachtete die Decke.

„Da oben scheint es immer noch zu schütten wie aus Eimern", sagte er.

„Pass auf die Fackel auf!", rief Max ihm zu.

„Leichteste Übung", antwortete Bo lässig.

Er balancierte geduckt durch die dichten Wasserfäden und sprang auf der anderen Seite vom Sims.

„Das war's", verkündete er. „Es führt tatsächlich hindurch und ist ungefähr vierzig Zentimeter breit."

„Ich werde nicht gehen. Auf gar keinen Fall", protestierte Darlene.

„Du willst doch hier raus, oder etwa nicht?", fragte Bo.

„Aber das ist so eklig!", jammerte Darlene.

„Bleib einfach auf dem Sims. Dann wirst du nicht mal nass."

„Nein."

„Elaine macht es auch", behauptete Bo.

Ach, ja? Woher wollte er das denn wissen?

Elaine atmete tief durch. Aber er hatte recht. Sie musste es tun. Es war schließlich ihre Chance, hier herauszukommen.

„Gut", sagte Darlene. „Dann kann sie ja reinfallen."

Elaine blickte über die Wasserfläche zu Bo. Ungefähr vierzig Zentimeter breit, hatte er gesagt. Eine halbwegs trockene Erhebung, die sich an der Wand des Tunnels entlangzog.

„Na?", fragte Darlene provozierend.

„Ich werde gehen", verkündete Elaine.

Darlene machte ein abfälliges Geräusch. Elaine humpelte vorwärts und versuchte, trotz ihres verletzten Knöchels einen selbstsicheren Eindruck zu machen.

Sie trat auf das Sims. Der Stein fühlte sich stabil an. Dann machte sie den ersten Schritt. Wasser überspülte ihren Fuß.

Elaine tastete sich vorsichtig weiter. Das Sims wurde jetzt schmaler.

„Beeil dich!", rief Max hinter ihr.

„Hey, ich habe einen verstauchten Knöchel, schon vergessen?"

„Beeil dich trotzdem."

Elaine versuchte, schneller zu gehen. Fast hatte sie die Mitte erreicht. Wasser schwappte über das Sims und durchnässte ihre Turnschuhe. Ein- oder zweimal verlor sie beinahe das Gleichgewicht. Außer der Wand gab es nichts zum Festhalten – und die war glitschig vom Regenwasser.

„Was ist mit dir, Jerry?", rief Bo ihm zu. „Bist du der Nächste?"

„Ich komme", erwiderte er, ohne zu zögern.

Elaine fror. Die Lache bestand aus Regenwasser, das die frostige Temperatur von Schneematsch hatte.

„Schneller!", drängte Max noch einmal.

„Ich versuch's ja!" Als Elaine aufblickte, sah sie Bo, der sie direkt anstarrte. Nur ein kleines Stück trennte sie noch.

„Lass dich von Max nicht ablenken", sagte Bo leise zu ihr. „Konzentrier dich darauf, nicht auszurutschen. Du hast es gleich geschafft."

Elaine nickte und machte einen Schritt auf ihn zu. Den Blick hielt sie dabei fest auf Bo gerichtet. Noch ein Schritt.

Etwas streifte ihren Fuß.

Elaine zuckte zusammen und stieß einen Schrei aus.

Bo rief laut ihren Namen.

Verzweifelt versuchte sie, ihr Gleichgewicht zu halten. Dabei trat sie auf etwas Weiches, das sich zappelnd unter ihrem Fuß hervorwand. Elaine stolperte rückwärts.

Sie landete mit dem Turnschuh auf der Kante des Vorsprungs – und rutschte aus.

Im nächsten Moment fiel sie ins Wasser. Elaine versuchte zu schreien, aber ihr Mund füllte sich mit der fauligen Flüssigkeit.

11

Etwas Glattes, Schmieriges huschte an ihrer Wange vorbei. Eine Ratte!

Elaine spürte kleine Krallen ihren Arm hinaufkrabbeln. Und ihren Bauch.

„Sie sind überall auf mir drauf!", schoss es ihr entsetzt durch den Kopf.

Elaine wand sich und schlug um sich, um die Ratten loszuwerden. Das faulige Wasser war in ihrer Nase und ihrem Mund.

Sie zwang sich, nicht durchzudrehen. „Zuerst musst du raus aus dem Wasser und dann kannst du dich um die Ratten kümmern", sagte sie sich.

Aber wo war oben?

„Keine Panik", redete sie sich gut zu. „So tief kann es nicht sein. Du wirst nicht ertrinken!"

Eine Hand packte ihren Arm. Dann noch eine.

Ihr Kopf stieß durch die Wasseroberfläche und sie blickte auf zu Bo, der sie herauszog.

Elaine packte eine Ratte, die auf ihrer Schulter hockte, und schleuderte sie zurück ins Wasser. „Sind da noch mehr?", rief sie. „Nimm sie weg!"

„Sie sind verschwunden", versicherte ihr Bo.

Sie würgte und spuckte. Das faulige Wasser schmeckte widerlich!

„Du hast heute wirklich einen schlechten Tag", bemerkte Bo grinsend.

„Ach, was du nicht sagst", murmelte sie und wrang das Bündchen ihres Sweatshirts aus, was allerdings nicht viel brachte. Ihre Klamotten waren völlig durchnässt. Ihr Knöchel pochte und ihr Ellbogen brannte.

„Wenn wir lange genug hier unten bleiben, wirst du vielleicht wieder trocken", sagte Bo.

Elaine warf ihm einen finsteren Blick zu. „Sehr witzig", murmelte sie.

„Hier." Bo zog seine Armyjacke aus und hielt sie ihr hin. „Zieh die an. Dann frierst du wenigstens nicht."

Elaine schlüpfte dankbar in die Jacke und zog sie fest um sich. Sie war ihr viel zu groß, aber dafür noch warm von Bos Körper.

„Danke", sagte Elaine und rang sich ein Lächeln ab. „Das hilft ein bisschen."

„Hey!", rief Darlene mit schriller Stimme. „Was sollen wir jetzt tun?"

„Rüberkommen", antwortete Bo. „Aber tritt nicht auf irgendwelche Ratten und fall dann ins Wasser."

Elaine sah zu, wie die anderen über das Sims balancierten. Max schaffte es in dreißig Sekunden. Jerry war etwas langsamer, aber er bewegte sich ohne Zögern. Darlene schlich dicht an die Wand gepresst hinüber.

„Das ist nicht fair", dachte Elaine. „Warum bin ich die Einzige, die baden gegangen ist?"

„So", sagte Bo. „Weiter geht's. Wir müssen irgendwie hier rausfinden. Schaffst du das, Elaine?"

Sie seufzte und zuckte die Achseln. „Was bleibt mir anderes übrig? Schlimmer kann's ja nicht werden."

Sie gingen eine Weile schweigend dahin.

„Wir müssten längst einen anderen Ausgang gefunden haben", dachte Elaine. „Warum dauert das so lange?"

Sie hatte ihre Hände tief in den Taschen von Bos Jacke vergraben. Mit der einen Hand ertastete sie das Springmesser, mit der anderen zusammengeknülltes Papier. Irgendwo in den Tiefen dieser Jacke musste sich auch noch der Behälter mit dem Feuerzeugbenzin befinden. Das Feuerzeug selbst hatte Bo offenbar in die Hosentasche gesteckt.

„Ich kann nicht glauben, dass ich Bo Kendalls Jacke trage", dachte sie. „Die Jacke eines Jungen, mit dem ich bis jetzt nichts zu tun haben wollte. Ein Typ, mit dem ich lieber nicht zusammen gesehen worden wäre."

Elaine seufzte.

„Wahrscheinlich werde ich ihn noch ziemlich gut kennenlernen", ging es ihr durch den Kopf. „So, wie es aussieht, werde ich noch eine ganze Weile mit ihm verbringen, wenn wir hier nicht rausfinden."

Doch dann verdrängte sie den Gedanken schnell wieder.

Im nächsten Moment stieß sie beinahe mit Jerry zusammen, denn Bo, der ganz vorne ging, war unvermittelt stehen geblieben.

„Seht euch das mal an", sagte er.

Außer rußgeschwärzten Wänden und dicken Spinnweben fiel Elaine nichts weiter auf.

„Was denn?", fragte auch Jerry.

„Seht ihr es denn nicht?"

„Würde ich dann fragen?", erwiderte Jerry bissig.

„Da", sagte Bo und zeigte mit seiner Taschenlampe auf etwas.

Jetzt sah Elaine es auch. Bis jetzt hatten alle Wände aus Schlackensteinen oder Beton bestanden, doch die ungefähr zwei Meter breite Fläche, auf die Bo jetzt deutete, war aus alten, teilweise zerbröckelten Ziegelsteinen gemauert. Sie reichte vom Boden bis zur Decke.

„Das sieht irgendwie … falsch aus", sagte Elaine zögernd.

„Stimmt. Es wirkt, als würde es nicht hierher gehören",

stimmte Bo ihr zu. Er reichte Darlene seine Fackel und begann, an dem bröckeligen Mörtel herumzupulen, der einen der Ziegelsteine umgab.

„Was machst du da?", fragte Jerry.

„Nur was abchecken", sagte Bo.

Er kratzte den Mörtel aus der Fuge und versuchte, den Stein aus der Mauer zu ziehen.

In diesem Moment ruckte der Ziegel ein Stück zurück, als würde jemand auf der anderen Seite der Mauer daran ziehen.

Bo riss erschrocken seine Hand weg.

„Warst du das, Bo?", fragte Max.

„Nein", antwortete er mit belegter Stimme und räusperte sich.

Elaine spürte einen dicken Kloß im Hals. Die Angst nahm ihr regelrecht den Atem. Hatte sie sich das eingebildet? Jemand – oder etwas – musste den Stein bewegt haben.

„Das ist aber komisch", flüsterte Darlene.

Elaine krallte die Finger in die Aufschläge von Bos Jacke. Konnten sie diese blöde Mauer nicht einfach in Ruhe lassen und weitergehen? Sie mussten ja nicht alles erforschen, oder?

„Bo ...", begann sie, aber der hatte die Hand schon wieder nach dem Stein ausgestreckt.

Doch bevor er ihn berühren konnte, schoss er ein paar Zentimeter aus der Wand.

„Ohoh", murmelte Bo.

„Das ist merkwürdig", dachte Elaine. „Verdammt merkwürdig."

Bo drückte den Ziegel zurück in seine ursprüngliche Position.

„Na bitte. Geht doch", sagte er zufrieden.

Wie als Antwort ertönte ein leises Rumpeln hinter der

Wand. Es wurde immer lauter und steigerte sich genauso schnell wie Elaines Furcht.

„Lauf!", schoss es ihr durch den Kopf.

Zu spät.

Aus dem Rumpeln wurde ein lautes Dröhnen.

Und dann explodierte die Mauer.

12

Die Wucht der Explosion schleuderte Elaine gegen die hintere Schlackewand, wo sie sich unsanft die linke Schulter stieß. Ziegelbröckchen schossen ihr ins Gesicht. Schreie gellten in ihren Ohren.

Als sie die Augen wieder öffnete, konnte sie kaum etwas sehen. Die anderen lagen auf dem Boden, nur eine Fackel brannte noch. Eine rote Staubwolke hing über allem. Elaine hustete und strich sich das feuchte Haar aus dem Gesicht.

Sie blinzelte in dem dichten Staub und entdeckte ein klaffendes Loch in der Ziegelwand. Es war so groß, dass eine Person bequem hindurchklettern konnte.

„Seid ihr okay?", fragte Bo.

Er setzte sich auf und klopfte sich ab. Elaine musterte ihn mit zusammengekniffenen Augen. Blut tropfte über seine Stirn.

„Alles in Ordnung?", fragte er sie.

„Ich glaube schon", antwortete sie. „Was ist denn da explodiert, Bo?"

„Keine Ahnung", murmelte er. Er wischte sich das Blut aus dem Gesicht und zuckte zusammen, als er den Schnitt auf der Stirn berührte.

Elaine beobachtete ihn. Sie hatte ein flaues Gefühl im Magen. Bo hatte Angst, das sah man in seinen Augen.

Max rollte sich herum und streifte die Ziegelstücke ab, die auf ihm gelandet waren. Er öffnete den Mund, um etwas zu sagen, und machte ihn wieder zu. Dann schüttelte er den Kopf. „Puh!", stieß er hervor.

„Was war das denn?", meldete Jerry sich zu Wort. Er hob seine verbogene Brille vom Boden auf.

„Bo?", war Darlenes Stimme zu vernehmen. Sie klang ganz benommen.

„Ich bin hier", antwortete er.

Sie krabbelte durch den Schutt zu ihm hin und umarmte ihn. Er schlang ebenfalls seine Arme um sie. Elaine wandte sich ab und griff nach der einzigen Fackel, die noch brannte.

„Ich hab richtig Schiss", stöhnte Darlene. „Was ist denn passiert?"

„Keine Ahnung", antwortete Bo, machte sich von ihr los und zündete seine Fackel wieder an. Er brauchte drei Anläufe, bis sie wieder brannte.

„Alle so weit okay?", fragte er noch einmal. Die anderen murmelten zustimmend.

„Lasst uns so schnell wie möglich nach einem Weg hier raus suchen", drängte Jerry. „Das war ganz schön unheimlich."

„Irgendwas hat diese Wand gesprengt", sagte Max.

Darlene hustete. „Bei dem ganzen Staub kriegt man ja gar keine Luft." Sie blinzelte mehrmals und Elaine bemerkte, dass ihre Augen tränten. „Warum setzt der Staub sich eigentlich nicht?"

„Stimmt", bestätigte Jerry. „Er ist so dicht, dass ich kaum noch atmen kann."

Elaine legte die Hand vor den Mund und hielt ihre Fackel in die rötliche Wolke. Winzige Partikel schwirrten wie Motten um die Flamme. Sie ballten sich abwechselnd zusammen und lösten sich wieder auf, ohne zu Boden zu sinken. Dieses Zeug wirkte überhaupt nicht wie Staub.

Irgendwie fühlte es sich schwerer an als normale Luft, feuchter. Und wärmer.

Elaine krauste die Nase. Dieser komische Staub kam ihr beinahe lebendig vor.

„Äh!", sagte Darlene angewidert. „Was ist denn das für ein Mief?"

Jetzt roch Elaine es auch. Es war der säuerliche Gestank von verfaulendem Fleisch.

Sie hielt sich die Nase zu und reckte die Fackel noch etwas höher.

Die seltsamen Staubteilchen waren von einem tieferen Rot als die Backsteine und ballten sich nun zu einer dichten Wolke zusammen, die sich um Elaine und die anderen legte.

„Was ist denn das?", flüsterte Max mit erstickter Stimme. Er rappelte sich auf und wedelte mit der Hand vor seinem Gesicht herum.

Doch der seltsame Nebel löste sich nicht auf. Ganz im Gegenteil. Er schien sich um Max herum noch zu verdichten und ihn immer mehr einzuhüllen.

Ängstlich riss Max den Mund auf. „Irgendwas stimmt hier nicht", murmelte er. „Irgendwas stimmt hier ganz und gar nicht."

„Hey", sagte Bo. „Was ist los?"

Max' Körper wurde plötzlich ganz steif. Seine Finger bogen sich zu Klauen. Seine Augen traten aus den Höhlen.

Elaine schnappte entsetzt nach Luft.

„Max …", setzte Bo an. Aber der Aufschrei seines Freundes schnitt ihm das Wort ab.

Max' Schrei schwoll zu einem ohrenbetäubenden Geheul an, als der rote Nebel seinen Körper vom Boden abhob.

13

Wie gelähmt vor Entsetzen starrte Elaine Max an.

Er schwebte einen Meter über dem Boden. Die rote Wolke wirbelte um ihn herum wie ein Tornado. Sein Körper zuckte und wand sich in ihrem Inneren.

Max' linker Arm wurde so heftig hochgerissen, dass er aus dem Gelenk sprang. Elaine unterdrückte einen Schrei, als sein rechter Arm mit unglaublicher Gewalt hinter seinen Rücken gezerrt wurde.

Der rote Nebel bewegte sich und zerrte Max mit sich, der wie rasend zappelte und aus voller Kehle schrie.

„Max!", rief Bo mit überschnappender Stimme. Er sprang in die Wolke und packte die Beine seines Freundes.

Aber irgendetwas schleuderte ihn mit unglaublicher Kraft an die gegenüberliegende Wand, wo er zusammengesunken auf dem Boden landete.

„Bitte, lass es aufhören!", betete Elaine. „Das kann doch nicht wahr sein!"

Sie hörte das Brechen von Knochen. Unwillkürlich hielt sie sich die Ohren zu und schrie beim Anblick von Max laut auf.

Der unheimliche Nebel wirbelte jetzt noch dichter um ihn herum, als wollte er seinen tödlichen Griff verstärken.

„Wie kann das sein? Dieses *Ding* lebt doch nicht. Es besteht nur aus Staub. Das ist unmöglich", schoss es Elaine durch den Kopf.

Der rote Nebel wirbelte immer schneller. Max' Rippen bogen sich unter seinem T-Shirt hoch und knackten laut, als sie schließlich brachen.

Elaine wurde schlecht. Sie konnte nur in fassungslosem Schweigen zusehen, was als Nächstes geschah.

Max' Arm fuhr wild durch die Luft und brach am Ellbogen. Der Unterarm wurde lediglich von der Haut gehalten und zuckte völlig unkontrolliert in der Gewalt der Wolke.

Seine Augen rollten zurück, bis man nur noch das Weiße sah, das inzwischen einen kränklichen grauen Ton angenommen hatte.

Elaine umklammerte ihren Bauch und wiegte sich vor und zurück. Sie zitterte am ganzen Körper, aber sie konnte nicht aufstehen. Konnte nicht weglaufen. Konnte nicht schreien. Sie konnte nicht mal einen klaren Gedanken fassen. Das Einzige, was sie wusste, war, dass sie gerade einen anderen Menschen sterben sah.

Die rote Wolke raste durch den Tunnel davon. Weder vom Wind noch einer anderen Kraft angetrieben, bewegte sie sich auf unerklärliche Weise blitzschnell vorwärts. In ihrem Inneren schwebte Max' schlaffer, zuckender Körper. Dann verschluckte ihn die Dunkelheit.

Er war verschwunden.

Geschockt starrte Elaine ihm hinterher. Nein, das war kein Traum. Sie war hellwach … und hatte das Gefühl, gleich verrückt zu werden. „Das kann nicht sein", flüsterte sie immer wieder. „Das ist unmöglich."

Darlene und Jerry saßen wie erstarrt neben ihr.

Bo rappelte sich als Einziger auf. Mit einem wütenden Schrei stürmte er der roten Wolke hinterher.

„Bo, nein!", rief Elaine. Sie erhob sich schwerfällig und belastete dabei ihren gesunden Fuß. Aber sie war zu langsam und konnte ihn nicht mehr aufhalten. Bo stürmte tiefer in das Labyrinth, um seinen Freund zu retten.

Das Licht seiner Fackel verschwand in dem dunklen Tunnel.

Elaine spürte einen dicken Kloß in ihrer Kehle. Würde sie ihn jemals wiedersehen? Oder würde dieser unheimliche Nebel ihm das Gleiche antun? Verzweifelt schlug sie mit der Faust gegen die Wand.

„Wir müssen hier raus", ertönte Jerrys zittrige Stimme hinter ihr. „Am besten versuchen wir, an der Wasserlache vorbei zur Leiter zurückzukommen. Außerdem bewegen wir uns so in die entgegengesetzte Richtung wie dieses … dieses Ding."

Seine Worte brachten Elaine wieder in die Realität zurück. „Wir können nicht ohne Bo gehen", sagte sie entschlossen. „Wir müssen ihm folgen."

„Nein, wir müssen hier weg." Jerry tastete den Boden nach einer Fackel ab, konnte aber keine finden. Er versuchte, sich Elaines zu schnappen, aber die riss sie gerade noch rechtzeitig weg.

„Gib sie mir!", befahl er. „Sofort!"

„Kommt nicht infrage, Jerry", antwortete sie und wich zurück. „Wir können Bo nicht im Stich lassen."

„Aber wir müssen hier raus!", brüllte er aus voller Kehle. „Jetzt! Sofort! Wir können hier nicht einfach auf dieses unheimliche Ding warten. Verstehst du das, Elaine?"

„Komm, Jerry. Lass uns gehen! Sie kann ja hierbleiben", rief Darlene.

„Aber wir brauchen die Fackel", erinnerte Jerry sie.

Darlene sah Elaine mit zusammengekniffenen Augen an. „Die Fackel kriegen wir, egal, ob du mitkommst oder nicht", zischte sie ihr zu.

Elaine sah sie überrascht an. Hatte Darlene tatsächlich solche Angst, dass sie einfach abhauen und Bo zurücklassen würde? Offenbar war sie doch nicht so tough, wie sie immer tat.

„Vergiss es", sagte Elaine und hielt die Fackel außerhalb ihrer Reichweite.

„Denk doch mal nach", flehte Jerry sie an. „Wenn wir jetzt nicht verschwinden, sind wir erledigt!"

„Und was ist mit Bo und Max?", fragte sie.

„Die sind schon tot!", brüllte er. „Irgendwas ist aus diesem Loch rausgekommen und hat sich Max geschnappt! Und wenn du mit dieser blöden Fackel hier sitzen bleibst, sind wir als Nächstes dran! Also, jetzt mach endlich!"

Elaine lauschte einen Moment. Aus dem Tunnel war nichts zu hören. Wo war Bo? Hatte der rote Nebel ihn ebenfalls geschnappt?

Darlene trat einen Schritt vor. Ihre Hände waren zu Fäusten geballt.

Vor Elaines innerem Auge tauchte Max auf, der hilflos in dem tödlichen Nebel hing und einfach in Stücke gerissen wurde. Doch davon durfte sie sich jetzt nicht einschüchtern lassen.

Sie musste sich konzentrieren. Musste stark sein.

„Bleib stehen, Darlene!", sagte sie drohend.

„Was willst du denn machen?", fragte Darlene höhnisch. „Du kannst es nicht mit uns beiden aufnehmen. Gib uns die Fackel, Elaine. Na, los!"

Elaine warf einen Blick auf die Fackel. Die Flamme war schon ziemlich weit heruntergebrannt. Wenn sie ausging, würden sie hier in der Dunkelheit festsitzen. Und ohne Bo konnten sie keine andere anzünden – er hatte das Feuerzeug.

Darlene kam näher.

Elaine gestand es sich nicht gerne ein, aber Darlene hatte recht. Es war zwecklos. „Na gut", sagte sie. „Dann lasst uns gehen, bevor diese hier auch noch verlischt."

„Ich nehme sie", erwiderte Darlene und riss ihr die Fackel aus der Hand. „Nachher stolperst du wieder und die Flamme geht aus."

Am liebsten hätte Elaine ihr das triumphierende Grinsen

aus dem Gesicht gewischt. Aber das musste warten. Irgendwo dort hinten in den Tunneln verbarg sich der rote Nebel. Und er würde sich auch auf sie stürzen. Sie unterdrückte den Impuls, kopflos wegzurennen.

Das durfte sie nicht. Sie musste Ruhe bewahren.

Jerry und Darlene liefen vorneweg. Die helle Flamme hüpfte in der Dunkelheit.

Sie humpelte ihnen hinterher, so schnell sie konnte, und belastete ihren verletzten Knöchel dabei, so stark es ging.

Trotzdem wurde der Lichtschein der Fackel immer schwächer.

Eine Welle von Panik durchfuhr Elaine. Sie konnte das Tempo nicht mithalten. Ihr Knöchel war zu stark geschwollen.

„Wartet auf mich!", rief sie Darlene und Jerry hinterher.

Doch das Licht der Fackel verschwand, als die beiden um eine Ecke bogen.

Sie würden sie doch nicht etwa hier zurücklassen … oder?

14

Elaine stieß einen leisen Schrei aus und verdoppelte ihre Geschwindigkeit. Bei jedem Schritt schoss ein brennender Schmerz durch ihr Bein. Sie streckte die Arme vor und tastete sich in der Dunkelheit an der Wand entlang.

Als die Mauer endete, bog sie um die Ecke.

Ein Stück vor ihr war die Fackel wieder zu sehen.

„Gott sei Dank", dachte Elaine und humpelte weiter.

Sie konzentrierte sich auf das flackernde Feuer, doch egal, wie sehr sie sich auch antrieb, der Lichtschein wurde immer schwächer.

Mit dem Fuß stolperte sie über eine leere Flasche. Das laute Geräusch schreckte Scharen von Ratten auf, die panisch durch die Dunkelheit huschten. Ihr Knöchel pochte bei jedem Herzschlag, der Schmerz war mörderisch.

Gerade als Elaine dachte, sie würde jeden Moment zusammenbrechen, sah sie, dass das Licht wieder heller wurde.

Jerry und Darlene waren offenbar stehen geblieben.

Mit neuer Energie stolperte sie vorwärts. Dieser Tunnel kam ihr nicht bekannt vor. Und es war auch kein rauschendes Wasser zu hören.

Müde, wie sie war, verspürte Elaine dennoch das dringende Bedürfnis, von hier wegzukommen. Der rote Nebel war irgendwo da draußen. Er hatte Max völlig geräuschlos getötet. Also konnte er jetzt auch direkt hinter ihnen sein und sie würden es erst merken, wenn es zu spät war.

„Warum habt ihr angehalten?", fragte Elaine keuchend. „Dieses Ding ist vielleicht schon hinter uns her. Wir müssen weiter!"

Jerry sah sie in dem flackernden Licht stirnrunzelnd an. „Ich war mir sicher, dass das Wasser hier ist. Aus welcher Richtung sind wir vorhin eigentlich gekommen?"

„Ich weiß es nicht", sagte Elaine.

Sie blickte in Jerrys angsterfüllte Augen. „Ich habe keine Ahnung, wie wir zu der Wasserlache zurückfinden sollen."

„Wir kommen hier nie raus!", stöhnte Darlene. „Nie!"

Elaine merkte, wie sie sauer wurde. Warum riss Darlene sich nicht mal ein bisschen zusammen? „Wir müssen in Bewegung bleiben, damit dieser rote Nebel uns nicht findet", sagte sie mühsam beherrscht.

„Wo sollen wir denn hin?", fauchte Darlene sie an. „Wenn wir weitergehen, verlaufen wir uns nur noch mehr."

„Wir haben uns sowieso schon total verlaufen", feuerte Elaine zurück. Jetzt war sie richtig wütend. Nachdem Darlene sie bedroht und beinahe zurückgelassen hatte, wollte sie nun also schon aufgeben?

„Gib mir die Fackel!", befahl Elaine und schnappte sie ihr aus der Hand.

„Hey!", protestierte Darlene. „Wer hat dich denn zur Anführerin gemacht?"

„Halt die Klappe und hör zu!", fuhr Elaine ihr über den Mund. „Ich habe auch Angst, aber wir können hier nicht einfach schlotternd rumsitzen und darauf warten, dass dieses Ding uns findet. Wir müssen uns was einfallen lassen!"

„Na, dann zerbrich dir mal schön den Kopf", erwiderte Darlene schnippisch. „Das ändert auch nichts daran, dass wir hier unten in der Falle sitzen."

„Ist es dir denn ganz egal, was aus Bo wird?", fragte Elaine.

„Du weißt genau, dass es mir nicht egal ist", knurrte Darlene.

„Möchtest du ihn nicht wiedersehen?", hakte Elaine nach.

Darlene schien kurz davor, in Tränen auszubrechen, aber es gelang ihr, sie wegzublinzeln. „Er ist vielleicht tot", sagte sie leise.

„Vielleicht auch nicht", hielt Elaine dagegen. „Aber das wissen wir nicht."

„Also, was meinst du?", schaltete sich jetzt Jerry ein. „Sollen wir umkehren und Bo folgen? Und nach diesem äh … Ding suchen?"

Elaine antwortete nicht. Wollte sie tatsächlich zurückgehen?

Der Gedanke an den roten Nebel jagte ihr einen Angstschauer über den Rücken.

„Was meinst *du* denn?", fragte sie zurück.

Er seufzte. „Ich denke, wir sollten einfach weiterlaufen. Vielleicht entdecken wir einen Ausgang, auch wenn wir das Wasser nicht finden."

„Was meinst du, Darlene?", fügte er hinzu. Sie nickte.

„Dann lasst uns mal los", sagte Elaine. „Aber bitte nicht so schnell. Mit meinem Knöchel kann ich nicht rennen."

„Das wissen wir", murmelte Darlene kaum hörbar.

Sie folgten weiter den Windungen des Tunnels und kamen dabei durch mehrere leere Räume. Aber keiner davon kam ihnen bekannt vor.

Mit jeder Biegung wurde die Fackel ein wenig schwächer. Bald würden sie sich in völliger Dunkelheit befinden.

Und dann?

Elaine zwang sich, nicht darüber nachzudenken. Ihr Atem ging schwer, während sie mit ihrem verletzten Fuß mühsam weiterhumpelte.

Sie bogen um die nächste Ecke.

Vor ihnen auf dem Boden lag ein zusammengesunkener, regloser Körper.

15

Elaine schrie laut auf und wich mit einem großen Satz von der übel riechenden Leiche zurück. Ein Rattentrio zerrte und nagte laut quiekend daran herum.

Elaines Magen hob sich mit einem Ruck.

„Ein Toter!", kreischte Darlene. „Das muss Max sein!"

„Oder Bo", sagte Jerry leise.

Darlene rannte los und rempelte dabei Elaine an.

„Hey!", rief Elaine und verlor das Gleichgewicht. Sie stolperte und knickte mit dem verletzten Knöchel um.

Beim Fallen flog ihr die Fackel aus der Hand und knallte gegen die Wand. Sie prallte von der Mauer ab und landete auf dem Betonboden.

Die Flamme qualmte noch einmal und ging dann aus.

Undurchdringliche Finsternis hüllte sie ein.

Elaine versuchte, ein Stöhnen zu unterdrücken. Es war stockdunkel. Ihr kam es vor, als würden die Wände näher rücken, um sie zu zerquetschen.

Sie hörte Jerrys keuchenden Atem neben sich. Hörte Darlene fluchen.

„Dreh jetzt nicht durch", redete Elaine sich gut zu. „Denk nach!" Aber es war so dunkel hier. All ihre Kindheitsängste kamen mit einem Mal wieder hoch.

„Habt ihr ... habt ihr gesehen, wer es war?", fragte Elaine mit wackliger Stimme.

„Ich kann es nicht genau sagen", erwiderte Darlene. „Die Fackel ist ausgegangen, bevor ich sein Gesicht erkennen konnte. Aber ich glaube, es war Bos T-Shirt."

Elaine versuchte verzweifelt, sich zusammenzureißen und

die Panik zu unterdrücken, die in ihrer Brust aufstieg. Sie versuchte, die Dunkelheit zu ignorieren und die Tatsache zu verdrängen, dass Bos Leiche nur wenige Zentimeter entfernt lag.

„Wenn das Bo ist, hat ihn der rote Nebel getötet", bemerkte Jerry. „Er hat ihn umgebracht und dann hier liegen lassen."

Elaine hörte, wie Darlene nach Luft schnappte. „Dann ist er vielleicht immer noch hier!", rief sie. „Und wir können ihn nicht sehen!"

Elaine streckte ihre Hand aus und tastete herum, bis ihre Finger die Fackel berührten.

„Wir müssen sofort verschwinden", drängte Jerry. „Auch ohne Licht. Wir können unmöglich hierbleiben. Sonst ergeht es uns wie ihm."

Elaine leckte sich über die trockenen Lippen. „Bo hat das Feuerzeug", krächzte sie.

„Bo ist tot", erwiderte Darlene mit gepresster Stimme.

„Sein Feuerzeug. Er muss es irgendwo bei sich tragen", sagte Elaine. „In der Hosentasche oder so."

Es entstand eine kurze Stille.

„Ich werde nicht danach suchen", verkündete Jerry.

„Uns bleibt nichts anderes übrig", beharrte Elaine. „Der rote Nebel könnte ganz in der Nähe sein und wir würden es nicht mal merken! Wenn wir hier rauswollen, brauchen wir Licht!"

Als sie den hysterischen Ton in ihrer Stimme hörte, befahl sie sich, Ruhe zu bewahren.

„Ich kann ihn nicht anfassen", jammerte Darlene. „Ich kann's einfach nicht."

Elaine zwang sich, weiter vorwärtszukrabbeln. „Darlene, weißt du, wo die Leiche liegt?"

„Direkt vor mir", flüsterte Darlene. „Halt dich einfach an meine Stimme."

Elaine kroch auf sie zu und umklammerte dabei die Fackel mit einer Hand.

In ihrem Kopf drehte sich alles. Die Finsternis umhüllte sie wie ein schwerer Mantel.

„Ich kann nicht glauben, dass ich das wirklich tue", dachte sie.

Sie bewegte sich weiter vorwärts, bis sie Darlenes Finger auf ihrer Schulter spürte.

„Er liegt genau hier", sagte sie. „Was willst du jetzt tun?"

Elaine zögerte kurz. „Ich denke, ich werde versuchen, seine Hosentasche zu finden", antwortete sie. „Und dann muss ich nach seinem Feuerzeug tasten."

Sie hörte, wie Darlene sich langsam zurückzog.

Elaine atmete tief durch …

Und griff nach Bos Körper.

16

Elaine berührte das weiche Material eines T-Shirts, das unter ihrer Hand zerfiel. Sie tastete weiter und spürte nichts als Stoff. „Ich glaub's nicht", murmelte sie.

„Was ist denn?", rief Jerry.

„Das sind nur alte Klamotten", antwortete Elaine. „Richtig alte. Sie stinken."

„Es ist also nicht Bo?", fragte Darlene und stieß einen erleichterten Seufzer aus. „Wo ist er dann?"

„Woher soll ich das wissen?", meinte Jerry. „Aber wir müssen ihn finden. Er hat das Feuerzeug."

„Dann lasst uns gehen", sagte Darlene.

„Und wohin?", erwiderte Elaine. Sie war überrascht, wie ruhig sie klang. „Wir haben kein Licht."

„Da! Ich sehe etwas", flüsterte Darlene mit zittriger Stimme.

Elaine blickte mit zusammengekniffenen Augen in die Dunkelheit. Da war tatsächlich ein schwacher Lichtschein. Er leuchtete auf den Wänden des Tunnels.

„Das Licht sieht rot aus", bemerkte Elaine.

Atemlos sahen sie zu, wie der Fleck auf der Wand heller wurde. Und röter.

„Glaubst du, dieser Nebel leuchtet im Dunkeln?", fragte Jerry.

Elaine kroch auf dem Boden zurück, bis sie an die Wand des Tunnels stieß. Sie presste sich mit dem Rücken dagegen – und wartete.

Plötzlich wurde der rötliche Schein heller. Und flackerte. Wie die Flamme einer Fackel.

Im nächsten Moment tauchte Bo hinter der Biegung des Tunnels auf und kam aus der Dunkelheit auf sie zugestürzt. Sein Blick war wild und seine Klamotten mit schwärzlichen Flecken übersät.

Sie waren blutgetränkt!

Elaine spürte, wie vor Schreck alle Farbe aus ihrem Gesicht wich. Ihr Unterkiefer klappte herunter. Was war mit ihm passiert?

Bo sprang über den Haufen alter Kleidung und blieb dann so abrupt stehen, dass er beinahe gestürzt wäre. Darlene rannte auf ihn zu und umarmte ihn erleichtert.

„Oh, Bo!", rief sie. „Ich kann nicht glauben, dass du es bist! Du lebst! Du …" Sie wich angeekelt zurück. „Du bist ja voller Blut!"

„Bist du verletzt?", fragte Elaine.

„Es ist nicht mein Blut", keuchte er.

„Wessen dann?", fragte Jerry.

Bo schluckte zwischen zwei hektischen Atemzügen. „Das von Max."

„Was ist passiert?", wollte Jerry wissen.

„Ihr habt es doch gesehen. Was auch immer dieses Ding ist, das wir herausgelassen haben … es hat ihn sich geschnappt."

Sein Gesicht verzerrte sich schmerzvoll. Traurigkeit erfüllte Elaine, als sie ihn so sah. Bo war nicht länger der Rowdy, der alle und jeden provozierte. Nachdem er mit ansehen musste, wie sein bester Freund getötet worden war, hatte er nun furchtbare Angst.

„Ich halte das nicht mehr aus", dachte sie. „Wir sind alle völlig fertig mit den Nerven."

Bos ernste Stimme riss sie aus ihren Gedanken.

„Als dieser Nebel durch den Gang geschwebt ist, hat er Max immer wieder gegen die Wände geschleudert", berichtete er. „Ich habe mir seine Beine geschnappt, aber das Ding hat mich einfach mitgeschleift. Und plötzlich hat es mich gepackt. Es hat mich richtig festgehalten. Ich musste Max loslassen. Dann ... dann hat er aufgehört zu schreien. Ich konnte ihn nicht mehr einholen."

„Ach, Bo", seufzte Darlene mitfühlend.

„Er ist tot", sagte Bo leise. „Und dieses unheimliche Ding hat ihn getötet."

Keiner sagte etwas.

Elaine starrte die Fackel an und spürte, wie ihr Atem sich normalisierte. Sie konnte wieder etwas sehen. Trotz der düsteren Tunnel um sie herum entspannte sie sich. Solange sie ein bisschen Licht hatten, konnte sie auch denken.

„Das kann doch alles gar nicht wahr sein", sagte Darlene leise.

„Soll ich dir mal was sagen, Süße?", knurrte Bo. „Es ist wahr. Und wir lassen uns besser schnell was einfallen. Denn das Ding, das Max getötet hat, wird sich uns als Nächstes vorknöpfen."

17

Als Erstes machten sie sich neue Fackeln. Bo benutzte dazu die herumliegenden alten Klamotten, auch wenn sie widerlich stanken. Die neuen Exemplare brannten besser als die alten. Diesmal sorgte Elaine dafür, dass jeder von ihnen eine bekam. Sie wollte sich nicht wieder darum streiten müssen. Als Bo fertig war, schüttelte er den Behälter mit dem Feuerzeugbenzin.

„Leer", sagte er und warf ihn weg. „Das heißt, nach diesen hier gibt es keine neuen Fackeln mehr."

„Oh nein", dachte Elaine. „Noch mal halte ich diese Finsternis nicht aus. Ich sterbe, wenn wir wieder im Dunkeln festsitzen."

„Dann sollten wir uns besser auf den Weg machen", sagte sie laut.

Keiner protestierte.

„Das ist heute das erste Mal, dass wir alle einer Meinung sind", dachte Elaine mit einem grimmigen Lächeln.

„Ich habe einen Quergang gesehen, der uns wahrscheinlich zu der Wasserlache zurückführt", sagte Bo. „Kommt!"

Sie gingen mit schnellen Schritten. Keiner sprach.

Elaine versuchte, nicht an den roten Nebel zu denken. Aber sie bekam die Bilder von Max nicht aus dem Kopf.

Dieses Ding hatte ihn getötet. Es war nur eine Art Nebel – dennoch war dieser Nebel lebendig. Sie hätte schwören können, dass er geatmet hatte. Doch wie war das möglich?

Was war diese Wolke? Ein Monster? Ein Geist?

„Jedenfalls haben wir es freigelassen", dachte sie. „Es muss lange Zeit hinter dieser Wand gefangen gewesen sein und gewartet haben. Und als Bo den Stein bewegt hat, konnte es durch die Mauer brechen."

Elaine blinzelte, um diese Gedanken zu vertreiben, und konzentrierte sich auf den Weg. Links und rechts gingen unzählige Tunnel und Gänge ab. Mit Sicherheit konnte sie nur sagen, wo oben war.

„Und dorthin gibt es keinen Weg", dachte sie. „Wir sind hier unten gefangen. Und wir werden wahrscheinlich auch hier unten sterben."

Elaine biss die Zähne zusammen. So durfte sie nicht denken! Sie durfte die Hoffnung nicht aufgeben. Irgendwie mussten sie hier herausfinden. Ihnen blieb keine andere Wahl. Sie mussten überleben!

Aber die Tunnel hörten einfach nicht auf.

„Ich wüsste gerne mal, was über uns ist", sagte Jerry.

„Die Decke", erwiderte Darlene trocken.

„Ich mein's ernst", entgegnete Jerry. „Wenn wir rausfinden könnten, wo wir uns geografisch gesehen befinden, könnten wir leichter zu dem Raum mit der Leiter zurückkehren."

„Ach, und wie gedenkst du rauszufinden, wo wir uns ‚geografisch gesehen' befinden?", fragte Bo mit spöttischem Unterton. „Hast du etwa vor, den Zement zu durchstoßen und mit deinen nackten Händen zu graben?"

Jerry gab ihm keine Antwort.

„Geht einfach weiter", sagte Bo schließlich.

„Jawohl, Sir", knurrte Jerry leise.

Nach einer Weile kamen sie in eine kleine Kammer. Der Boden war bis in Kniehöhe mit Müll bedeckt – hier lag mehr als in jedem anderen Raum, den sie bis jetzt entdeckt hatten. Der Gestank war unerträglich.

„Oh Mann!" Bo musste würgen und hielt sich die Hand vor den Mund.

„Tolle Entscheidung, Bo", brummte Jerry vor sich hin. Er riss sein Shirt hoch und hielt es sich vor die Nase.

„Mach ruhig weiter so, wenn du kopfüber in diesem Müll landen willst", sagte Bo drohend.

Elaine ignorierte die beiden. Sie konnte nicht aufhören, die Wände anzustarren. Sie bestanden aus dem gleichen grauen Schlackenbeton wie die anderen Mauern des Labyrinths. Aber sie waren über und über mit alten, verblichenen Graffiti bedeckt. Rote, gelbe, blaue, grüne und schwarze Farbe. Vom Boden bis zur Decke waren immer wieder dieselben Worte geschmiert:

LET'S PARTY!   LET'S PARTY!   LET'S PARTY!

Es wirkte beinahe hypnotisch.

„Cool", flüsterte Bo.

„Es ist krank", widersprach Elaine zitternd. Es kam ihr vor, als hätte ein Irrer immer wieder dieselben Worte an die Wände geschmiert.

„Warum sollte jemand in einem solchen Dreckloch feiern wollen?", fragte Jerry.

„Überleg doch mal", erwiderte Bo. „Niemand, der dich stört. Keine Beschwerden über zu laute Musik. Keine Bullen. Hundert Prozent Privatsphäre."

„Wenn man es überlebt", bemerkte Elaine trocken.

Ihr Kommentar brachte die anderen zum Schweigen.

„Lasst uns von hier verschwinden", sagte Darlene schließlich. „Dieser Raum ist mir unheimlich."

„Ja, wir sollten uns nicht zu lange hier aufhalten", stimmte Bo ihr zu.

An der gegenüberliegenden Wand entdeckten sie einen Eingang zu einem weiteren Tunnel und gingen weiter. Der Gestank der vermüllten Kammer begleitete sie und stieg wie

Dampf aus ihren Klamotten auf. Elaine musste durch den Mund atmen, um den Brechreiz zu unterdrücken. Ihr Knöchel tat wieder weh und das Humpeln erschöpfte sie zusätzlich.

Sie konnte nicht verstehen, warum sie noch keinen anderen Weg aus dem Labyrinth gefunden hatten. Die Leiter unter der Aula der Schule konnte doch nicht der einzige Eingang gewesen sein.

Es musste einfach noch eine andere Möglichkeit geben, hier herauszukommen.

Elaine stellte sich vor, wie sie mitten in der Stadt einen Gullideckel hochhoben und der Verkehr mit quietschenden Reifen zum Erliegen kommen würde, wenn vier mit Schmutz und Blut bedeckte Teenager aus dem Untergrund auftauchten.

Aber das würde ihr nichts ausmachen. Es würde sie nicht mal stören, mitten in Mr Savages Büro herauszukommen. Hauptsache, sie waren in Sicherheit.

„Langsamer", flüsterte Bo. Elaine schaute sich um. Sie hatten gerade einen neuen Raum betreten. Er war größer als die anderen und hatte eine niedrige Decke. Um sie herum türmten sich Unmengen von zertrümmerten Möbeln.

Ein seltsamer Geruch stieg Elaine in die Nase. Irgendwie faulig …

„Diesen Gestank kenne ich doch", dachte sie, während erneut Panik durch ihren Körper jagte. Sie hatte ihn zum ersten Mal wahrgenommen, als die Ziegelwand direkt vor ihnen explodiert war. Unmittelbar bevor Max dann schließlich …

Sie hörte, wie Bo erschrocken nach Luft schnappte.

Und dann sah sie es auch.

Der rote Nebel.

Gelähmt vor Entsetzen beobachtete Elaine, wie er sich in der gegenüberliegenden Ecke sammelte, als würde er ihre

Anwesenheit spüren. Der Gestank wurde stärker. Elaines Nackenhaare stellten sich auf, als sie das unheimliche Atemgeräusch vernahm.

„Oh nein", flüsterte sie.

Der mörderische rote Nebel kam auf sie zu.

18

„Lauft!", brüllte Bo.

Blindlings stürmten sie in den Tunnel zu ihrer Rechten. Elaine schrie auf und griff nach ihrem Knöchel. Dabei wäre sie fast gestürzt.

„Komm schon!", drängte Bo. Er packte ihren Arm und zog sie hinter sich her.

„Ich versuch's ja", schluchzte sie. Der Schmerz war unerträglich, aber sie zwang sich zu rennen, statt zu humpeln.

„Ist er immer noch da?", rief Jerry über die Schulter.

„Ich hab nicht nachgesehen!", gab Bo zurück.

Elaine blickte beim Laufen stur geradeaus.

Sie bogen rechts ab.

Sie bogen links ab.

Die Wände mit den verwaschenen Graffiti schienen nicht enden zu wollen. Ihre Fackeln flackerten in der abgestandenen Luft, doch sie rannten einfach immer weiter.

Keuchend versuchte Elaine, Luft in ihre schmerzenden Lungen zu saugen. Aber es gelang ihr nicht.

Die Muskeln in ihren Beinen brannten wie Feuer und ihre Knie waren ganz zittrig.

Sie merkte, dass sie langsamer wurde.

„Ich schaff's einfach nicht!", stieß sie schwer atmend hervor. „Bo …"

„Reiß dich zusammen!", schrie er. „Mach jetzt nicht schlapp!"

„Bo …"

Farben wirbelten vor ihren Augen umher. Ihre Beine wurden plötzlich taub und schienen sie nicht mehr tragen zu wollen.

Dann schlug sie auf dem Boden auf. Eine Blechdose bohrte sich in ihre Hüfte und ein feuchtes, verfaultes Stück Papier klebte an ihrer Wange.

„Komm schon, Elaine!", drängte Bo. „Beweg dich!"

„Lass sie doch!", kreischte Darlene.

„Halt den Mund!", fuhr Bo sie an.

„Der Nebel … er kommt!", rief Jerry mit schriller Stimme.

Bo packte Elaine unter den Armen und half ihr auf die Füße. Dann zog er sie weiter. Elaine zwang sich zu laufen. Ihr linker Knöchel war inzwischen so taub, dass sie sich fragte, ob er überhaupt noch da war. Ihre Knie gaben bei jedem Schritt nach.

„Nicht stehen bleiben!", befahl sie sich und versuchte durchzuhalten.

Plötzlich weitete sich die Tunnelöffnung und sie stürmten in einen großen Raum, von dem aus mehrere Gänge in die Dunkelheit führten. Doch die beachtete Elaine gar nicht. Sie starrte nur auf die zwei Worte, die mit blutroter Farbe auf die Wand geschmiert waren:

LET'S PARTY!

Es war der Raum unter der Bühne. Sie hatten ihn gefunden!

„Die Leiter!", rief Elaine triumphierend.

Sie hatten es geschafft! Sie waren in Sicherheit! Elaine stieß ein Freudengeheul aus.

„Yippieh!", grölte Jerry.

„Ja!", schrie Bo und stieß seine Faust in die Luft.

„Wir sind gerettet!", rief Darlene.

Sie stürzten auf die Leiter zu und warfen ihre Fackeln beiseite.

Elaine griff hastig nach der verrosteten Sprosse. Sie spürte das raue Metall schon unter ihren Fingerspitzen, da schubste Darlene sie rücksichtslos beiseite.

Elaine stürzte und riss sich die Jeans an dem rauen Beton auf. Die Haut an ihrem rechten Knie platzte auf und es blutete.

„Was soll denn das?", protestierte Elaine, aber Darlene kletterte bereits die Leiter empor.

Als Elaine einen Blick über die Schulter riskierte, blieb ihr beinahe das Herz stehen.

Die ersten Ausläufer des roten Nebels strömten gerade aus dem Tunnel!

„Na los!", drängte Bo.

„Du zuerst", erwiderte Elaine. „Wenn ich Probleme bekomme, bist du der Einzige, der stark genug ist, mich raufzuziehen."

Bo nickte und schwang sich hinter Darlene auf die Leiter.

Der Raum füllte sich mit dem roten Nebel. Die Wolke wälzte sich auf sie zu, pulsierend vor Kraft und Bosheit.

„Mach schon!", schrie Jerry gellend. Schweiß strömte ihm übers Gesicht. „Beeil dich!"

Elaine kletterte so schnell sie konnte, aber sie war so langsam! Eine Sprosse, zwei, drei. Ein Fuß nach dem anderen. Der Schweiß tropfte in die frische Wunde auf ihrem Knie und brannte wie Säure. Ihr Knöchel pochte vor Schmerz.

„Hilfe!", hörte sie Darlene schreien. „Bitte, helft uns!"

Plötzlich gab die Leiter ein seltsames, knirschendes Geräusch von sich, das Elaine vor Schreck aufkeuchen ließ.

Die Leiter bewegte sich ein Stück.

„Hilfe!"

In dem schwachen Licht entdeckte sie, dass sich eine der Halterungen aus der bröckelnden Mauer gelöst hatte.

„Bitte, brich nicht ab!", flehte sie stumm. „Bitte nicht ausgerechnet jetzt."

Über ihr schrammten Bos Stiefel über das Metall und ließen einen feinen Rostregen auf sie herabrieseln.

Sie würden es schaffen. Sie *mussten* es schaffen.

In diesem Moment hörte sie einen Schrei von unten.

Als sie hinabblickte, sah sie, dass die rote Wolke Jerry erreicht hatte. Zuerst strömte sie über seine Beine. Er riss die Augen weit auf und schaute Elaine voller Panik an.

Der tödliche Nebel streckte seine Fangarme nach ihm aus. Legte sich um seine Beine. Seine Arme. Seine Schultern.

Jerrys Körper versteifte sich und er stieß ein langgezogenes, kaum noch menschliches Geheul aus.

„Genau wie Max!", dachte Elaine voller Entsetzen.

„Neiiin!", schrie er mit überschnappender Stimme.

Elaine griff nach unten und packte Jerrys ausgestreckte Hand. Sie war so schweißnass, dass sie nicht wusste, wie lange sie ihn festhalten konnte.

Sie versuchte, ihn hochzuziehen, aber die rote Wolke hatte ihn zu fest im Griff. Elaine schlang ihren freien Arm um die Leitersprosse und zerrte mit aller Kraft.

Jerry rutschte ein paar Zentimeter höher.

Schluchzend vor Anstrengung zog Elaine noch stärker. Jerry schrie auf. Aber er bewegte sich ein Stück.

Sie konnte es schaffen!

Sie würde ihn retten!

Doch dann stieß Jerry einen markerschütternden, schrillen Schrei aus. Seine Hand umklammerte ihre noch fester.

„Elaine?", rief Bo von weiter oben.

„Hilf mir!", brüllte sie zurück.

Bo kletterte die Leiter wieder hinunter.

Die Wolke bewegte sich. Ihre Kraft war unglaublich. Elaines Arm schlug mit voller Wucht gegen die Metallsprosse.

„Ich werde ihn verlieren", dachte sie. „Dieser Nebel ist zu stark. Viel zu stark!"

„Bo, beeil dich! Ich kann ihn nicht länger halten!", rief sie zu ihm hinauf.

Wieder schrie Jerry gellend. Elaine spürte, wie seine Knöchel in ihrem verzweifelten Griff knackten. Langsam rutschten ihr seine Finger aus der Hand.

„Elaine", keuchte Jerry.

Durch den blutroten Nebel starrte sie in seine Augen.

„H-hilf … m-mir …"

„Jerry!", schrie sie und zog mit aller Kraft, die sie noch aufbrachte.

Wieder ruckte die Leiter. Und brach aus der Wand. Sie baumelte jetzt frei in der Luft und war nur noch am oberen Ende befestigt.

„Helft uns doch!", war Darlenes Stimme aus weiter Entfernung zu hören.

Elaines Augen weiteten sich vor Entsetzen, als ein Ausläufer des Nebels schlangengleich Jerrys Arm emporglitt, sich um ihr Handgelenk schlang – und fest zupackte.

Jetzt hatte er sie auch erwischt!

Ihre Haut prickelte, wo der Nebel sie berührte. Dann begann sie zu brennen.

„Nein!", kreischte sie.

Panik überschwemmte sie. Mit aller Kraft versuchte sie, ihre Hand zurückzureißen. Sie konnte gar nicht wieder aufhören zu schreien. Ihr Arm brannte, als würde die Haut in verschiedene Richtungen gezerrt.

Doch je mehr sie ruckte, um sich zu befreien, desto stärker wurde der Griff.

Plötzlich war Bo da. Er umklammerte mit einer Hand ihren freien Arm und versuchte, sie hochzuziehen.

Elaine schrie frustriert auf.

„Ich muss Jerry loslassen. Sonst wird es mich auch umbringen. Mir bleibt nichts anderes übrig!"

Bos Griff wurde schwächer.

Ihr Arm fühlte sich ganz taub an.

Die Leiter schwang noch weiter von der Wand weg. Sie wurde jetzt nur noch von ein paar Haken ganz oben gehalten.

Elaine wusste, dass ihnen lediglich Sekunden blieben.

Sie musste Jerry loslassen.

Sie musste.

„Es tut mir so leid, Jerry", flüsterte sie.

Sie kniff die Augen fest zu. Und öffnete ihre Hand.

Zuerst versuchte er noch, sich an ihr festzuklammern. Doch dann stieß er einen letzten Schrei aus und gab auf.

Als Elaine die Augen wieder aufmachte, sah sie, wie Jerry von dem Nebel weggezerrt wurde.

„Nein!", brüllte sie aus voller Kehle. „Lass ihn los!"

Jerrys Gesicht verzog sich zu einer furchtbaren Grimasse aus Schmerz und Entsetzen. Elaine konnte nur hilflos zusehen, wie der rote Nebel ihn verschluckte.

Sie zuckte zusammen, als Jerrys Beine hinter seinem Rücken hochgerissen und mit unglaublicher Kraft in sein Kreuz gerammt wurden. Sie hörte, wie sein Rückgrat brach und Jerrys Schuhe mit einem dumpfen Geräusch gegen seinen Hinterkopf schlugen.

Die verzweifelten Schreie rissen unvermittelt ab.

Seine Knochen knackten und brachen, während der Nebel ihn davontrug. Erst jetzt bemerkte Elaine, dass sie den Arm immer noch nach Jerry ausgestreckt hielt, obwohl sie ihm nicht mehr helfen konnte.

Er und die tödliche Wolke verschwanden in einem Tunnel.

„Komm", murmelte Bo.

Elaine antwortete nicht. Sie hatte versagt. Noch jemand war gestorben.

„Und dabei hätten wir es beinahe geschafft", dachte sie.

„Elaine", rief Bo.

Sie sah zu ihm auf, ohne ihn richtig wahrzunehmen.

„Wir müssen hier weg", drängte er, ließ sie los und kletterte eine Sprosse nach oben.

Elaine versuchte, ihm zu folgen. Versuchte, ihre Arme und Beine zu bewegen, die sich seltsam taub anfühlten.

Da hörte sie ein lautes Quietschen. Spürte, wie ein Vibrieren durch das Metall lief.

Die Leiter war zu alt. Sie war der Belastung nicht gewachsen.

Mit einem heftigen Ruck barst sie aus ihrer Verankerung und baumelte noch für den Bruchteil einer Sekunde in der Luft.

Elaine keuchte erschrocken auf und krallte sich an das kalte Metall.

Dann stürzte die Leiter in die Tiefe.

19

Elaine klammerte sich während des Falls an den Sprossen fest. Der Wind fegte an ihr vorbei. Während sie schreiend zu Boden stürzte, schienen endlose Sekunden zu vergehen.

„Bitte lass mich nicht sterben!", dachte sie.

Dann krachte die Leiter auf den Boden.

Elaine wurde zur Seite geschleudert. Das rostige Metall explodierte um sie herum, sprang ihr ins Gesicht und schepperte so laut, dass ihr die Ohren klingelten.

Bo landete mit seinem ganzen Gewicht auf ihr.

Die Luft wurde mit einem Schlag aus ihren Lungen gepresst und sie konnte nicht mehr atmen. Eine Woge von Panik überschwemmte sie.

Neben ihr stöhnte Bo.

Aus Elaines Kehle kamen merkwürdige keuchende Geräusche. Hatte er ihr die Rippen gebrochen? Einen Lungenflügel durchbohrt? Ein Meer aus Farben wirbelte vor ihren Augen herum und der Raum schien nach einer Seite wegzukippen.

„Elaine", hörte sie Bos Stimme. „Elaine, ist alles in Ordnung?"

Er schien sehr weit weg zu sein.

„Elaine?"

Irgendetwas geschah mit ihrem Körper. Bo. Er hatte sie an den Schultern gepackt und rüttelte sie.

Elaine machte eine letzte gewaltige Anstrengung zu atmen. Sie versuchte, ihre Lungen zu zwingen, sich zu bewegen, damit sie nicht erstickte.

Kühle Luft strömte in sie hinein. Nie hätte sie gedacht, dass sie den abgestandenen Mief unter der Erde einmal so köstlich finden würde.

„Ich bin okay", versicherte sie Bo mit schwacher Stimme. „Glaube ich jedenfalls."

Immer noch ganz benommen, setzte sie sich auf.

Dann fiel ihr Jerry wieder ein. Zusammengeknüllt wie ein Blatt Papier und weggeschleppt von diesem Ding. Einfach so, in Sekundenschnelle. Und sie hatten nichts dagegen tun können.

„Ach, Bo …"

Sie schlang die Arme um ihn und drückte ihn so fest sie konnte.

„Bitte halt mich fest", flüsterte sie. „Ich kann nicht mehr."

Bo erwiderte ihre Umarmung. „Schon gut", murmelte er. „Dir ist ja nichts passiert."

„Wann hört das endlich auf?", wimmerte sie.

Sie spürte, wie Bo schluckte. „Ich weiß es nicht", antwortete er.

Elaine war dankbar für seine starken Arme.

„Helft mir!", ertönte plötzlich eine Stimme über ihren Köpfen.

Bo und Elaine fuhren auseinander und starrten sich an.

Darlene.

Sie hing weit über ihnen, an der obersten Sprosse, wo das verrostete Metall schließlich nachgegeben hatte.

„Helft mir doch!", kreischte sie noch einmal.

„Kletter nach oben!", rief Bo. „Hol Hilfe!"

„Ich kann nicht. Meine Finger sind schon ganz taub. Ich kann mich nicht länger festhalten."

Selbst in der Finsternis des Schachts konnte Elaine erkennen, dass Darlene nicht übertrieb. Sie hing fast nur noch an ihren Fingerspitzen und strampelte wild mit den Beinen, ohne irgendwo Halt zu finden.

Bo stöhnte frustriert. Er kniete sich hin und wühlte hektisch in den Überresten der Leiter herum.

„Was machst du denn da?", fragte Elaine.

„Ich suche nach einem Stück Leiter, das ich gebrauchen kann", murmelte Bo und schleuderte ein Metallteil beiseite. „Aber sie sind alle zu kurz."

Elaine hatte eine Idee. „Und wenn sie einfach loslässt?"

Bo sah sie mit offenem Mund an. „Spinnst du?"

„Du kannst sie doch auffangen", sagte Elaine. Sie wusste, dass es keine geniale Lösung war, aber ihnen blieb keine große Wahl.

„Bo!", schrie Darlene in Panik.

Elaine legte ihm die Hand auf die Schulter und sah ihm in die Augen. „Du schaffst das", sagte sie.

„Ich hoffe, du hast recht", erwiderte Bo leise.

„Nun mach schon!", brüllte Darlene hinunter.

„Okay, Darlene", rief Bo, der eine Entscheidung getroffen hatte. „Lass los."

„Hast du sie nicht mehr alle?"

„Ich fang dich auf."

„Das mach ich auf keinen Fall!", widersprach sie.

„Du wirst sowieso runterfallen", schaltete Elaine sich ein.

„Halt die Klappe!"

„Darlene, hör mir zu!", befahl Bo. „Elaine hat recht. Sie ist schon zweimal diesen Schacht hinuntergestürzt und sie hat es jedes Mal überlebt. Also lass dich jetzt fallen. Es wird schon nichts passieren. Ich verspreche dir, dass ich dich auffange."

„Ganz bestimmt?"

„Was habe ich gerade gesagt?", entgegnete Bo genervt.

„Ich will nicht sterben", jammerte Darlene. „Ich will hier raus."

„Das kannst du aber nicht", sagte Elaine.

„Das weiß ich auch, du Klugscheißerin."

Elaine verkniff sich eine patzige Antwort. „Ich muss nachsichtig mit ihr sein", dachte sie. „Sie hat Angst. Genauso wie wir alle."

„Darlene", knurrte Bo. „Jetzt lass endlich los!"

Noch einmal verstärkte Darlene mit steifen Fingern ihren Griff um die Sprosse. „Ich hasse euch", murmelte sie.

„Du schaffst das", drängte Bo. „Ich versprech's dir."

„Nein."

„Darlene. Glaub mir."

Ein Moment der Stille folgte. Dann: „N…na gut."

„Ich bin so weit."

„Ich … ich auch", sagte Darlene.

„Auf drei", kommandierte Bo. „Eins …"

Darlene stieß einen leisen, gequälten Angstschrei aus. Elaine drückte die Daumen.

„Zwei …"

Bo streckte die Arme aus, bereit, sie aufzufangen.

„Drei!"

Darlene ließ los.

20

Darlene schrie während des gesamten Falls. Ihre Arme wirbelten wie Dreschflegel durch die Luft und ihr braunes Haar flatterte über ihrem Kopf.

Sie prallte unsanft auf Bo. Er schaffte es nicht, sie richtig aufzufangen, aber er bremste ihren Sturz ab. Darlene landete direkt vor Elaines Füßen.

Sie half den beiden auf.

„Seid ihr okay?", fragte sie.

„Ich glaube schon", antwortete Bo. „Darlene?"

„Ich auch", sagte sie.

Sie standen einen Moment da und versuchten, wieder zu Atem zu kommen. Die Fackeln brannten immer noch schwach – an den Stellen, wo sie fallen gelassen worden waren. Vier winzige flackernde Lichter in der Dunkelheit.

Die Überreste der Leiter lagen verstreut um sie herum. Stücke nutzlosen Metalls. Die nächste, noch verankerte Sprosse hing hoch über ihren Köpfen. Unerreichbar hoch.

„Das war's dann wohl", dachte Elaine. „Wir sind erledigt."

„Total im Eimer ...", murmelte Bo.

„Kann man wohl laut sagen", erwiderte Darlene und kickte ein verbogenes Stück Metall beiseite.

„Ich meinte uns, nicht die Leiter", entgegnete er trocken und hob eine der Fackeln auf. „Irgendwelche Geistesblitze, was wir jetzt tun sollen?"

„Wir könnten weiter um Hilfe rufen", schlug Darlene vor. „Mr Savage wird inzwischen bestimmt nach uns suchen."

„Vergiss es", sagte Bo. „Wenn er hier irgendwo in der Nähe

wäre, hätte er uns längst gehört. Wahrscheinlich denkt er, dass wir nach Hause gegangen sind. Ich wette, er ist schon lange abgehauen."

Der Gedanke an die leere Schule über ihren Köpfen machte Elaine ganz krank. Es war Samstag. In den nächsten beiden Tagen würde hier niemand auftauchen. Und dass sie bis dahin überlebten, war vollkommen ausgeschlossen.

Sie beugte sich hinunter und hob eine Fackel auf. Es beruhigte sie ein wenig, sie in den Händen zu halten. Ihr Blick schweifte durch den Raum. Nichts Neues. Müll. Graffiti an den Wänden.

„Wir haben nur eine Chance", sagte Elaine. „Wir müssen nach einem anderen Ausgang suchen. Uns bleibt keine Wahl."

„Wir sind schon seit Stunden hier unten und haben einen Tunnel nach dem anderen abgesucht", murmelte Darlene. „Wir könnten Tage damit zubringen, ohne einen Weg nach draußen zu finden."

„Uns bleiben nicht mal Stunden, ganz zu schweigen von Tagen", knurrte Bo. „Dennoch – wenn es einen weiteren Ausgang gibt, müssen wir ihn finden, und zwar schnell. Dieses Ding wird bald zurück sein."

Für ein paar Augenblicke verharrten sie in angespannter Stille. Elaine fiel nichts ein, was sie sagen konnte.

„Sagt mal, glaubt ihr eigentlich an böse Geister?", fragte Bo schließlich.

Elaine und Darlene starrten ihn an.

„Was ist daran so abwegig?", meinte Bo. „Diese Ziegelmauer ist uns wie eine Bombe ins Gesicht geflogen. Ich dachte, sie würde mir den Kopf abreißen. Und dann ist diese rote Wolke aus dem Loch gequollen."

„Und du glaubst, das war ein böser Geist?", fragte Darlene mit zweifelnder Stimme.

Bo zuckte die Achseln. „Was soll es denn sonst sein?"

„Ich weiß nicht, was es ist", sagte Elaine. „Auf jeden Fall ist es lebendig. Es kann einen packen. Das habe ich am eigenen Leib gespürt. Und ich muss die ganze Zeit daran denken, dass wir dieses Ding freigelassen haben."

„Was redest du denn da?", schnaubte Darlene genervt.

„Überleg doch mal", erwiderte Elaine. „Es war hinter der Wand. Wenn wir einfach daran vorbeigegangen wären, wäre es immer noch eingesperrt. Es hat darauf gewartet rauszukommen. In dem Moment, wo wir den Ziegelstein gelockert haben, konnte das Ding durch die Mauer brechen."

„Soll das heißen, dass es meine Schuld ist?", fragte Bo. „Weil ich an dem Stein rumgefummelt habe?"

Elaine erwiderte ruhig seinen feindseligen Blick. „Das habe ich nicht gesagt."

„Na gut", grummelte Bo. „Und was jetzt?"

„Wir sind die ganze Zeit im Kreis gelaufen und schließlich wieder hier gelandet", dachte Elaine laut nach. „Aber es gibt einen Tunnel, den wir noch nicht untersucht haben."

„Und der wäre?", wollte Darlene wissen.

Elaine holte tief Luft. „Ich kann nicht glauben, dass ich das wirklich vorschlage", dachte sie. „Ich muss verrückt sein, aber vielleicht ist es unsere letzte Hoffnung."

„Der Tunnel auf der anderen Seite der Ziegelmauer", sagte sie.

„Wo dieses Ding hergekommen ist?", quiekte Darlene entsetzt. „Vergiss es!"

„Das ist unsere letzte Chance", erwiderte Elaine.

„Ich glaube, sie hat recht", meinte Bo.

„Ich … ich kann da nicht reingehen", verkündete Darlene. „Ich kann einfach nicht."

„Max und Jerry sind tot", erinnerte Bo sie. „Und uns bleiben nicht mehr viele Möglichkeiten. Ich finde, wir sollten es wenigstens versuchen."

Elaine nickte. „Vielleicht gibt es dort einen Ausgang. Und wenn nicht, finden wir vielleicht heraus, was es mit diesem Ding auf sich hat."

„Das ist Selbstmord", stöhnte Darlene. „Bitte zwingt mich nicht dazu."

„Niemand zwingt dich zu irgendetwas", stellte Bo klar. „Du kannst auch hierbleiben, wenn du willst."

Doch Elaine konnte an Darlenes Miene ablesen, dass es für sie nicht infrage kam, sich von ihnen zu trennen.

„Dann ist es also abgemacht?", fragte Bo.

„Sieht so aus", murmelte Darlene.

„Okay, dann wollen wir mal", sagte Bo.

Wieder betraten sie den rechten Tunnel. Bo ließ Jerrys Fackel in der Kammer zurück und rammte sie in einen Haufen Lumpen.

„Vielleicht helfen uns das Licht und der Rauch zurückzufinden", meinte Bo. „Falls es nötig ist."

„Wozu?", dachte Elaine. „Die Leiter ist weg. Hier gibt es nichts mehr, wofür es sich lohnt zurückzukehren."

Aber es war sinnlos, sich darüber zu streiten.

Als sie sich umwandte, um loszugehen, hielt Darlene sie am Arm zurück.

„Was ist?", fragte Elaine.

„Ich, äh … ich wollte mich bloß entschuldigen."

Elaine hob eine Augenbraue und sah sie misstrauisch an. „Wofür?"

„Dass ich dich weggeschubst habe, um an die Leiter zu kommen." Darlenes Augen glitzerten im Licht der Fackel. „Er hätte dich töten können. Dieser Nebel, meine ich."

Elaine zuckte die Achseln. „Wenn du mich nicht geschubst hättest, hätte er *dich* vielleicht getötet."

Darlenes Blick verfinsterte sich, aber Elaine war das egal. Im Moment war sie nicht in besonders versöhnlicher Stimmung.

Aber immerhin hatte Darlene sich entschuldigt.

Sie seufzte tief und versuchte, die Bitterkeit, die sie plötzlich spürte, beiseitezuschieben. „Schon gut, Darlene. Vergessen wir die Sache einfach."

„Ich glaube, ich werde nie wieder etwas von dem vergessen können, was heute passiert ist", erwiderte Darlene leise.

Als sie durch den Tunnel liefen, überließ Elaine ihr den Platz an Bos Seite, obwohl sie auch gerne neben ihm gegangen wäre. Er war mutig. Und er bewirkte, dass sie sich ebenfalls mutig fühlte.

„Wo ist er?", fragte sie sich. „Wo ist der Nebel jetzt?"

Als sie an das brennende Gefühl dachte, das die Berührung mit der roten Wolke auf ihrer Haut ausgelöst hatte, schauderte sie. Sie hielt ihre Hand in das flackernde Licht der Fackel.

Sie war rot. Und kribbelte wie bei einem Sonnenbrand.

Nach einer Weile blieben sie stehen.

Elaine hörte das vertraute plätschernde Geräusch. Sie hatten die große Wasserlache erreicht.

Bo sah sie an. „Bist du bereit, es noch mal zu tun?"

Elaine zuckte mit den Schultern. „Bis jetzt hatte ich ja noch nicht viel Gelegenheit, wieder trocken zu werden."

Bo nickte und trat als Erster auf das schmale Sims, das durchs Wasser führte. Elaine folgte Darlene und setzte vorsichtig einen Fuß vor den anderen. Vor nicht allzu langer Zeit war ihr das Wasser noch beängstigend vorgekommen. Jetzt machte es ihr überhaupt nichts mehr aus.

Kurz darauf standen sie auf der anderen Seite.

„Seht ihr?", prahlte Bo. „Das reinste Kinderspiel."

„Ich hab ja auch schon Übung", gab Elaine zurück.

„Da ist es", flüsterte Darlene.

Die Ziegelmauer ragte direkt vor ihnen auf. Überall auf dem Boden verstreut lagen Backsteine. Das Loch war immer noch da – groß genug für eine Person, um hindurchzuklettern.

„Es ist so ruhig", sagte Darlene.

„Ich mag es ruhig", gab Bo zurück. „Kommt."

Er trat vor das Loch und hielt die Fackel hoch.

Darlene wimmerte leise.

„Na, dann wollen wir mal", sagte Bo mit kaum hörbarer Stimme.

Vorsichtig machte er einen großen Schritt – und war verschwunden.

21

„Ich kann ihn nicht mehr sehen", flüsterte Darlene.

Elaine warf einen Blick in das dunkle Loch. Keine Spur von Bos Fackel. „Wir müssen ihm folgen", sagte sie und gab sich Mühe, mutiger zu klingen, als sie sich fühlte.

Sie hielt die Luft an und trat durch das Loch in der Wand.

Der Tunnel machte hinter der Mauer eine scharfe Rechtsbiegung und endete dann abrupt. Ein riesiger Haufen Erde und Geröll versperrte den gesamten Durchgang.

Bo stand davor und starrte den Hügel an.

„Seht mal", sagte Darlene, die ihnen gefolgt war. „Da oben in der Ecke. Da scheint ein Loch zu sein."

Elaine hob ihre Fackel und starrte in die Dunkelheit. Zuerst sah sie nur Spinnweben und Schmutz. Dann entdeckte sie es. Eine kleine Lücke ganz oben, dicht unter den Überresten der Tunneldecke. Gerade so groß, dass ein Mensch hindurchkriechen konnte.

„Was meinst du?", fragte Bo.

„Es gibt keine andere Möglichkeit", erwiderte Elaine.

„Wenn dieses Ding uns da reinfolgt, sind wir geliefert", warnte Darlene.

„Das sind wir auch, wenn wir hier draußen warten", sagte Bo trocken. „Also, wo ist der Unterschied?"

Darlene gab keine Antwort.

Bo versuchte, den Hügel zu erklettern und dabei die Fackel hochzuhalten. Doch die Erde war locker und er rutschte immer wieder ein Stück zurück. Ein Haufen Geröll und Erde löste sich von der Decke. Bo erstarrte, den Blick wie hypnotisiert auf den Ursprung der kleinen Lawine gerichtet.

„Das ist nicht besonders schlau", bemerkte Elaine. „Die Decke kann jeden Moment völlig einstürzen."

„Ich bin ja auch nicht schlau, schon vergessen?", erwiderte Bo grinsend.

„Bo ..."

„Es wird schon gut gehen", sagte er und begann erneut, den Hügel hinaufzukrabbeln. Dieses Mal bewegte er sich schneller und erreichte schließlich das Loch. Er steckte die Fackel hindurch und starrte hinein.

„Kannst du etwas sehen?", fragte Darlene.

„Nein", antwortete er. „Ich quetsch mich jetzt durch."

Elaine und Darlene tauschten einen beunruhigten Blick. Aber Elaine wusste, dass sie keine andere Wahl hatten. Sie würden ihm folgen müssen. Es war der einzige Weg, der ihnen noch blieb.

„Ihr müsst so schnell wie möglich hochklettern, damit die Erde nicht so stark wegrutscht", riet ihnen Bo.

„Na toll", murmelte Darlene.

Dann verschwand Bos Oberkörper in dem Loch. Erdklumpen und Steine kullerten den Hügel hinunter.

Das Letzte, was Elaine von Bo sah, waren die Sohlen seiner Stiefel.

„Willst du als Nächste gehen?", fragte Elaine.

„Lass uns noch warten", meinte Darlene. „Bo wird uns sagen, ob es sicher ist."

Sie harrten mehrere Sekunden aus, hörten jedoch nichts.

„Bo?", rief Darlene.

Keine Antwort.

„Bo?", wiederholte sie lauter.

Nichts.

Elaine wischte sich die schweißnassen Handflächen an ihrer Jeans ab und packte die Fackel fester. Wie lange sollten sie noch warten? Warum meldete er sich nicht?

105

„Vielleicht *kann* er nicht antworten", dachte sie.

„Bo!", rief Darlene mit schriller Stimme. „Sag doch was!"

Wie auf Kommando tauchte sein Kopf in der Öffnung des Lochs auf. „Was ist?"

Elaine atmete erleichtert auf.

„Du hast mich zu Tode erschreckt", jammerte Darlene. „Warum hast du denn nicht reagiert?"

„Man muss ein ganzes Stück durch diesen Schutthaufen kriechen, bis man auf der anderen Seite wieder herauskommt", erwiderte er. „Kommt. Und seid vorsichtig. Es ist nicht so einfach."

Sein Kopf verschwand wieder.

„Nach dir", sagte Elaine.

„Nein", wehrte Darlene ab. „Du zuerst. Ich weiß nicht, ob ich das schaffe."

Elaine sah dem anderen Mädchen ernst in die Augen. „Du musst es schaffen, Darlene. Du kannst nicht hierbleiben."

Darlene nickte. „Ich weiß", sagte sie tonlos. „Geh du vor. Ich komme dann nach."

Elaine nickte. Sie war sich nicht sicher, ob Darlene ihr wirklich folgen würde. Aber sie konnte nichts dagegen tun.

„Außer sie an den Haaren nach oben zu schleppen", dachte sie.

„Okay", sagte sie laut. „Dann bis gleich."

Darlene nickte.

„Und du hältst dich direkt hinter mir?"

Darlene nickte wieder.

Elaine wandte sich dem hoch aufragenden Schutthügel zu.

Sie holte tief Luft und begann zu klettern. Sofort rutschte sie wieder nach unten. Frische Erde rieselte von der Decke.

„Es ist, als würde man eine Düne aus lockerem Sand erklimmen", dachte sie verzweifelt. „Wie hat Bo das bloß geschafft?"

Man müsste sich schnell bewegen, hatte er gesagt.

Mit diesem Knöchel? Das konnte ja nichts werden.

Trotzdem musste sie es versuchen.

Elaine trat ein paar Schritte zurück und nahm die Fackel in die linke Hand. Dann zählte sie bis drei.

Eins … zwei …

Bei drei stürzte sie sich auf den Hügel und krabbelte auf Händen und Knien hinauf, so schnell sie konnte.

„Lass bloß die Fackel nicht fallen!", befahl sie sich.

Das Loch kam näher. Ein Schwall kalter, schmutziger Erde brach aus der Decke.

Aber sie durfte nicht anhalten. Nicht jetzt.

Sie strengte sich noch mehr an und strampelte sich mit aller Kraft nach oben. Sie ignorierte die herabfallenden Erdklumpen. Ignorierte den stechenden Schmerz in ihrem Fuß.

Mit einer letzten verzweifelten Anstrengung zwängte sie ihren Oberkörper in das gähnende Loch.

Der enge Tunnel dahinter bestand nur aus Erde. Überall um sie herum fielen Klümpchen und kleine Steine herunter und prallten von der Fackel ab. Sie hätte graben können, um den Durchgang zu erweitern, aber für jede Handvoll Erde, die man beiseiteschaufelte, rutschte eine wieder nach.

Es blieb ihr nichts anderes übrig, als vorwärtszukriechen und zu hoffen, dass Darlene ihr folgte.

Elaines Magen verkrampfte sich vor Angst.

„Ich werd's nicht schaffen", dachte sie. „Der Tunnel ist zu schmal. Er wird einbrechen!"

Ihre Bewegungen wurden zunehmend eckiger und abgehackter.

Sie musste sich beruhigen!

Aber sie konnte nicht. Elaine atmete immer schneller. Sie bekam kaum noch Luft. Hier drin gab es eindeutig zu wenig Sauerstoff.

Keuchend rang sie nach Atem. Ihre Beine brannten. Dieser blöde Durchgang schien kein Ende zu nehmen.

Aus Versehen schleuderte sie sich einen Erdklumpen ins Gesicht und in den geöffneten Mund. Ihre Augen brannten und für einen Moment konnte sie nichts sehen.

„Äh!", schrie sie laut auf und spuckte die Erde aus.

Dann schüttelte sie wie wild den Kopf, um den Dreck aus ihrem Gesicht zu bekommen. Das Licht der Fackel schimmerte schwach vor ihr.

Elaine fuhr sich mit der Zunge durch den Mund und erwischte dabei einen großen Erdklumpen. Würgend spuckte sie ihn aus.

Noch mehr Erde löste sich von den Wänden des engen Tunnels und verfing sich in ihren Haaren.

„Ich muss mich bewegen oder ich werde hier drinnen ersticken", schoss es ihr durch den Kopf.

Verzweifelt strampelte sie mit den Beinen und schob die Erde mit beiden Armen beiseite. Es kam ihr vor, als würde sie durch Sand schwimmen.

Endlich konnte sie wieder atmen. Im gleichen Moment sah sie das Flackern einer weiteren Fackel.

Elaine stieß einen erleichterten Seufzer aus und kroch weiter durch den Tunnel.

Sie kam in einer Kammer mit niedriger Decke heraus, die genauso aussah wie all die anderen, durch die sie gekommen waren.

Blinzelnd sah sie sich um und versuchte, sich zu orientieren. Zuerst konnte sie nur Bo erkennen, der am Fuß des Geröllhaufens stand und seine Fackel hochhielt.

Während Elaine das letzte Stück des Schutthügels auf dem Hintern runterrutschte, hielt sie ihre Fackel vor sich, damit sie nicht ausgehen konnte. Unten angekommen fiel ihr sofort auf, dass die Luft hier anders war als im Rest des Labyrinths.

Nicht so feucht von Regenwasser und verrottendem Müll. Und der Geruch war weniger intensiv.

„Kannst du etwas sehen?", fragte Elaine, deren Augen von dem Staub und der Erde immer noch brannten. „Ist hier ein Ausgang?"

„Nein", erwiderte Bo.

In diesem Moment kam Darlene hinter ihr den Geröllhaufen heruntergeschlittert. Sie schrie auf und landete hart auf dem Boden. Dabei fiel ihr die Fackel aus der Hand und erlosch.

„Was ist passiert?", fragte Elaine.

„Eine ganze Ladung Erde ist auf mich draufgefallen", knurrte Darlene. „Ich dachte, ich wäre geliefert!"

Elaine erstarrte. „Ist der Durchgang blockiert?"

Darlene schüttelte den Kopf. „Ich glaube nicht. Aber es war knapp."

Bo half ihr auf. Sie war von Kopf bis Fuß dreckverschmiert und Elaine konnte sich lebhaft vorstellen, dass sie genauso aussah. Darlene versuchte, sich den Schmutz abzuklopfen, aber es brachte nicht viel.

„Wo sind wir?", fragte sie.

„Jedenfalls nicht da, wo wir sein wollten", antwortete Bo.

„Wie meinst du das?", wollte Elaine wissen.

„Sieh doch."

Elaine blickte mit zusammengekniffenen Augen in die zuckenden Schatten, konnte aber nichts erkennen.

Plötzlich schnappte Darlene nach Luft.

„Was haben sie bloß?", fragte sich Elaine. Sie wischte sich mit dem Saum ihres Sweatshirts übers Gesicht und versuchte, ihren Blick scharf zu stellen.

Und dann sah sie es.

„Oh nein!", dachte sie entsetzt. „Das kann doch nicht sein … das ist unmöglich."

Aber ihre Augen spielten ihr keinen Streich.

Elaine wusste auf einmal mit tödlicher Sicherheit, dass sie schließlich über das Geheimnis des Labyrinths gestolpert waren ...

Und dass alle Gerüchte wahr waren.

Sie schlug sich die Hand vor den Mund, um nicht laut loszuschreien.

22

Vor ihnen lagen sechs bräunlich verfärbte Skelette.

Elaine stöhnte auf. Tote, verweste menschliche Wesen. Gefangen in diesem Loch. Sie wollte sich abwenden. Wollte weglaufen und nie mehr zurückschauen.

Aber sie konnte nicht aufhören, die Skelette anzustarren.

Ihre Kleidung war zu Fetzen zerfallen. Einige saßen mit dem Rücken an die Wand gelehnt da, als warteten sie darauf, dass jemand kam. Andere lagen auf dem Boden ausgestreckt, die Kiefer weit aufgerissen. Ihre Knochen hatten die Farbe von Friedhofserde.

Doch am meisten erschütterten Elaine ihre Augenhöhlen.

Leer. Dunkel. Und tot.

Sie unterdrückte einen Aufschrei. Wer waren diese Toten?

Bo stieß mit dem Zeh die Rippen eines Skeletts an. „Diese Kammer muss lange Zeit von der Außenwelt abgeschnitten gewesen sein."

„Sind sie hier drin gestorben?", flüsterte Darlene mit zitternder Stimme.

„Wahrscheinlich", antwortete Bo. „Der Einbruch der Decke hat den Raum offenbar luftdicht abgeschlossen."

„Wie kommst du darauf?"

„Keine Ratten." Bo kniete sich neben eines der Skelette und betrachtete es eingehend. Elaine sah das schwache Glitzern einer Gürtelschnalle in der Körpermitte. Die Schuhe waren von den knöchernen Füßen gefallen. Von ihnen waren nur noch die Absätze übrig.

„Ich kann nicht fassen, dass du so ruhig bist", sagte Elaine.

Bo sah sie eindringlich an. „Soll ich lieber wild rumschreien?"

Elaine seufzte. „Entschuldige. Aber diese Skelette gehen mir ziemlich an die Nieren."

„Keine Angst. Sie tun dir ja nichts", sagte Bo. „Was glaubst du, was ihnen zugestoßen ist?"

„Ich kann dir verraten, was passiert ist", rief Darlene mit überschnappender Stimme. „Der rote Nebel hat sie getötet. Und dann hat jemand den Eingang zugemauert, damit dieses Ding hier drinnen bleibt. Jetzt, wo wir es rausgelassen haben, wird es uns auch killen!"

„Werd bloß nicht hysterisch", sagte Bo in beruhigendem Ton.

Darlene schnaubte wütend und nickte dann.

„Glaubst du wirklich, dass sich der rote Nebel so einfach hier drinnen hat einsperren lassen?", fragte Elaine ungläubig.

Bo zuckte die Achseln. Er hob seine Fackel und ließ seinen Blick über die Wände wandern. Auch hier überall Graffiti – immer wieder die gleichen Worte: LET'S PARTY.

„Ich kann diesen Spruch nicht mehr sehen", murmelte Darlene. „Er ist einfach überall."

Elaines Blick fiel auf ordentlich gestapelte Flaschen und Dosen in den Ecken, zusammen mit Chipstüten, die über die Jahre weiß verblichen waren.

„Seltsam", dachte sie. „Überall sonst im Labyrinth liegt der Müll wild durcheinander herum. Aber hier war alles …"

„Sie sind von dem Einsturz überrascht worden", platzte sie heraus und zeigte aufgeregt auf die gestapelten Flaschen. „Nicht von dem roten Nebel."

„Wie meinst du das?", fragte Bo.

„Seht euch doch mal den Abfall an. Er ist fein säuberlich in den Ecken aufgetürmt. Sie müssen eine Weile hier drin gewe-

112

sen sein. Der Nebel hat sie nicht umgebracht. Sie waren eingeschlossen und hatten keine Möglichkeit, sich zu befreien."

„Also sind sie verhungert", schlussfolgerte Bo.

„Oder verdurstet", ergänzte Elaine.

„Und was ist mit der roten Wolke?", meldete sich Darlene zu Wort. „Meint ihr, sie hat ihnen Gesellschaft geleistet, bis sie gestorben sind?"

Elaine und Bo sahen sich an.

„Wer weiß", sagte Bo dann. Elaine schüttelte sich nur angewidert.

Als sie die Wände noch einmal genauer unter die Lupe nahm, fiel ihr etwas auf.

„Seht mal da drüben", sagte sie und hielt ihre Fackel höher.

Unter eines der größeren Graffiti hatte jemand mit roter Farbe weitere Worte geschrieben. Die leere Dose lag umgekippt auf dem Boden und der Pinsel steckte noch darin.

Elaine ging mit der Fackel dichter an die Wand und las:

Eingeschlossen

Mike Zimmerman … Rick Surmacz
Kathy Kleidermacher … Maggie MacMahon
Peter Rienzi … Brenda Sovinski

„Sechs Namen", flüsterte Elaine. „Die Namen der Toten."

„Es ist eine Gästeliste", sagte Bo.

„Wofür?"

„Für die letzte Party im Labyrinth."

Sie blickten still auf die Namen und ließen die Erkenntnis sacken. In Elaines Kopf drehte sich alles. Sie wusste nicht, was schlimmer war – von dem roten Nebel zerrissen zu werden oder in einem Tunnel eingeschlossen zu verhungern.

Aber genau das waren auch ihre Aussichten, wenn sie nicht schnell einen Weg aus dem Labyrinth fanden. Elaine schauderte bei dem Gedanken.

„Sieht so aus, als wäre ihnen die Farbe ausgegangen." Darlene zeigte auf einen Teil der Mauer auf der gegenüberliegenden Seite der Kammer. Etwas hob sich dort von der restlichen Wand ab.

Elaine ging hinüber, um es sich genauer anzusehen. Jemand hatte hier noch eine Nachricht hinterlassen. Die Buchstaben waren kleiner und mit einem Stein in die Mauer geritzt:

SCOTT SAVAGE WEISS BESCHEID

Elaine konnte damit nichts anfangen.

„Scott Savage?", fragte sie. „Wer ist das?"

„Unser Rektor, der gute alte Mr Savage", antwortete Bo.

23

„Mr Savage?", wiederholte Elaine. „Warum steht sein Name an der Wand? Worüber weiß er Bescheid?"

„Über das, was hier unten passiert ist", erwiderte Bo.

„Aber woher soll ausgerechnet er das wissen?", fragte Darlene.

Bo verdrehte die Augen. „Ich werde ihn fragen, wenn ich ihn das nächste Mal sehe."

„Glaubst du ... glaubst du, er hat etwas damit zu tun?", stieß Elaine hervor.

„Na ja, wir reden hier von Leuten, die wussten, dass sie sterben würden", sagte Bo. „Sie haben ihre Namen an die Wand geschrieben, und als ihnen die Farbe ausgegangen ist, haben sie dies hier mit einem Stein in die Mauer geritzt."

„Um denen, die sie finden, mitzuteilen, dass Mr Savage weiß, was geschehen ist", fügte Elaine hinzu.

„Aber wie kann er etwas mit dem Einsturz dieses Tunnels zu tun haben?", überlegte Darlene laut.

In diesem Moment bemerkte Elaine aus den Augenwinkeln eine Bewegung. Ein seltsames Flimmern im Schein der Fackel. Ihr blieb beinahe das Herz stehen. Darlene sog scharf die Luft ein.

Die rote Wolke strömte durch den schmalen Fluchtweg in den Raum.

Der Gestank von verwesendem Fleisch stieg Elaine in die Nase. Er war stärker als zuvor. Sie presste eine Hand vor den Mund, um die aufsteigende Übelkeit zu unterdrücken.

Und dann hörte sie es. Der Nebel atmete. Diesmal war sich Elaine ganz sicher.

Ein gleichmäßiges, schweres Atmen.

Der Nebel breitete sich vor ihnen aus. Im Licht der Fackeln waberte er hin und her. Wuchs ständig. Nahm mehr und mehr Raum ein.

Er zwang sie zurückzuweichen. Immer weiter … bis Elaine mit dem Rücken gegen die raue Steinwand stieß.

Sie konnten nirgendwohin fliehen.

Jetzt saßen *sie* in der Falle.

24

„Was sollen wir denn jetzt tun?", fragte Darlene. Ihre Stimme klang schrill vor Panik.

„Wir können es nicht bekämpfen", antwortete Elaine. Ihr war eiskalt und sie zitterte am ganzen Körper. Sie hielt die Fackel ausgestreckt vor sich, als könnte sie damit den Nebel abwehren. Dabei wusste sie genau, dass es hoffnungslos war.

Die rote Wolke wirbelte vor ihnen herum. Das einzige Geräusch im Raum war das leise Knistern der Fackeln. Und das Atmen des todbringenden Nebels.

Inzwischen schwebte er über ihnen, als würde er sie beobachten.

Einige Ausläufer des Nebels streckten sich wie Tentakel aus, um die Skelette zu untersuchen. Dann vereinigten sie sich wieder zu einer dichten Wolke, die mitten in der Luft hing.

„Worauf wartet es?", flüsterte Elaine.

„Auf einen von uns", antwortete Bo.

„Was?"

„Macht euch keine Sorgen um mich", knurrte Bo. „Aber bereitet euch darauf vor loszurennen, egal, was mit mir passiert."

„Bo …", setzte Darlene an.

Doch Bo trat einen Schritt vor und wedelte mit seiner Fackel vor dem roten Nebel herum.

„Hey!", rief er. „Du bist doch schon die ganze Zeit hinter uns her. Na los! Komm und hol mich!"

„Bo, nein!", kreischte Elaine.

Er warf ihr einen kurzen Blick zu und machte dann einen Schritt in Richtung hintere Wand. Die Wolke folgte ihm.

„Gut so", sagte Bo. „Na komm. Hol mich als Ersten!"

Elaine wurde klar, was er vorhatte. Für sie und Darlene war der Weg zu dem schmalen Durchgang durch den Schutthaufen nun frei.

Aber sie konnten Bo doch nicht hier zurücklassen.

„Gleich wird jemand sterben", dachte sie voller Entsetzen. „Einer von uns oder alle. Bo gibt uns die Chance zu entkommen. Wir müssen sie nutzen!"

Aber sie konnte nicht.

Sie konnte nicht tatenlos zusehen, wie er getötet wurde.

„Lauft!", befahl er und schwang die Fackel.

Die rote Wolke schien von innen heraus zu glühen und strahlte eine unheimliche Macht aus. „Es wirkt, als sei sie hungrig", dachte Elaine. Nur noch wenige Zentimeter trennten sie von Bo.

„Lauft!", wiederholte er.

Elaine rührte sich nicht.

Bos Blick sagte mehr als alle Worte. Sie spürte die Wut, die in ihm brannte. Die Wut, Max verloren zu haben. Und in diesem Albtraum gefangen zu sein.

Aber sie sah auch die Angst.

Bo würde sterben und das wusste er.

„*Lauft!*", brüllte er noch einmal. „*Jetzt!*"

Elaine packte Darlene am Arm und zerrte sie zu dem Schutthaufen. Darlene protestierte nicht.

Die rote Wolke wandte sich in ihre Richtung, aber sie war zu weit entfernt, um sie aufzuhalten. Elaine rannte an der Wand entlang.

Sie war fast da. Jetzt musste sie nur noch den Hügel erklettern. Musste es schaffen, bis zum Durchgang zu krabbeln, ohne dass wieder ein Stück der Tunneldecke einstürzte.

Als sie einen Blick über die Schulter warf, erstarrte sie vor Schreck.

Der rote Nebel strömte über die Skelette hinweg.

Elaine blieb wie angewurzelt stehen. Ungläubig betrachtete sie die Szene. Das konnte doch nicht sein!

„Oh nein!", flüsterte Darlene hinter ihr.

Der unheimliche Nebel flutete über die Skelette hinweg und kroch durch ihre Rippen. Er wirbelte durch die aufgerissenen Münder und die leeren Augenhöhlen.

Die Knochen regten sich.

Zuerst zitterten sie nur leicht. Dann begannen sie, sich zu bewegen.

Eins nach dem anderen hob der rote Nebel die Skelette vom Boden hoch.

Ungläubig sah Elaine zu, wie die toten Wesen auf sie zuschwebten.

Ihre Kiefer klappten auf und zu, als ob sie zuschnappen wollten. Die knochigen Beine rasselten über den Steinboden. Die Arme fuhren durch die Luft, als würden sie an unsichtbaren Fäden hängen, und die Finger krümmten sich zu Klauen.

„Komm, Darlene!", kreischte Elaine und stürmte auf den Schutthaufen zu.

Doch die Skelette waren schneller. Sie flogen mit scheppernden Knochen durch den Raum und verteilten sich vor dem Hügel.

Blockierten den einzigen Ausgang.

Eine lähmende Angst ergriff von Elaine Besitz. Sie wusste nicht, was sie jetzt noch tun sollte.

Das war's.

Sie würden alle sterben.

Als die knochigen Hände nach ihr griffen, schrie Elaine laut auf.

25

„Nein!", schrie Elaine. „Ihr seid nicht lebendig! Das ist unmöglich!"

„Geht weg!", kreischte Darlene.

Elaine starrte die Skelette an. Jedes ihrer knöchernen Glieder bebte vor Anspannung, während sie zappelnd vor ihr schwebten.

Woher sollte sie wissen, dass sie sie nicht zerreißen würden?

Aber ihnen blieb keine Zeit mehr.

„Lauf einfach durch sie hindurch!", rief sie Darlene zu.

„Ich kann nicht." Darlene schluchzte vor Angst.

„Nun macht doch endlich!", schrie Bo.

Elaine wirbelte zu ihm herum. Der Nebel war nur noch Zentimeter von seinem Gesicht entfernt. Sie mussten verschwinden – sofort.

Sie holte tief Luft und stürmte mit ausgestreckter Fackel auf die Skelette zu.

Sie schaffte es, an dem ersten vorbeizukommen, doch dann scharten sich die anderen um sie. Mit ihren knöchernen Armen griffen sie nach ihr. Krallten nach ihrer Kleidung, ihren Haaren, versuchten, sie an der Kehle zu packen.

„Nein!", schrie Elaine und schlug mit der Fackel nach ihnen.

Dabei fiel sie ihr aus der Hand und landete auf dem Boden. Die Flamme ging aus.

Eines der Skelette umschlang sie mit seinen Armen. Der widerliche, braun angelaufene Totenschädel näherte sich ihrem Gesicht, als wollte er sie küssen. Seine Kiefer klappten auf und zu und die abgebrochenen Zähne bewegten sich nur wenige Zentimeter von ihren Lippen entfernt.

Elaine stöhnte auf vor Ekel und stieß das abscheuliche Ding weg. Es taumelte rückwärts und landete unsanft auf dem Steinboden.

Sofort schlangen sich von hinten zwei Arme um ihren Hals und eine knöcherne Hand streifte über ihr Gesicht.

Elaine fuhr herum und schlug auf das Skelett ein. Mit dem Arm zerschmetterte sie seinen Brustkorb. Augenblicklich überschwemmte sie eine Welle von Übelkeit. An ihren Händen klebte eine widerliche schwarze Schmiere – die Überbleibsel menschlichen Fleisches.

„Hau ab, lass mich in Ruhe!", schrie sie mit überschnappender Stimme.

Die übrigen Knochen fielen klappernd zu Boden. Der Schädel kullerte davon und verschwand in der Dunkelheit.

Elaine nahm Anlauf und krabbelte so schnell sie konnte zu dem Durchgang hinauf.

Als sie oben angekommen war, drehte sie sich um.

Darlene war nicht hinter ihr. Wie erstarrt stand sie am Fuß des Schutthaufens, während eins der Skelette seine Arme nach ihr ausstreckte.

Bo hatte es auch bemerkt und schoss auf Darlene zu. Seine Geschwindigkeit verblüffte Elaine. Er tat so, als wollte er in die eine Richtung laufen, und sprintete dann in die entgegengesetzte. Seine Technik war so gut wie die eines Footballprofis.

Beim Rennen hielt er den Blick unverwandt auf das Skelett gerichtet.

Dann hob er seine Fackel wie einen Baseballschläger.

Als er damit zuschlug, schien das Skelett förmlich zu explodieren. Ein Schwall von Knochensplittern und Funken flog durch die Kammer.

Im nächsten Moment wurde alles schwarz.

„Na los!", hörte sie Bo schreien.

Elaine stürzte sich in den Tunnel, ohne einen Blick zurück-zuwerfen. So schnell sie konnte, kroch sie hindurch und schluckte dabei immer wieder Erde.

Schließlich kullerte sie den Erdhügel auf der anderen Seite hinunter und blieb benommen liegen. Sie war dankbar für den Hauch kühler, feuchter Luft – egal wie schlecht sie roch.

Um sie herum herrschte Dunkelheit. Alle Fackeln waren jetzt ausgegangen.

„Wo sind Bo und Darlene?", dachte sie. „Sie müssen es einfach schaffen!"

Doch Elaine konnte nichts – und niemanden – sehen.

Alles, was sie hörte, war Darlenes Aufschrei.

Ein langer, verzweifelter Schrei, der ihr das Blut in den Adern gefrieren ließ.

Gefolgt von tödlicher Stille.

26

Elaine hielt sich die Ohren zu, um Darlenes Schrei nicht länger hören zu müssen. „Was soll ich jetzt tun?", fragte sie sich verzweifelt. „Soll ich weglaufen oder wieder zurückgehen?"

Vielleicht waren die beiden schon tot.

Vielleicht aber auch nicht. Elaine wusste, dass sie sie nicht so einfach zurücklassen konnte.

„Bo?", rief sie in die Dunkelheit.

Keine Antwort. Wieder erkletterte sie mühsam den Schutthügel und schaute in den engen Tunnel.

Absolute Finsternis.

Zuerst.

Elaine blinzelte. Hatte sie jetzt schon Halluzinationen?

Der helle Umriss ihrer Hand hob sich deutlich von der dunklen Erde vor ihr ab.

Sie hielt sie hoch in die Luft und bewegte ihre Finger. Die schwarze, zähe Schmiere des Skeletts bedeckte ihre Knöchel.

Woher kam dieses Licht? Und was war das für ein scharrendes Geräusch?

Plötzlich legte sich eine schwere Hand von hinten auf ihre Schulter.

Elaine kreischte vor Schreck und fuhr wild um sich schlagend herum. Über ihr ragte eine Gestalt auf, die ein helles Licht in der Hand hielt.

„Lass mich in Ruhe!", schrie sie und schloss geblendet die Augen.

Sie schwang die Fäuste, ohne etwas zu treffen. Das Licht war viel zu grell.

„Elaine", sagte eine tiefe Stimme.

Sie hielt inne und öffnete ihre Augen einen kleinen Spalt. Wegen ihrer Tränen und dem Sand in ihren Augen konnte sie die Gestalt nur verschwommen wahrnehmen. Blinzelnd versuchte sie, ihre Augen an das helle Licht zu gewöhnen.

Nach und nach konnte sie die Person besser sehen.

Mr Savage!

In einer Hand hielt er eine Campinglaterne. Sein perfekter schwarzer Anzug war zerknittert und voller Flecken. Seine Unterlippe zitterte vor Aufregung.

„Du … du musst von hier verschwinden", stieß er hervor. „Wo sind die anderen?"

„Keine Ahnung", platzte Elaine heraus. „Tot … ich weiß es nicht."

„Ohhh", stöhnte er. Seine Schultern sackten herab. „Nein, nein, nein."

„Hier unten ist etwas …", setzte Elaine an.

„Schnell", unterbrach Savage sie. „Wir müssen hier weg."

„Aber Bo …"

In diesem Moment schoss die obere Hälfte seines Körpers durch den schmalen Tunneldurchgang. Er krallte die Hände in die lockere Erde, während er verzweifelt versuchte, sich freizustrampeln.

„Es … es hat mich erwischt!", schrie er.

„Helfen Sie ihm doch!", rief Elaine und packte Bos ausgestreckte Hand.

Savage setzte die Laterne ab und schnappte sich seine andere Hand. Von der Decke stürzte lawinenartig Erde auf sie herab. Bos Kopf wurde darunter begraben. Elaine konnte nur noch seine Arme sehen.

„Er wird ersticken!", brüllte Savage.

„Das ist nicht sein einziges Problem!", knurrte Elaine.

Im nächsten Moment tauchte Bos Kopf mit einem heftigen

Ruck aus der Erde auf. Er würgte und rang krampfhaft nach Luft.

„Wir haben ihn!", rief Elaine, vor Erleichterung den Tränen nahe.

Noch einmal zerrten Mr Savage und Elaine mit aller Kraft. Plötzlich kam Bos Körper aus dem engen Tunnel geschossen. Alle drei kullerten den Hügel hinunter und landeten unsanft auf dem Zementboden.

„Wo ist er?", schrie Elaine. „Wo ist der Nebel?"

Ein ohrenbetäubendes Dröhnen übertönte ihre Stimme. Hinter ihnen löste sich eine Tonne feuchter Erde von der Decke des Gewölbes. Der schmale Durchgang zur Kammer wurde jetzt völlig verschüttet.

„Der Tunnel stürzt ein!", schrie Elaine panisch.

27

Elaine hatte noch nie so viel Erde auf einmal gesehen. Und es kam immer noch mehr. Sie stieß mit Mr Savage zusammen, als sie versuchte, sich auf allen vieren in Sicherheit zu bringen.

Schließlich endete die Lawine.

Elaine blinzelte. Sie konnte es nicht glauben. Der Tunnel zur Kammer mit den Skeletten war komplett versperrt.

„Es ist vorbei", rief sie. „Der Nebel ist eingeschlossen!"

Mit offenem Mund starrte sie die massive Wand aus Erde und Geröll an, die vor ihr aufragte. Kurz zuvor war sie noch auf der anderen Seite gewesen und hatte um ihr Leben gekämpft.

„Das war's", dachte sie erleichtert. „Der Nebel ist dort drinnen gefangen. Jetzt können wir endlich hier raus!"

Bo, der zu Elaines Füßen lag, stöhnte. Sie und Savage halfen ihm auf.

„Bist du okay?", fragte Savage.

Bo sah ihn finster an. „Nehmen Sie gefälligst Ihre Hände weg!", polterte er los. Savage ließ seinen Arm los und wich einen Schritt zurück.

„Was ist mit Darlene passiert?", fragte Elaine.

Bo schluckte. „Sie ist verschwunden."

„Was soll das heißen, sie ist verschwunden?", wollte Savage wissen. „Wo ist sie? Was geht hier unten vor?"

„Als ob Sie das nicht wüssten", fuhr Bo ihn an.

Savage kniff die Augen zu schmalen Schlitzen zusammen. „Was soll ich wissen?"

„Neun Leute sind hier unten gestorben", erwiderte Bo. „Und das ist alles Ihre Schuld!"

Savage wurde blass. Er starrte ihn mit offenem Mund an. „Neun Leute ... was redest du denn da?"

Elaine stellte sich vor Bo, bevor er völlig ausrastete. „Max, Darlene und Jerry sind tot, Mr Savage", erklärte sie ihm. „Ein roter Nebel ist aus dieser Kammer gequollen und hat sie alle umgebracht."

„Ganz zu schweigen von den sechs Skeletten hinter der eingestürzten Decke", fügte Bo hinzu.

Savage hob die Hand. „Moment mal", sagte er. „Erzählt mir genau, was passiert ist."

Elaine berichtete ihm die ganze Geschichte. Wie sie durch die versteckte Falltür gestürzt war. Wie Bo ihnen von der Legende der verschwundenen Teenager erzählt hatte. Wie sie die Ziegelwand berührt hatten und diese daraufhin förmlich explodiert war. Wie der rote Nebel herausgekommen war und Max getötet hatte. Sie erzählte ihm alles – auch von der Schrift auf der Wand: SCOTT SAVAGE WEISS BESCHEID.

Savage starrte sie geschockt an. Sein Blick wirkte abwesend, als wäre er in Gedanken ganz woanders.

„Mr Savage?", fragte Elaine besorgt.

„Hey!", schrie Bo ihn an und wedelte mit der Hand vor seinem Gesicht herum. „Haben Sie irgendetwas von dem mitbekommen, was sie gesagt hat?"

Savage richtete seinen Blick auf Bo. „Ich habe jedes Wort gehört", erwiderte er.

„Also, was wissen Sie?", drängte Bo. „Was hat diese Nachricht zu bedeuten?"

„Ich habe keine Ahnung", antwortete Savage mit frustrierter Stimme.

„Was soll das heißen, Sie haben keine Ahnung?", rief Bo aus. „Immerhin steht es dort an der Wand!"

Elaine legte eine Hand auf seine Schulter. „Reg dich ab", sagte sie mahnend.

Savage stieß einen tiefen Seufzer aus. Er sank am Fuß des Schutthügels in sich zusammen und verbarg das Gesicht in beiden Händen.

„Ich glaub das alles nicht", knurrte Bo mit einem Seitenblick zu Elaine. „Lass uns von hier verschwinden."

„Warte", sagte Elaine. Sie kauerte sich vor den Rektor hin und zog die Hände von seinem Gesicht. „Mr Savage?"

„Ja", antwortete er.

„Sie müssen uns sagen, was Sie wissen", forderte sie.

Wieder stieß er einen tiefen Seufzer aus. „Ich bin früher auf die Shadyside-Highschool gegangen", begann er. „Lange bevor ihr geboren wurdet. Ihr müsst verstehen, dass das damals eine völlig andere Zeit war. Die Angst vor einem Krieg war sehr real."

Bo schnaubte abfällig.

„Es war die Zeit des Kalten Krieges, Bo. Manchmal war die Anspannung nahezu unerträglich."

„Ja, wir haben in Geschichte darüber gesprochen", erwiderte Bo genervt. „Und was hat das mit uns zu tun?"

„Dieses Tunnelsystem wurde zum Schutz vor Bomben erbaut", fuhr Savage fort. „Auf diese Weise wären Hunderte von Menschen in Sicherheit gewesen, während oben die Welt in Flammen aufging. Es gab hier Lager mit gefriergetrocknetem Fleisch, Wasser in Flaschen, Batterien, alles. Genug, um monatelang zu überleben."

„Und jetzt ist nur noch Müll davon übrig", meldete Elaine sich zu Wort.

„Wahrscheinlich haben sich die Ratten das meiste geholt", erwiderte Savage. „Aber ein paar Jahre nachdem die Tunnel gebaut wurden – als ich auf die Highschool ging –, waren sie die angesagteste Partylocation der Stadt."

„Das wissen wir alles", sagte Bo ungeduldig. „Und was ist jetzt mit den Verschütteten?"

„Dazu komme ich gleich", antwortete Savage. „An einem Samstag luden mich ein paar Leute, die ich kannte, nach dort unten ein. Ich war völlig aus dem Häuschen, weil ich mit den coolsten Kids der Stadt abfeiern würde."

„Und was ist passiert?", fragte Elaine.

„Zuerst haben wir richtig viel Spaß gehabt", sagte Savage. „Aber irgendwann war ich total hinüber. Ich hatte vorher nämlich noch nie Bier getrunken."

Bo schnaubte geringschätzig.

„Die anderen haben noch viel mehr in sich hineingeschüttet", fuhr Savage fort. „Sie hatten Farbe mitgebracht und fingen an, Graffiti zu pinseln. Allerdings haben wir mehr Farbe abbekommen als die Wände."

„Und?", drängte Bo.

„Dann stürzte die Decke des Tunnels ein", erwiderte Savage.

„Ach was", sagte Bo ironisch.

„Jetzt lass ihn doch mal ausreden", fuhr Elaine ihn an.

„Ich will nur noch hier raus", beharrte Bo. „Das ist alles total krank hier unten."

„Ich bin der Einzige, der euch hier rausbringen kann, Bo", schaltete Savage sich wieder ein. „Und das werde ich auch tun. Aber ich habe dieses Geheimnis dreißig Jahre lang mit mir herumgetragen. Es wird Zeit, dass ich es endlich mit jemandem teile."

Bo warf ihm einen finsteren Blick zu.

„Irgendwer – ich glaube, es war Peter – muss damals über die Bierflaschen gestolpert sein", fuhr Savage fort. „Jedenfalls kullerten sie überall durch die Gegend. Drei oder vier sind auch im Haupttunnel gelandet und ich bin ihnen hinterhergerannt. Und dann war da plötzlich dieser schreckliche Lärm, als ob die ganze Welt untergehen würde. Als ich mich umdrehte, sah ich nur noch eine Wand aus Erde. Dort, wo wir gesessen hatten, war die gesamte Decke heruntergekommen."

„Und Ihre Freunde …?", sagte Elaine.

„Sind eingeschlossen worden", beendete Savage ihren Satz.

„Die Skelette", murmelte Elaine und musste an die brüchigen Knochen denken, die nach ihr gegriffen hatten. Unwillkürlich fröstelte sie.

„Ich wusste nicht, was ich tun sollte", berichtete Mr Savage weiter. „Immer und immer wieder habe ich ihre Namen gerufen, aber sie haben nicht geantwortet. Ich war zu betrunken, um einen klaren Gedanken zu fassen, doch irgendwann wurde mir klar, dass sie tot waren." Seine Stimme brach.

„Aber das waren sie nicht", bemerkte Bo.

„Was?" Savages Kopf fuhr ruckartig hoch. „Wie meinst du das?"

„Wir haben den Raum gesehen, wo sie eingeschlossen waren, oder haben Sie das schon vergessen?", erwiderte Bo. „Wir sind durch den Schutthügel gekrochen und haben auf der anderen Seite Ihre lieben Freunde entdeckt. Sie haben lange genug überlebt, um Ihren Namen in die Wand zu ritzen."

Elaine schnappte nach Luft. „Der Durchgang. Der kleine Tunnel durch den Erdhaufen. Den müssen sie gegraben haben – sie haben versucht, sich einen Weg nach draußen zu bahnen!"

„Ja, nur schade, dass sie geradewegs in eine brandneue Ziegelmauer gerannt sind", sagte Bo höhnisch.

Elaine blieb vor Erstaunen der Mund offen stehen. Daran hatte sie noch gar nicht gedacht. Sie starrte Mr Savage an und wartete auf eine Erklärung.

„Ja", gestand Savage. „Ich habe die Ziegelwand gemauert."

„Aber warum?", fragte Elaine.

„Es war verboten, sich hier unten aufzuhalten", erklärte er. „Einige andere Schüler waren schon von der Schule geflogen, weil man sie dabei erwischt hatte. *An die Luft gesetzt.* So etwas durfte mir einfach nicht passieren."

„Sie haben sie getötet", flüsterte Bo. „Sie haben die anderen hier drinnen sterben lassen."

„Nein!", schrie Savage. „Sie waren bereits tot! Das weiß ich genau! Und ich wäre dafür zur Verantwortung gezogen worden, weil es verboten war, sich hier unten aufzuhalten. Also habe ich den Tunnel zugemauert, damit es aussah, als hätte der eingestürzte Gang nie existiert. Es hat funktioniert. Niemand wusste, warum die Teenager verschwunden waren. Es war für alle ein absolutes Rätsel."

„Von wegen Rätsel", schnaubte Bo. „Sie haben sie getötet! Wenn Sie nicht diese Wand gemauert hätten, wären die sechs aus dem Tunnel entkommen."

Savage ließ den Kopf in die Hände sinken. „Woher sollte ich wissen, dass sie noch am Leben waren?", flüsterte er. „Ich bin überhaupt nicht auf die Idee gekommen, dass sie sich vielleicht ausgraben könnten. Damals war ich doch noch ein Junge."

Elaine sah zu Bo hinüber. Seine Hände waren zu Fäusten geballt. Alles, was sie durchgemacht hatten, war Savages Schuld. Das war ihnen beiden nun klar.

„Und was ist mit dem roten Nebel?", fragte sie.

„Ich weiß nicht, was du meinst", erwiderte Savage.

„Verkaufen Sie uns doch nicht für dumm!", rief Bo. „Haben Sie etwa nicht zugelassen, dass dieses verdammte Ding Ihre Freunde einen nach dem anderen umgebracht hat, während Sie eine Wand hochgezogen haben, um es einzusperren? Sie haben sich selbst in Sicherheit gebracht und die anderen einfach sterben lassen."

„Bo, du musst mir glauben", sagte Savage beschwörend. „Ich weiß nicht, wovon du redest."

Elaine starrte ihn an. Sagte er die Wahrheit?

„Und Sie haben tatsächlich nie einen roten Nebel gesehen, als Sie hier unten gefeiert haben?", fragte sie.

Savage schüttelte den Kopf. „Ich weiß nicht, was euch heute zugestoßen ist. Aber wir werden der Sache auf den Grund gehen."

„Warum kaufen wir nicht einfach noch ein paar Ziegelsteine?", murmelte Bo.

„Jetzt reicht's mir aber!", explodierte Savage und sprang auf. „Der Einsturz des Tunnels vor dreißig Jahren war eine schreckliche Sache. Aber das heißt noch lange nicht, dass ihr mir weismachen könnt, irgendeine rote Wolke hätte eure Freunde getötet."

„Aber es ist wahr, Mr Savage", beharrte Elaine. „Ich schwöre es!"

„Und wo sind dann ihre Leichen?", fragte er und schaute sie durchdringend an.

„Dieser komische Nebel hat sie mitgenommen", antwortete Bo. „Und jetzt ist er hinter dem Schuttberg eingesperrt ..."

Ein leises, rumpelndes Geräusch unterbrach ihn. Es schien durch die Betonwände zu dringen, die augenblicklich zu vibrieren begannen.

Elaine hatte noch nie ein Erdbeben erlebt. Aber ungefähr so musste es sich anfühlen.

„Was ist das?", fragte Bo.

„Ich fürchte, ein neuer Einsturz", erwiderte Savage. „Das ist genau das Geräusch, das ich damals gehört habe."

„Dann sollten wir wohl besser ..."

Elaines Vorschlag wurde jäh unterbrochen, als eine Ladung Erde und Geröll mit unglaublicher Wucht auf sie zuschoss.

Sie wurde von den Füßen gerissen und flog ein Stück durch

die Luft. Dann knallte sie so heftig an die gegenüberliegende Wand, dass die Luft aus ihren Lungen gepresst wurde. Weiße Lichter tanzten vor ihren Augen und in ihren Ohren klingelte es.

Elaines Mund war voller Erde. Sie würgte und rollte sich auf den Bauch. Mit den Fingern krallte sie sich in den felsigen Untergrund.

Dann öffnete sie langsam die Augen.

Bo lag schmutzbedeckt zu ihrer Linken, Mr Savage zu ihrer Rechten. Seine Laterne war halb unter den Erdmassen begraben. Das Licht war zwar schwächer als zuvor, aber es war nicht ausgegangen.

Tonnen von Erde und Steinen waren durch die Explosion einfach weggeblasen worden. Elaine konnte nun ungehindert in die andere Kammer schauen. Überall lagen Knochen verstreut. Sie versuchte, sich den Sand aus den Augen zu blinzeln, und nahm schließlich die Hände zu Hilfe, um besser sehen zu können.

Bei dem Anblick, der sich ihr bot, rutschte ihr das Herz in die Hose.

Der rote Nebel war wieder frei.

28

Die schreckliche rote Flut ergoss sich über die verbliebene Erde. Ein Schwall fauliger Luft traf Elaine so unvermittelt, dass sie würgen musste.

„Steht auf!", schrie Elaine und kroch zu Bo hinüber.

Der hustete und versuchte, sich aufzusetzen. Beim Anblick der Wolke weiteten sich seine Augen vor Angst und er sprang auf.

„Wir müssen sofort hier raus!", schrie er. Er packte Elaine am Arm und zerrte sie in Richtung Haupttunnel.

„Und was ist mit Mr Savage?", rief Elaine.

Beim Klang seines Namens rührte er sich und tastete nach seiner Lampe. Er hob sie auf – und betrachtete fassungslos den roten Nebel.

„Oh nein", krächzte er.

„Kommen Sie schon!", brüllte Bo ihn an.

„Er wird uns töten, Mr Savage", erklärte Elaine und zupfte am Ärmel seines Jacketts. „Wir müssen sofort verschwinden!"

„Ich glaub's einfach nicht", murmelte Savage. „Das ist doch nicht möglich."

Elaine versuchte, ihn mitzuzerren, aber er bewegte sich nicht. Wie hypnotisiert starrte er den roten Nebel an.

„Sie sind es", flüsterte er mit erstickter Stimme. „Sie sind zurück. Könnt ihr sie nicht sehen?"

„Was meinen Sie?", fragte Bo.

Elaine betrachtete die rote Wolke genauer. Sie hatte sich irgendwie verändert. „Ich sehe es", flüsterte sie.

Mehrere Gestalten begannen, sich in dem mysteriösen Nebel abzuzeichnen. Zunächst waren es nur flimmernde Umrisse, die langsam deutlicher wurden. Elaine wollte ihren Augen nicht trauen, aber sie wusste, worum es sich handelte.

Es waren Gesichter.

„Meine Freunde", krächzte Savage.

Gesichter. Wutverzerrte Gesichter. Die Münder waren dunkle Höhlen, aufgerissen zu Schreien, die niemand hören konnte. Die Augen waren schwarz und leer. Um sie herum waberte der Nebel wie ein tödliches Gespinst.

Elaines Augen wurden groß, als sie plötzlich die Wahrheit erkannte.

Der rote Nebel hatte die sechs Teenager nicht getötet. Die sechs *waren* der Nebel!

„Sie wussten, dass sie in der Falle saßen und sterben würden", dachte Elaine.

Mit dem Mut der Verzweiflung hatten sie sich durch den Berg aus Erde und Geröll gegraben, nur um dann auf die Ziegelwand zu stoßen, die Savage gemauert hatte.

Nur um festzustellen, dass sie endgültig hier unten gefangen waren. Für immer.

Elaine konnte sich ihre Hoffnungslosigkeit vorstellen. Ihr Entsetzen.

Ihre Wut.

Plötzlich wusste sie, woraus der rote Nebel bestand. Aus der mörderischen Wut der sechs Jugendlichen. Irgendwie waren ihre Seelen dort mit eingeschlossen worden und hatten sich schließlich zu der todbringenden Wolke vereinigt.

Mit jedem Tag musste ihr unbändiger Hass gewachsen sein.

Mit jedem Tag ihr glühender Wunsch nach Rache.

„Wahrscheinlich haben sie seitdem auf ihre Chance gewartet", dachte Elaine. „Und die ist gekommen, als wir sie hinter der Ziegelwand befreit haben."

Nun würden sie alle sterben.

„Meine Freunde", flüsterte Savage ungläubig. „Ich kann nicht glauben, dass ihr es wirklich seid."

Der Nebel schwebte jetzt ganz in seiner Nähe. Die Gesichter pulsierten und schienen ihn anzufauchen.

„Ja", sagte Savage. „Ich bin es. Ihr erinnert euch also."

Elaine spürte, dass jemand an ihrem Ärmel zupfte.

„Komm mit", murmelte Bo.

Aber sie konnte sich nicht bewegen. Konnte nicht aufhören, die Gesichter anzustarren.

„Elaine, hör mir gut zu", sagte Savage, den Blick unverwandt auf den Nebel gerichtet. „Es gibt einen Schacht, der aus dem Tunnel direkt in den Heizungsraum der Schule führt. Wenn ihr sechsmal hintereinander links abbiegt, findet ihr ihn."

„Wie meinen Sie das?", fragte sie. „Wir werden doch nicht …"

„Nicht vergessen", schnitt Savage ihr das Wort ab und stand auf.

Bo zerrte jetzt unsanft an Elaines Arm. Sie machte einen Schritt Richtung Haupttunnel.

„Was tun Sie da, Mr Savage?"

Endlich drehte er sich um. Sein Gesicht war völlig ausdruckslos.

„Ich habe hier noch eine Kleinigkeit zu erledigen", erwiderte er.

Dann wandte er sich wieder der Wolke zu.

Sie bewegte sich vorwärts. Hüllte ihn ein.

Elaine wollte ihm folgen, aber Bo hielt sie zurück.

Im nächsten Moment wurde Mr Savage von der Wolke in die Höhe gerissen. Er heulte auf, als er im Nebel verschwand. Die Laterne fiel scheppernd zu Boden.

Spitze Schmerzensschreie hallten von den Tunnelwänden wider.

Sein Körper zuckte und bäumte sich auf. Die Arme wurden mit Gewalt nach hinten gerissen und brachen. Der Kopf wirbelte unkontrolliert hin und her.

Ein letztes fürchterliches Knacken ertönte und dann verstummten die furchtbaren Schreie.

Mr Savages schlaffer Körper hing zuckend in der Wolke.

Elaine riss die Augen auf.

Was geschah dort?

Der grässlich verrenkte Körper schien kleiner zu werden. Er schrumpfte nicht direkt, sondern schien eher in sich zusammenzufallen.

Das Krachen von Knochen erfüllte die Luft, als die geisterhaften Gesichter um Savage herumwirbelten. Der Körper des Rektors wurde kleiner und kleiner, bis er schließlich nur noch die Größe eines Balls hatte.

Und dann war er ganz verschwunden.

Der Nebel stieg hoch in die Luft, bis er unter der Decke des Tunnels hing. Die Gesichter stießen immer noch ihre stummen Schreie aus. Ihre kalten, starren Blicke waren nun auf Elaine und Bo gerichtet.

„Lauf!", schrie Bo gellend.

Elaine blickte hoch und bereitete sich auf den Schmerz vor, der sie gleich überfallen würde. Angestrengt versuchte sie, die geisterhaften Gesichter zu erkennen.

„Irgendetwas hat sich verändert", dachte sie.

Der Nebel näherte sich nicht.

„Bo!", flüsterte Elaine. „Sieh doch!"

Die Gesichter begannen, sich aufzulösen. Elaine spürte nichts mehr von der unbändigen Wut. Das Rot der Wolke leuchtete nicht mehr so intensiv. Selbst das unheimliche Atemgeräusch war leiser geworden.

Schließlich verstand Elaine. „Sie haben ihre Rache gehabt", sagte sie leise. „Es ist vorbei."

Langsam löste sich die Wolke vor ihren Augen auf.

Schließlich war nur noch ein letzter Schleier übrig, der für ein paar Sekunden in der Luft hing.

„Geh", bat Elaine im Stillen. „Verschwinde einfach!"

Und dann war auch der letzte Überrest der roten Wolke fort.

29

Elaine brach erschöpft in Bos Armen zusammen. „Ich kann nicht glauben, dass es wirklich vorbei ist", sagte sie.

„Komm", flüsterte er und griff nach der Lampe. „Lass uns von hier verschwinden."

Schwerfällig humpelten sie in den Haupttunnel.

„Sechsmal hintereinander links", murmelte Elaine leise.

Nach einem langen Marsch hatten sie alle sechs Abzweigungen gefunden. Elaine stützte sich die ganze Zeit auf Bo. Sie war dankbar, dass sie nicht rennen mussten. Dass der rote Nebel sie in seinem Rachedurst nicht verfolgte.

Auf dem Rückweg wechselten sie kein einziges Wort.

Es war nicht weiter schwierig, den Schacht zu finden, von dem Mr Savage ihnen erzählt hatte. Eine stählerne Leiter führte hinauf in die Dunkelheit. Weit über ihnen konnte Elaine einige Lichtpunkte erkennen.

„Wir haben es geschafft", flüsterte sie.

Sie lächelte Bo zu. Er grinste zurück.

„Und was sollen wir den Leuten jetzt erzählen?", fragte er.

Elaine dachte daran, wie Max, Jerry und Darlene gestorben waren. Und wie Mr Savage sich geopfert hatte.

„Kein Mensch wird uns glauben", dachte sie. „Kein einziger."

„Ich weiß es nicht", antwortete sie.

„Ich auch nicht. Lass uns erst mal von hier verschwinden. Dann können wir immer noch darüber nachdenken."

Elaine nickte. Sie griff nach der kalten Leitersprosse und blickte zu dem schwachen Lichtschein auf. Dann kletterten sie und Bo aus dem Tunnel.

Teuflische Schönheit

Wenn Liebe zum Verhängnis wird

Prolog

Leb wohl, Anna.

Mach's gut.

Seht nur, wie sie dort unten liegt. Ganz verkrümmt. Und mit total verknittertem Kleid.

Das würde ihr gar nicht gefallen. Wo sie doch immer so adrett aussah.

Und all das Blut würde ihr auch nicht gefallen – so dunkel und klebrig.

Du warst immer perfekt, Anna. Stets so fröhlich und strahlend, jeden Tag wie aus dem Ei gepellt.

„Mein Diamant", hat Mum dich genannt.

Aber wer war ich dann?

Wer war ich, während du die kleine Miss Makellos gespielt hast?

Jetzt bist du wirklich vollkommen. Nämlich vollkommen tot, haha.

Ich sollte nicht lachen. Aber es war so einfach.

Ich hätte mir nie träumen lassen, dass es so einfach sein würde. Dabei habe ich oft davon geträumt und es mir glühend gewünscht. Mann, hatte ich Schuldgefühle deswegen.

Aber ich wusste nicht, dass es so leicht gehen würde.

Ein Schubs.

Ein kleiner Schubs – und schon bist du hinuntergestürzt.

Sieh dich doch nur mal an, wie du da unten liegst – ganz verrenkt. *Vollkommen* verrenkt.

Jetzt wird die Haustür geöffnet. Sie kommen zurück. Und ich fange an zu schluchzen.

Schließlich ist es ein schreckliches Unglück.

Ein furchtbarer, tragischer Unfall.

Ich muss nun um dich weinen. Und ich muss hinlaufen und es ihnen erzählen.

„Anna ist tot, Mum! Komm schnell! Es ist so schrecklich – sie ist tot!"

1

Als Cory Brooks die Neue zum ersten Mal sah, stand er in der Kantine auf dem Kopf.

Genauer gesagt, stand er auf dem Kopf und auf einer Hand, während er mit der anderen Hand ein volles Tablett balancierte. Seine schwarzen, knöchelhohen Chucks befanden sich dort, wo normalerweise sein Kopf gewesen wäre.

Ein paar Sekunden zuvor hatte David Metcalf behauptet, dass Cory das nicht schaffen würde. Er war Corys bester Freund und wie er ein Draufgänger und Mitglied der Turnermannschaft der Shadyside-Highschool.

„Leichteste Übung, Mann", hatte Cory kopfschüttelnd gesagt. Man musste ihn nie zweimal bitten, wenn es darum ging, sich mit David zu messen. Cory war sich mit der Hand durch das lockige schwarze Haar gefahren und hatte seinen Blick kurz durch den großen, überfüllten Raum wandern lassen, um sicherzugehen, dass keine Lehrer zusahen. Dann sprang er hoch, machte eine Drehung in der Luft und landete gekonnt auf beiden Händen. Nachdem er sein Gewicht mit Kopf und einer Hand ausbalanciert hatte, schnappte er sich mit der anderen Hand das voll beladene Tablett, ohne etwas davon zu verschütten.

David, der am Nebentisch saß, pfiff und klatschte begeistert, ebenso wie einige andere lachende und johlende Zuschauer. „Und jetzt ganz ohne Hände!", rief David.

„Ja, mach schon!", drängte auch Arnie Tobin, ein weiterer Kumpel aus dem Turnerteam.

„Und dann ohne Kopf!", grölte ein Witzbold. Alle lachten.

Cory fühlte sich inzwischen etwas unbehaglich. Das Blut

strömte ihm in den Schädel. Ihm war schwindlig und die Stelle, wo er mit dem harten Fliesenboden in Kontakt war, begann zu schmerzen.

„Wetten, du kannst dein Mittagessen nicht so essen?", rief David, der ihn wie üblich noch weiter herausforderte.

„Und was gibt's zum Nachtisch? Gestürzten Pudding?", kreischte ein Mädchen, das nahe beim Fenster saß. Einige andere Kids stöhnten und buhten bei diesem schlechten Witz.

„Hey, Cory – steht dir echt gut, die Frisur!", rief jemand.

Die Sticheleien, die lauten Stimmen, das Gegröle und Gelächter – all das schien zu verebben, als die Neue in Corys Blickfeld schwebte. Sie war so blass, so blond, so unglaublich zart und schön, dass er sie zuerst für eine Erscheinung hielt. Ob er vielleicht wegen des ganzen Bluts, das ihm in den Kopf gelaufen war, schon Halluzinationen hatte?

Das Mädchen eilte an der gegenüberliegenden Wand entlang auf die große Doppeltür der Kantine zu. Cory erhaschte nur einen kurzen Blick auf sie – und das auch noch kopfüber. Mit einem Mal blieb sie stehen und sah ihn aus hellblauen Augen an. Ihre Blicke trafen sich. Lächelte sie oder runzelte sie die Stirn? Aus dieser Position konnte er das unmöglich sagen. Dann schüttelte sie ihren blonden Kopf, als würde sie die Verbindung absichtlich abbrechen, und verschwand aus seinem Blickfeld.

Diese Augen!

„Wer ist sie?", dachte Cory. „Die ist ja unglaublich!"

In Gedanken ganz bei der Neuen vergaß er, sich auf das empfindliche Gleichgewicht zu konzentrieren, in dem sein Körper sich befand. Das Tablett fiel als Erstes, gefolgt von Cory, der mit dem Gesicht mitten im Essen landete. Er knallte mit der Brust hart auf den Boden, die langen Beine hinter sich ausgestreckt.

Die ganze Kantine brach in Gelächter und höhnischen Applaus aus.

„Noch mal!", dröhnte Arnie Tobins Stimme durch den Raum. Er konnte mit seiner Röhre locker ganze Menschenmassen übertönen.

David eilte zu seinem Freund, um ihm aufzuhelfen. „Na, noch mehr so tolle Ideen?", stöhnte Cory, während er sich Spaghetti und Tomatensoße aus den Haaren fischte.

„Hol dir doch nächstes Mal einfach ein Sandwich", sagte David lachend. Er hatte karottenrotes Haar und viele Sommersprossen. Wenn er sein hohes, durchdringendes Gelächter ausstieß, stellten die Hunde noch in einer Meile Entfernung die Ohren auf.

Cory wischte sich mit der Vorderseite seines T-Shirts die Spaghettisoße aus dem Gesicht. Als er aufblickte, fiel sein Blick auf Mrs MacReedy, die Lehrerin, die heute in der Kantine Aufsicht hatte. Sie hatte sich wortlos vor ihm aufgebaut und schüttelte nur den Kopf.

„Tut mir leid deswegen", nuschelte Cory und kam sich ziemlich bescheuert vor.

„Weswegen?", fragte Mrs MacReedy, ohne eine Miene zu verziehen.

Cory lachte. Zum Glück hatte die Frau Humor!

„Das war alles Arnies Idee", behauptete David und zeigte auf den Tisch, wo sein Freund saß und sich mehrere Salzstangen gleichzeitig in den Mund stopfte.

„Ich kann mich nicht erinnern, dass Arnie jemals eine eigene Idee hatte", sagte Mrs MacReedy, nach wie vor mit unbewegtem Gesicht. Dann blinzelte sie Cory einmal kurz zu und verschwand.

Immer noch vor Spaghetti und Tomatensoße tropfend, beugte Cory sich hinunter, um das Tablett aufzuheben. „Hey David, wer war eigentlich das Mädchen?"

„Welches Mädchen?"

„Die Blonde. Sie ging gerade raus, als …"

„Wer?" David wirkte verwirrt. Er hob Corys Besteck auf und warf es aufs Tablett. „Meinst du etwa, wir haben 'ne Neue?"

Cory stöhnte genervt. „Hast du sie denn nicht gesehen?"

„Nein, ich hab mir lieber angeschaut, wie du dich total zum Affen gemacht hast."

„Ich? Das war doch deine Idee!"

„Von wegen. Es war bestimmt nicht meine Idee, dass du einen Kopfsprung in einen Teller Spaghetti machst."

„Sie ist blond und hat ein hellblaues Kleid getragen."

„Wer?"

„Das Mädchen, das ich gesehen habe."

„Du hast ein Mädchen gesehen, das in einem Kleid zur Schule gekommen ist?"

„Du glaubst mir immer noch nicht, was?" Cory blickte zur Tür, als sei sie immer noch da. Doch dann knurrte sein Magen und ihm fiel wieder ein, dass er gerade sein Mittagessen zermanscht hatte. „Hey, hast du mal ein bisschen Kohle für mich? Ich sterbe vor Hunger."

„Da fragst du den Falschen, Alter", sagte David grinsend und wich mit ausgestreckten Händen zurück.

„Komm schon. Du schuldest mir was." Cory stellte das Tablett auf einem leeren Tisch ab und folgte ihm.

„Vergiss es, Mann."

„Wo ist dein Mittagessen? Das können wir uns doch teilen." Cory schlug einen Haken und ging auf Davids Tisch zu.

„Mein Mittagessen? Kommt nicht infrage. Ich habe doch nichts …"

Cory griff nach dem Apfel auf Davids Tablett und schnappte sich dann eine Handvoll Salzstangen von Arnies Teller.

„Hey, die brauche ich!"', protestierte Arnie und grapschte vergeblich danach.

„Sei ein Kumpel", nuschelte Cory, den Mund voll Apfel. „Wir haben doch nach der Schule Training. Wenn ich nichts esse, bin ich zu schwach für den Schwebebalken."

„Es bricht mir das Herz", höhnte Arnie. Er brach blitzschnell die Salzstangen ab, die Cory in der Hand hielt, und stopfte sie sich in den Mund. „Dann haben wir anderen wenigstens auch mal 'ne Chance."

Cory hörte mehr als ein bisschen Groll aus Arnies Worten heraus. Er fühlte sich mies deswegen, aber was sollte er tun? Er konnte doch nichts dafür, dass er mehr Talent hatte als die anderen in seinem Team. Seit seinem ersten Jahr auf der Highschool war er schon in der Auswahlmannschaft der Turner. Und Trainer Welner war davon überzeugt, dass er es im nächsten Frühjahr bis zu den nationalen Meisterschaften schaffen würde.

„Gut, dass der Coach nicht gesehen hat, wie ich in meinem Mittagessen gelandet bin", dachte Cory. Er verdrückte die Reste von Arnies Salzstangen und schlürfte die letzten Schlucke von Davids Schokomilchshake. Dann zerdrückte er den Pappbecher mit der Hand.

„Ein ausgewogenes Mittagessen", sagte er und hickste.

Arnie war inzwischen dazu übergegangen, David eine neue Art des Abklatschens beizubringen. Sein normalerweise ständig grinsendes Gesicht hatte einen konzentrierten Ausdruck angenommen, während er wieder und wieder gegen Davids Hand schlug, um es noch besser hinzukriegen. „Nicht so, du Trottel", stöhnte er ein ums andere Mal.

Cory fragte sich kopfschüttelnd, wer der eigentliche Trottel war. „Bis später", sagte er und warf den zerdrückten Pappbecher quer durch den Raum in einen Mülleimer. Die beiden sahen nicht einmal auf.

Er ging auf die Doppeltür zu und ignorierte ein paar Leute, die sich über sein fleckiges T-Shirt und seine verschmierten Haare lustig machten. „Hey, Cory – fang mal!" Jemand warf eine Milchtüte nach ihm. Sie prallte von einem Tisch ab und landete auf dem Boden.

Cory reagierte überhaupt nicht, denn er war in Gedanken wieder bei dem Mädchen mit dem blauen Kleid. Er hatte sie nur für ein paar Sekunden gesehen – und das auch noch verkehrt herum – und doch wusste er mit absoluter Sicherheit, dass sie das schönste Mädchen war, das er jemals getroffen hatte.

Betörend schön.

Die Worte schossen ihm plötzlich durch den Kopf.

Cory merkte, dass er nach ihr Ausschau hielt, während er auf dem Weg zu seinem Spind den Flur hinunterging.

Wo ist sie? Wer ist sie? Ich habe sie mir doch nicht eingebildet, oder?

„Hey, Cory – hast du in deinem Mittagessen gebadet?", rief ihm jemand zu.

Er schaute stur geradeaus. Ihm war klar, dass er ziemlich schlimm aussah. Plötzlich hoffte er, dass er dem Mädchen nicht gerade jetzt begegnen würde. Er wollte nicht, dass sie ihn mit Tomatensoße im Haar und auf dem T-Shirt sah.

Cory blieb vor seinem Spind stehen und überlegte, was er jetzt tun sollte. Hatte er noch genug Zeit, um nach unten zu den Duschen zu gehen? Er warf einen Blick auf seine Uhr. Keine Chance. In knapp zwei Minuten würde es zur fünften Stunde klingeln. Vielleicht konnte er Englisch ausfallen lassen. Nein. Mr Hestin wollte heute die Referate verteilen.

In diesem Moment tauchte Lisa Blume neben ihm auf und fummelte an ihrem Zahlenschloss herum, um den Spind zu öffnen. Nachdem es ihr gelungen war, musterte sie Cory. „Du siehst ja super aus."

„Danke." Er blickte auf sein T-Shirt hinunter. „Erinnert dich das an die Zeit, als wir noch Kinder waren?"

„Nö, damals warst du sauberer." Sie lachte.

Cory und Lisa hatten schon ihr ganzes Leben im Stadtteil North Hills Tür an Tür verbracht. Bereits als kleine Kinder hatten sie miteinander gespielt. Ihre beiden Familien standen sich so nahe, dass sie fast wie eine große Familie waren.

Da sie so eng zusammenwohnten, war es Cory und Lisa gelungen, selbst in der schwierigen Phase, wo Jungen nur mit Jungen und Mädchen nur mit Mädchen spielten, befreundet zu bleiben. Jetzt, als Teenager, kannten sie sich so gut und waren so vertraut miteinander, dass ihnen ihre Freundschaft wie ein selbstverständlicher Teil ihres Lebens vorkam.

Lisa war ein dunkler Typ und sah richtig gut aus. Sie hatte lange schwarze Haare, die ihr in Locken auf die Schultern fielen, mandelförmige Augen und einen schön geschwungenen, betonten Mund, der sich zu einem spöttischen Lächeln verzog, wenn sie etwas Lustiges sagte, was ziemlich häufig vorkam. Ein Haufen Leute sagte, sie sähe aus wie ein Filmstar. Und auch wenn Lisa nicht zugab, dass sie sich dadurch geschmeichelt fühlte, freute sie sich doch im Stillen darüber.

Während sie so vor ihren Spinden standen, starrte sie Cory neugierig an. „Ich habe in der Kantine einen Kopfstand gemacht", sagte er, als würde das seinen Aufzug erklären.

„Nicht schon wieder", seufzte sie und beugte sich hinunter, um einige Bücher vom Boden ihres Spinds aufzuheben. „Wen wolltest du denn diesmal beeindrucken?"

Ihre Frage ärgerte ihn. „Wie kommst du darauf, dass ich angeben wollte? Ich habe nur gesagt, dass ich einen Kopfstand gemacht habe."

„David hat dich herausgefordert. Stimmt's?"

„Woher willst du das wissen?"

„Och, nur so ein Schuss ins Blaue." Sie stand auf, den Arm

voller Bücher und Hefte. „So kannst du jedenfalls nicht in die Klasse gehen. Du riechst wie 'ne Pizza."

„Was soll ich denn machen?"

„Hier. Ich leih dir ein T-Shirt." Sie kniete sich wieder hin und begann, in ihrem vollgestopften Spind herumzuwühlen.

„Ein Mädchen-T-Shirt? Ich kann doch keinen Mädchenfummel tragen!" Er packte den Ärmel ihres Pullovers und versuchte, sie hochzuziehen.

Lisa befreite sich aus seinem Griff. „Es ist von einem echt coolen Label. Das können Mädchen und Jungen tragen. Entspann dich, es ist doch nur ein T-Shirt." Sie zog ein schwarzweiß gestreiftes Teil aus dem Chaos und warf es ihm zu. „Aber wasch dir die Haare, bevor du es anziehst."

Es klingelte. Spindtüren wurden zugeknallt und im Flur wurde es langsam ruhiger, als die Schüler zum Beginn der fünften Stunde in ihren Klassen verschwanden.

„Spinnst du? Wie soll ich mir denn hier die Haare waschen?"

Lisa zeigte auf den Trinkbrunnen auf der anderen Seite der Eingangshalle. Cory lächelte sie dankbar an. „Du bist echt clever. Hab ich doch schon immer gesagt."

„Wow, was für ein Kompliment von einem Typen, der mittags den Kopf in seine Spaghetti steckt", erwiderte sie, während ihr Mund sich zu dem vertrauten Lächeln verzog.

„Könntest du für mich auf den Knopf drücken?", bat Cory und flitzte zu dem niedrigen weißen Trinkbrunnen hinüber. Er ließ seinen Blick durch die Halle wandern, um sicherzugehen, dass niemand sie beobachtete.

„Vergiss es, Cory. Ich will nicht zu spät kommen", sagte Lisa, aber folgte ihm trotzdem. „Und ich möchte ganz bestimmt nicht mit dir gesehen werden."

„Hey, du bist ein echter Kumpel."

Er sah nicht, wie Lisa genervt das Gesicht verzog. Sie hasste dieses Wort. Seufzend drückte sie auf den Wasserknopf und hoffte, dass niemand vorbeikam. Cory klemmte seinen Kopf unter den Trinkwasserbrunnen und versuchte, sich die getrocknete Tomatensoße aus den verklebten Locken zu spülen.

Als es noch einmal klingelte, ließ Lisa den Knopf des Wasserspenders los. „Ich muss jetzt wirklich gehen."

Cory richtete sich kurz auf. Das Wasser strömte ihm übers Gesicht. Er zog sich das alte T-Shirt über den Kopf und rubbelte sich damit die Haare ab.

„Cory, echt. Ich will nicht zu spät kommen." Lisa warf ihm das saubere Hemd zu und rannte dann los, die Bücher und Hefte mühsam umklammert.

Das gestreifte T-Shirt fiel direkt vor Corys Füßen zu Boden. Während er sich weiter die Haare mit dem schmutzigen Teil trocken rubbelte, bückte er sich nach dem sauberen.

Und dann sah er das Mädchen wieder.

Zuerst nahm er ihr blaues Kleid wahr. Dann ihr blondes Haar.

Sie war schon halb den Flur hinunter und offenbar auf dem Weg in ihre Klasse.

Ihre Bewegungen waren irgendwie seltsam. Ihre Füße machten beim Laufen kein Geräusch. Sie war so zart, dass es aussah, als schwebte sie ein paar Zentimeter über dem Boden.

„Hey, warte ...!", rief er ihr nach.

Sie blieb stehen und drehte sich um. Ihre blonden Haare wehten dabei um ihren Kopf. Wieder trafen sich ihre Blicke. Was war das in ihren blauen Augen? Furcht?

Ihre Lippen bewegten sich. Offenbar sagte sie etwas, aber er konnte es nicht verstehen.

„Bitte nicht."

War es das, was sie gemeint hatte?

Nein. Bestimmt nicht.

Das konnte nicht sein. Aber Cory war furchtbar schlecht im Lippenlesen.

„Tu's nicht!"

Nein. Auf keinen Fall.

Was hatte sie wirklich gesagt? Und warum sah sie so verschreckt aus?

„Bitte, warte doch …!", rief er.

Doch sie verschwand in einem Klassenraum.

2

Cory knallte die Tür seines Schließfachs im Umkleideraum zu und schlug wütend mit der Faust dagegen.

„Hey, was ist los mit dir, Mann?", fragte David, immer noch in seinen Trainingsklamotten.

„Ich hab's versaut!", rief Cory. „Am Barren war ich der letzte Versager."

„Na und?", erwiderte David achselzuckend. „Wenigstens hast du dir nicht den Knöchel verstaucht." Er rieb sich über seinen eigenen, der inzwischen fast auf die Größe eines Tennisballs angeschwollen war.

„Kommt bestimmt noch", murmelte Cory genervt. Er warf David sein nasses Handtuch über den Kopf und stieß wütend die Tür zum Umkleideraum auf. Er hatte gerade das schlechteste Training des Jahres – ach was, seines Lebens! – hinter sich. Und er wusste auch, warum.

Es war die Neue.

Cory hielt jetzt schon seit drei Tagen nach ihr Ausschau. Seit der kurzen Begegnung im Schulkorridor vor der fünften Stunde am Montag hatte er sie nicht wiedergesehen. Aber sie war ihm seitdem nicht mehr aus dem Kopf gegangen. Sie war einfach zu schön!

In der ersten Nacht hatte er sogar von ihr geträumt.

In seinem Traum aß er gerade in der Schule zu Mittag. Sie schien durch die Kantine zu schweben und kam direkt an seinen Tisch. Ihre blauen Augen funkelten wie das Meer im Sonnenlicht. Als sie sich vorbeugte, fiel ihr Haar weich und duftend über sein Gesicht.

Sie fing an, ihn zu küssen – seine Wange, seine Stirn, seine

Lippen. Sanfte Küsse, die so zart waren, dass er sie gar nicht spürte.

Dabei wollte er es unbedingt. Aber sosehr er sich auch anstrengte, er konnte nichts fühlen.

Er streckte die Hand aus, um ihr Gesicht zu berühren, aber seine Finger schienen direkt durch sie hindurchzugehen.

Dann wachte er auf.

Der Traum ließ ihn nicht wieder los. Eigentlich hätte es ein schöner, aufregender Traum sein müssen. Doch so war es nicht. Er hatte etwas Unheimliches. Warum konnte er die Küsse des geheimnisvollen Mädchens nicht spüren oder ihr Gesicht berühren?

Die nächsten drei Tage hielt er in der Kantine und während der Pausen in den Fluren nach ihr Ausschau. Er wartete sogar nach Schulschluss an der Eingangstür auf sie, in der Hoffnung, wenigstens einen Blick auf sie zu erhaschen. Aber sie tauchte nicht wieder auf. Und keiner der Leute, die Cory gefragt hatte, wusste, wer sie war, oder konnte sich erinnern, sie gesehen zu haben.

Als er jetzt durch den leeren Gang trottete und darüber nachdachte, warum sein Timing während des Turntrainings so schlecht gewesen war, sah er ständig ihr Gesicht vor sich. Und zum tausendsten Mal stellte er sich vor, wie sie leichtfüßig durch die Halle schwebte.

„Gibt es dich wirklich?", fragte Cory laut. Seine Stimme hallte von den gekachelten Wänden wider.

„Ja, natürlich. Und was ist mit dir?", antwortete eine Mädchenstimme. Cory sprang vor Schreck beinahe aus seinen Schuhen. Als er herumfuhr, fiel sein Blick auf Lisa, die ihn mit fragender Miene ansah.

„Führst du jetzt schon Selbstgespräche?"

Cory spürte, wie er rot anlief. „Was machst du denn hier? Es ist doch schon nach fünf."

„Es ist auch meine Schule, weißt du. Ich kann so lange hierbleiben, wie ich will. Ihr Sportskanonen denkt wohl, euch gehört hier alles, was?"

Cory zuckte mit den Schultern. Er war jetzt nicht in der Stimmung, mit ihr herumzualbern.

„Wir haben uns wegen des Layouts für die nächste Ausgabe getroffen." Lisa war die stellvertretende Herausgeberin der Highschoolzeitung. „Ich nehme mal an, du hast Räder in der Sporthalle geschlagen."

„So 'nen Quatsch machen wir nicht", sagte er mürrisch. „Wir haben für den Wettkampf am Freitag trainiert."

„Na, dann viel Glück", sagte sie und knuffte ihn in die Seite. „Die sind ziemlich gut, oder?"

„So gut nun auch wieder nicht."

Als sie gemeinsam weitergingen, hallten ihre Schritte laut durch den Flur. Bei den Spinden angekommen, blieben sie stehen, um ihre Jacken und Rucksäcke herauszuholen.

„Gehst du nach Hause?", fragte Lisa und fügte hinzu: „Dann könnten wir ja zusammen gehen."

„Klar", antwortete er, obwohl er im Moment eigentlich lieber alleine gewesen wäre.

Sie nahmen den Hinterausgang, der auf den Lehrerparkplatz führte. Dahinter erhob sich das Footballstadion, ein Oval aus Beton mit lang gezogenen hölzernen Tribünen zu beiden Seiten. Und hinter dem Stadion lag der Shadyside-Park, ein weitläufiges, grasbewachsenes Gelände, auf dem uralte Eichen, Platanen und Sassafrasbäume wuchsen. Es fiel sanft zum Ufer des Cononka-Flusses ab, der lediglich ein schmaler, gewundener Wasserlauf war.

Durch die Nähe des Parks zur Highschool hingen hier nachmittags fast alle ab, die nicht nach der Schule jobben mussten. Es war der ideale Ort, um Freunde zu treffen, zu relaxen, Picknicks oder spontane Partys zu organisieren, zu lernen, rumzumachen, stundenlang Frisbee zu spielen, ein Nachmittagsschläfchen zu halten oder einfach die Eichhörnchen oder den langsam dahinfließenden Fluss zu beobachten.

Aber nicht heute. Der Wind war kalt und böig und wirbelte Kaskaden brauner Blätter in schnellen Kreisen über den Parkplatz.

Während sie die Reißverschlüsse ihrer Jacken zuzogen, um sich gegen die unerwartete Kälte zu schützen, blickten Cory und Lisa zum dunklen Himmel mit den tief hängenden Wolken auf. Es war ein typischer Novemberhimmel, der Schnee versprach.

„Lass uns lieber den Hauptweg nehmen", sagte er. Sie gingen um das Schulgebäude herum bis zum Vordereingang. Beim Gehen lehnte Lisa sich an ihn. „Wahrscheinlich will sie sich ein bisschen aufwärmen", dachte Cory.

„Jetzt wird's wohl richtig Winter", seufzte Lisa.

Sie gingen den Park Drive entlang und dann in Richtung North Hills – ein Weg, den sie schon tausendmal zusammen zurückgelegt hatten. Doch heute kam es Cory irgendwie anders vor als sonst.

Sie schwiegen eine ganze Zeit, als sie den Hügel hinaufstapften. Zuerst hatten sie den böigen Wind im Rücken, dann blies er ihnen plötzlich mit voller Wucht von vorn ins Gesicht. Auf einmal begannen beide gleichzeitig zu reden.

„Hast du ein Mädchen mit blonden Haaren und …"

„Hast du am Samstagabend schon was vor?"

Beide verstummten im selben Moment und setzten gleichzeitig wieder an.

Lisa schubste ihn. „Du zuerst."

Cory schubste zurück, aber nicht so fest. „Nein. Du."

Ein vorbeifahrendes Auto hupte ihnen zu. Wahrscheinlich jemand aus der Schule. Es war zu dunkel, um erkennen zu können, wer darin saß.

„Ich habe dich gefragt, ob du Samstagabend schon etwas vorhast", wiederholte Lisa und lehnte sich wieder an ihn.

„Nein, ich glaube nicht."

„Ich auch nicht", sagte sie. Ihre Stimme klang komisch, irgendwie angespannt. Cory nahm an, dass es am Wind lag.

„Hast du zufällig ein Mädchen mit blonden Haaren und großen blauen Augen gesehen?", fragte er.

„Was?"

„Sie ist total hübsch, sieht aber irgendwie komisch aus. Ein bisschen altmodisch und sehr blass."

Lisa ließ seinen Arm los. Cory entging der enttäuschte Ausdruck auf ihrem Gesicht. „Meinst du etwa Anna?", fragte sie.

Er blieb stehen und drehte sich, plötzlich ganz aufgeregt, zu ihr um. In diesem Moment gingen die Straßenlaternen flackernd an. Es wirkte, als hätten sie auf Lisas Stichwort gewartet. „Anna heißt sie?"

„Ja, sie ist neu an der Schule. Sehr blass. Blond. Klemmt ihren Pony mit einer Haarspange fest. Trägt immer Kleider."

„Genau. Das ist sie! Anna. Wie heißt sie mit Nachnamen?"

„Was weiß ich", fauchte Lisa und bedauerte gleich darauf, dass sie ihm gezeigt hatte, wie sauer sie war. „Corwin, glaube ich. Anna Corwin. Sie ist in meinem Physikkurs."

„Wow", sagte er und blieb reglos stehen. Die vom Wind zerzausten Bäume warfen Schatten über sein Gesicht. „Du kennst sie. Wie ist sie denn so?"

„Nein, Cory. Ich kenne sie nicht. Das hab ich dir doch gesagt. Sie ist neu an der Schule. Im Unterricht macht sie nie den Mund auf und sitzt nur bleich wie ein Gespenst in der letzten Reihe. Meistens wirkt sie ein bisschen weggetreten. Warum bist du eigentlich so scharf drauf, alles Mögliche über sie zu erfahren?"

„Was weißt du noch über sie?", beharrte Cory, ohne auf ihre Frage einzugehen.

„Das ist alles", erwiderte Lisa ungeduldig und ging mit langen Schritten weiter.

Cory musste rennen, um sie einzuholen. „Ich habe schon gedacht, ich hätte sie mir nur eingebildet", sagte er.

„Nein. Es gibt sie wirklich", bestätigte Lisa. „Auch wenn sie blass ist wie ein Geist. Bist du etwa in sie verknallt? Oh, ich weiß schon. David und du, ihr habt gewettet, wer es schafft, sich als Erster mit ihr zu verabreden." Wieder versetzte sie ihm einen kräftigen Schubs, der ihn beinahe vom Bürgersteig beförderte. „Wetten, ich habe recht? Ihr beiden stürzt euch doch immer auf die Neuen."

Wieder ging Cory überhaupt nicht auf das ein, was sie gesagt hatte. „Weißt du nicht noch irgendetwas anderes über sie? Welche Kurse sie belegt hat, wo sie wohnt ..."

„Sie kommt von der Highschool in Melrose. Ihre Familie ist in ein Haus in der Fear Street gezogen."

„In die Fear Street?" Cory blieb wie angewurzelt stehen. Ihm lief ein kalter Schauer über den Rücken.

Die Fear Street, eine schmale Straße, die sich am Friedhof entlang und durch den dichten Wald am südlichen Stadtrand schlängelte, hatte für jeden in Shadyside eine ganz besondere Bedeutung. Es ging das Gerücht um, die Straße sei verflucht.

Die geschwärzten Ruinen einer ausgebrannten Villa, die einst Simon Fear gehört hatte, erhoben sich gleich zu Beginn der Fear Street. Die alten Mauern warfen unheimliche Schatten, die sich bis zu dem dunklen, undurchdringlichen Wald erstreckten. Es hieß, dass von Zeit zu Zeit mitten in der Nacht ein entsetzliches Geheul aus dem alten Gemäuer drang. Grässliche Schmerzensschreie – halb menschlich, halb tierisch.

Die Menschen in Shadyside wuchsen mit den Geschichten über die Fear Street auf: von Leuten, die in den Wald gingen und für immer verschwanden; von seltsamen Wesen, die angeblich dort umherstreunten; von mysteriösen Feuern, die nicht gelöscht werden konnten, und von merkwürdigen Unfällen, für die es keine Erklärung gab; von rachsüchtigen Geistern, die die alten Häuser heimsuchten und durch die Bäume streiften; von ungelösten Mordfällen und unerklärlichen Geschehnissen.

Als Cory und Lisa noch jünger waren, stachelten sich die Kinder in ihrem Freundeskreis gegenseitig auf, nachts durch die Fear Street zu laufen. Aber nur wenige trauten sich wirklich. Und die, die es taten, hielten sich dort nicht lange auf. Obwohl Cory inzwischen ein paar Jahre älter war, bekam er bei den Worten Fear Street immer noch eine Gänsehaut.

„Ich finde, Anna passt perfekt dorthin", sagte Lisa mit ihrem schiefen Grinsen. „Sie könnte locker als Geist durch eins der alten Häuser spuken."

„Sie ist das schönste Mädchen, das ich je gesehen habe", erwiderte Cory, als müsste er sie gegen alle Angriffe verteidigen.

„Hast du nun eine Wette mit David laufen, oder nicht?", fragte Lisa.

„Nein", murmelte Cory kurz angebunden und gedankenverloren.

Sie näherten sich ihrem Zuhause – mit dunklen Schindeln versehenen Ranchhäusern, die genau gleich aussahen und hinter hohen, immergrünen Hecken ein Stück von der Straße entfernt auf weitläufigen, gepflegten Rasenflächen thronten. So, wie die meisten Häuser in North Hills, dem schönsten Stadtteil von Shadyside.

„Wegen Samstagabend …", setzte Lisa noch einmal an.

„Alles klar. Wir sehen uns dann morgen", schnitt Cory ihr

geistesabwesend das Wort ab und joggte den langen, gepflasterten Weg zu seinem Haus hinauf.

Anna. Anna Corwin. Die Worte liefen in Endlosschleife durch seinen Kopf. Was für ein hübscher, altmodischer Name.

„Richtig, der Familienname ist Corwin. Sie sind neu in die Fear Street gezogen."

„Einen Moment, ich sehe nach", sagte die Stimme der Frau bei der Telefonauskunft. Eine lange Stille folgte.

„Warum bin ich eigentlich so nervös, wenn ich bloß nach einer Telefonnummer frage?", fragte sich Cory.

Er hatte während des ganzen Abendessens nur an Anna gedacht. Als er jetzt oben in seinem Zimmer war, war er auf die Idee gekommen, sich ihre Telefonnummer zu besorgen. „Ich weiß, dass ich viel zu nervös sein werde, um sie anzurufen", dachte er. „Ich möchte ja auch nur ihre Nummer, falls ich irgendwann mal Lust dazu habe."

Am anderen Ende war immer noch nichts zu hören. Cory saß über den Schreibtisch gebeugt, der Bleistift in seiner Hand schwebte über dem gelben Block, den er immer neben dem Telefon liegen hatte.

„So, hier habe ich die Nummer. Es ist ein neuer Eintrag." Die Dame bei der Auskunft las ihm die Zahlen vor und er kritzelte sie hastig auf den Block.

„Und wie lautet die Adresse?"

„Die darf ich leider nicht rausgeben."

„Ach, kommen Sie. Ich verspreche Ihnen auch, dass ich es niemandem erzählen werde." Cory lachte nervös.

Überraschenderweise lachte die Frau am anderen Ende auch. „Ich denke, das ist schon okay. Heute ist sowieso mein letzter Tag hier. Sie lautet Fear Street Nr. 444."

„Herzlichen Dank. Sie sind wirklich sehr nett."

„Du auch", erwiderte sie und unterbrach die Verbindung.

Cory war aufgestanden und betrachtete Annas Telefonnummer wie hypnotisiert. Sollte er sie anrufen?

Was würde sie sagen, wenn er es tat?

Greif zum Hörer, Cory. Na los, mach schon! Sei nicht so ein Feigling. Sie ist schließlich nur ein Mädchen. Auch wenn sie das schönste Mädchen ist, das du jemals gesehen hast.

Er nahm den Hörer ab. Seine Hand war kalt und schweißnass, obwohl es in seinem Zimmer ziemlich warm war. Er starrte die Nummer auf dem gelben Zettel an, bis sie vor seinen Augen verschwamm.

Nein. Ich kann sie nicht anrufen. Was soll ich denn sagen? Ich würde bloß rumstottern und mich total zum Idioten machen. Wahrscheinlich hält sie mich sowieso schon für 'nen Vollloser, nachdem sie mich in der Kantine im Kopfstand gesehen hat.

Er legte den Hörer wieder auf.

Doch. Nun mach schon. Warum eigentlich nicht?

Wieder griff er zum Hörer.

Das ist doch albern. Ich werde mich komplett blamieren.

Er wählte ihre Nummer.

Leg das Telefon weg, Cory. Sei nicht blöd.

Es klingelte einmal. Zweimal.

Wahrscheinlich erinnert sie sich nicht mal an dich.

Es klingelte wieder. Und wieder.

Wahrscheinlich ist niemand zu Hause. Puh!

Als er gerade auflegen wollte, hörte er es am anderen Ende klicken. Die Stimme eines jungen Mannes sagte: „Ja, bitte?"

„Oh, hallo." Aus irgendeinem Grund hatte Cory fest damit gerechnet, dass Anna sich melden würde. Sein Mund war plötzlich so trocken, dass er sich fragte, ob er überhaupt einen Ton herausbringen würde.

„Hallo?"

„Ist Anna da?"

„Was?"

Wer war dieser Typ? Und warum klang er so genervt? Vielleicht hatte Cory ihn geweckt.

„Entschuldigung. Bin ich da richtig bei den Corwins?", fragte er höflich.

„Ja, bist du", schnarrte die Stimme des jungen Mannes in sein Ohr.

„Könnte ich bitte Anna sprechen?"

Es folgte eine lange Stille.

„Tut mir leid. Du bist hier bei den Corwins, aber eine Anna gibt es nicht."

Dann wurde der Hörer aufgelegt.

3

Als Cory am nächsten Morgen zur Schule kam, war Anna
Corwin die Erste, die ihm über den Weg lief.

Es goss in Strömen, ein eiskalter Regen, der von dem böigen Wind gepeitscht wurde. Die Baseballjacke über den Kopf
gezogen, stürmte Cory durch den Seiteneingang ins Gebäude.
Er rutschte mit den nassen Turnschuhen auf dem glatten Boden aus und stieß beinahe mit ihr zusammen.

„Oh." Er hielt sich an der Wand fest, ließ seine Jacke sinken und starrte sie an. Ihr Spind war gleich der erste an der
Tür. Sie nahm gerade einige Bücher vom obersten Bord und
hatte offenbar gar nicht bemerkt, dass er sie fast umgerannt
hätte.

Anna trug einen weißen Pullover über einem grauen Rock.
Ihr Haar war am Hinterkopf mit einem weißen Band zusam-
mengenommen.

„Sie ist so blass", dachte er. „Man hat fast das Gefühl, als
könnte man durch ihre Haut hindurchsehen."

Plötzlich musste er wieder an die merkwürdige schnarren-
de Stimme des jungen Mannes am Telefon denken. *Das ist
die Nummer der Corwins, aber hier gibt es keine Anna.*

Und jetzt stand sie vor ihm.

Warum hatte dieser Typ ihn angelogen?

„Vielleicht war es ein eifersüchtiger Freund", überlegte
Cory. Oder er hatte sich verwählt und der Junge hatte ihm
einen fiesen Streich gespielt.

„Hallo", sagte er und nahm den Rucksack von der Schulter.
Dabei ergoss sich ein Schwall Wasser auf seine sowieso
schon durchnässten Turnschuhe.

165

Sie drehte sich um, erstaunt, dass jemand sie angesprochen hatte. Mit ihren unglaublich schönen Augen sah sie ihn an und blickte dann schnell zu Boden. „Hallo", erwiderte sie und räusperte sich nervös.

„Du bist neu bei uns", sagte er.

Na super, Cory. Was für ein origineller Spruch. Du brauchst nur einen einzigen Satz, um ihr klarzumachen, was für ein Volltrottel du bist!

„Ja", gab sie zurück und räusperte sich noch einmal. Ihre Stimme war nicht mehr als ein Flüstern. Aber sie schien sich zu freuen, dass er sie angesprochen hatte.

„Du bist Anna, richtig? Ich heiße Cory Brooks."

So ist es besser. Ganz ruhig, Alter. Du machst das schon.

Cory streckte ihr die Hand hin. Er musste sie berühren, um sich davon zu überzeugen, dass sie wirklich existierte. Dummerweise war seine Hand tropfnass. Beide starrten sie einen Moment an. Dann zog er sie rasch wieder zurück.

„Schön, dich kennenzulernen", sagte sie, drehte sich weg zu ihrem Spind und kramte weiter darin herum.

„Ihr seid in die Fear Street gezogen, stimmt's?" Es würde gleich klingeln, aber er konnte sich einfach nicht losreißen. Er hatte schließlich so lange nach ihr Ausschau halten müssen.

Sie räusperte sich. „Ja."

„Dann musst du ja ziemlich mutig sein. Hast du schon all die Gruselgeschichten über die Fear Street gehört? Von den Geistern und so …"

„Geister?" Annas Augen wurden groß und sie machte ein so erschrockenes Gesicht, dass er seine Worte sofort bereute. Sie schien noch blasser zu werden, als sie sowieso schon war.

„Was denn für Geschichten?"

„Ach, nichts Besonderes", stieß er hastig hervor. „Ich glaube, die meisten davon sind gar nicht wahr."

Super gemacht, Cory. Ist dir wirklich nichts Besseres eingefallen? Wie blöd bist du eigentlich?

„Oh", sagte sie leise, aber in ihren Augen stand immer noch die Furcht.

„Sie ist so hübsch", dachte er. „Alles an ihr ist so sanft, so zart."

Plötzlich fiel ihm sein Traum wieder ein und er wurde ein wenig verlegen.

„Hey, Cory! Wie läuft's?", rief ihm jemand zu.

Er drehte sich um. Doch es war nur Arnie, der ihm aus einiger Entfernung den hoch erhobenen Daumen zeigte.

„Später, Arnie!", gab er zurück und drehte sich dann wieder hastig zu Anna um.

„Ich, äh … ich habe gestern Abend bei euch zu Hause angerufen. Wollte dir bloß Hallo sagen. Aber da … da war so ein Typ dran, der meinte, du würdest gar nicht dort wohnen. Hatte ich die falsche Nummer oder …"

„Nein", flüsterte sie und schloss ihren Spind. Dann drehte sie sich um und lief davon, ohne ihn noch einmal anzusehen. Im nächsten Moment war sie in einer Horde von Schülern verschwunden, die zu ihren Klassenräumen stürmten.

„Gut gemacht", sagte Trainer Welner und versetzte Cory einen herzhaften Schlag auf den Rücken. Cory grinste ihn schwer atmend an. Er wusste, dass er eine gute Bodenübung hingelegt hatte, aber es war nett, das auch von seinem Trainer zu hören. Mr Welner, ein ernster, kraftstrotzender Mann, der die Statur eines Bodybuilders hatte, obwohl er bereits Ende fünfzig war, geizte normalerweise mit Lob. Wenn er etwas Positives sagte, konnte man sich schon etwas darauf einbilden.

Hinter ihnen ging der Wettkampf gegen die Mannschaft von Mattewan weiter. Es war die erste Begegnung in dieser

Saison. Cory warf einen Blick zur Bank und fragte sich, ob David seine nahezu perfekte Kür mitbekommen hatte. Dann fiel ihm wieder ein, dass sein Freund sich ja im letzten Training den Knöchel verknackst hatte. Wahrscheinlich saß David todunglücklich irgendwo oben auf der Tribüne und badete in Selbstmitleid.

„Mach an den Ringen nicht zu viel Druck", warnte ihn Trainer Welner. „Du hast in letzter Zeit im Training zu sehr aufs Tempo gedrückt und das hat dich aus dem Rhythmus gebracht."

„Geht klar", erwiderte Cory, der immer noch versuchte, wieder zu Atem zu kommen.

Arnie machte zum Abschluss seiner Bodenübung gerade einen Rückwärtssalto und landete platt auf dem Rücken. Die zwanzig oder dreißig Zuschauer auf der Tribüne bekamen sich vor Lachen gar nicht mehr ein. Arnies Gesicht lief knallrot an, während er sich aufrappelte und von der Matte hinkte.

Trainer Welner schloss die Augen und schüttelte ärgerlich den Kopf. Arnies Sturz würde die Punktebilanz des Shadysider Teams nicht gerade verbessern. Und dabei war das Bodenturnen noch die beste von Arnies Disziplinen. An den Ringen war er ein kompletter Versager und seine Übungen am Barren konnte man nicht gerade als geschmeidig bezeichnen.

Verglichen mit Cory und seinen Mannschaftskameraden waren die Jungs von Mattewan die reinsten Zwerge. Aber das verschaffte ihnen auch einen Vorteil, denn sie waren leicht, stark und beweglich.

„Ein Typ wie Arnie sollte besser als Angreifer beim Football spielen", dachte Cory. „Warum will er ausgerechnet Turner sein?"

Wahrscheinlich hatte er gar nicht groß darüber nachgedacht.

Arnie war nämlich einer der abgedrehtesten Typen, die Cory jemals kennengelernt hatte. Er schien sich durchs Leben zu grinsen und sich niemals ernsthaft mit etwas zu beschäftigen.

„Okay, Brooks", platzte Trainer Welners Stimme in Corys Gedanken. „Dann zeig ihnen mal, wie man das macht."

Cory holte tief Luft und ging zu den Ringen. Aus irgendeinem Grund schienen sie bei den Wettkämpfen immer viel höher zu hängen als im Training.

Als er mit seiner Übung begann, blockte er alles andere ab. Sein Gehirn brauchte er jetzt nicht. Sämtliche Bewegungen waren in seinen Muskeln gespeichert. Nachdem er den Ablauf tausendmal geübt hatte, funktionierte er wie eine gut geölte Maschine.

Also dann. Hoch und erste Drehung.

Sehr gut, Cory. Und jetzt schneller. Pass auf. Jetzt kommt der anstrengendste Teil. Höher, noch höher …

In diesem Moment sah er Anna auf der Tribüne sitzen.

War es wirklich Anna?

Das konnte nicht sein. Oder doch?

… Und Überschlag. Noch einmal. Stopp. Jetzt Überschlag rückwärts …

Nein. Das musste ein anderes blondes Mädchen sein.

Aber das waren ihre Augen.

Ja. Es war tatsächlich Anna. Was für eine Überraschung! Mit ihren unglaublichen blauen Augen schaute sie zu ihm hinüber.

„Sie ist gekommen, um mir zuzusehen", dachte er geschmeichelt.

Er erwiderte ihren Blick. Rutschte ab. Und knallte hart auf den Boden.

Cory spürte keinen Schmerz. Nur Verwirrung. War er wirklich gestürzt? Hatte er die ganze Übung geschmissen, weil er wegen eines Mädchens einen Moment unkonzentriert gewesen war?

„Ich bin schon wieder wegen ihr gefallen!", dachte er und musste lachen, als er sich langsam aufrappelte. Das passierte ihm nun zum zweiten Mal und wieder hatte er sich vor einem Haufen Leute total blamiert.

Das musste wahre Liebe sein.

„Was findest du denn so lustig, Brooks?" Trainer Welner musterte ihn gleichzeitig ärgerlich und besorgt. „Werd jetzt bloß nicht hysterisch. Hast du dir etwa den Kopf angeschlagen?"

„Nein, alles bestens", beruhigte ihn Cory und versetzte der Matte einen Tritt. „Ich bin bloß abgerutscht."

„Es kommen auch noch andere Wettkämpfe", sagte Welner. Er sah plötzlich sehr müde aus. „Das hier war jedenfalls eine echte Lachnummer. Geh duschen, Brooks. Und dann verzieh dich nach Hause und streich diesen Tag aus deinem Gedächtnis."

„Wird gemacht, Trainer." Cory sah zur Tribüne hinauf.

Er erinnerte sich genau, wo sie gesessen hatte – in der Mitte der dritten Reihe.

Doch da war sie nicht. Er blickte auf einen leeren Platz.

Seine Hände verkrampften sich. War sie überhaupt da gewesen? Oder hatte er sich das nur eingebildet? Drehte er wegen dieses Mädchens jetzt völlig durch?

„Ich muss mit ihr reden", sagte er sich. „Ich muss sie unbedingt noch mal anrufen."

4

Cory warf einen Blick auf den Kalender, der über seinem Schreibtisch hing.

„Es ist Samstagabend und ich sitze hier alleine in meinem Zimmer, lass mich von meinem MP3-Player zudröhnen, starre die Tischplatte an und muss die ganze Zeit an Anna Corwin denken. Und dabei soll man keine schlechte Laune bekommen", dachte er frustriert. Mit einem Ruck zog er die Kopfhörer ab und warf sie beiseite.

Anna. Anna. Anna.

Man konnte ihren Namen von hinten und von vorne lesen.

Genial, Cory. Einfach genial! Dein Gehirn verwandelt sich langsam, aber sicher in Schmierkäse.

Er wusste, dass er aufhören musste, an sie zu denken. Aber wie sollte er das anstellen? Sie schlich sich ständig in seine Gedanken, egal, was er tat. Ihn hatten auch schon andere Mädchen fasziniert – aber noch nie eines so wie sie!

Er beugte sich hinüber und griff zum Hörer. „Ich frag sie, ob sie mit mir ins Kino gehen will oder so", murmelte er halblaut vor sich hin. „Wenn ich sie etwas besser kennenlerne, bin ich vielleicht nicht mehr so besessen von ihr."

Diese Augen. Die flüsternde Stimme, so schwach wie ein Windhauch.

Nein. Warte. Du kannst sie nicht anrufen!

Man ruft ein Mädchen nicht an einem Samstagabend an.

Sie ist bestimmt unterwegs.

Ach was, ich versuch's trotzdem. Ich hatte das Gefühl, sie hat sich gefreut, als ich sie am Spind angesprochen habe.

Nein, das kannst du nicht machen. Sie wird bestimmt beleidigt sein, weil sie denkt, du würdest ihr nicht zutrauen, dass sie am Samstagabend eine Verabredung hat.

Ich glaube, ich rufe lieber David an. Wir können ja runter zum Einkaufscenter gehen und mal sehen, was da so läuft.

Auch keine gute Idee. David kann im Moment nirgendwo hingehen. Er humpelt wegen seines verstauchten Knöchels doch auf Krücken durch die Gegend.

Los, ruf sie an! Sie wird sich freuen, von dir zu hören.

Na klar. Sie wird sich gar nicht wieder einkriegen vor Begeisterung. Der Trampel, der immer auf die Nase fällt, wenn er sie sieht.

Er legte den Hörer wieder auf. Nicht heute. Auf keinen Fall.

Ich hab's! Montagmorgen fange ich sie an ihrem Spind ab und frage sie, ob sie nächsten Freitag mit mir zum Basketballspiel geht.

Nachdem er nun einen Plan hatte, ging es Cory gleich viel besser.

Aber was sollte er jetzt tun? Die Uhr auf seinem Schreibtisch zeigte zwanzig nach acht. Seine Eltern lieferten sich unten ein heißes Scrabblematch mit Lisas Eltern. Cory beschloss, zu Lisa rüberzugehen und abzuchecken, was sie so machte.

„Ist Lisa zu Hause?", rief er ins Wohnzimmer, während er sich ein Sweatshirt über den Kopf zog.

„Ja!", rief Mrs Blume zurück. „Warum leistest du ihr nicht ein bisschen Gesellschaft? Sie war etwas geknickt, weil sie heute Abend keine Verabredung hat."

„Mach ich", sagte Cory und schnappte sich eine Tüte Kartoffelchips und eine Packung Schokokekse aus der Küche, um sie mit rüberzunehmen. Bei Blumes gab es nie irgendetwas zu essen. Wahrscheinlich war das der Grund, warum Lisa deprimiert war. Sie war total ausgehungert.

„Ich kann mit ihr über Anna reden", dachte Cory. Er brannte darauf, mit jemandem über sie zu sprechen. Wenn er mit

Arnie oder David auf das Thema kam, zogen sie ihn nur auf und rissen blöde Witze.

„Wie ist denn der Wettkampf gegen Mattewan gelaufen?", rief Mr Blume ihm zu.

„Frag ihn lieber nicht", hörte er seine Mutter sagen.

„Fragen Sie mich bloß nicht", echote Cory.

„Er ist auf den Hintern geplumpst", raunte Corys Vater in einem Flüsterton, der laut genug war, dass man ihn auf der anderen Straßenseite hören konnte.

„Danke, Dad!", rief Cory. „Echt nett von dir."

Die Kekse und die Kartoffelchips unter den Arm geklemmt, zog er die Hintertür auf und trat hinaus in die frostige Nacht. Die Mondsichel wurde teilweise von dünnen Wolkenfetzen verdeckt. „Der Mond ist so bleich", schoss es ihm durch den Kopf. „Er hat die gleiche Farbe wie Annas Haar."

Oh, oh, Cory. Du siehst sie schon überall. Langsam wirst du ein bisschen komisch, Alter. Entspann dich.

Er musste dreimal klopfen, bevor Lisa die Hintertür öffnete. Sie trug abgeschnittene Jeans und ein übergroßes weißes Hemd, das wohl mal ihrem Vater gehört hatte. „Oh, hi", sagte sie mit einem Seufzer. „Du bist's nur."

„Wen hattest du denn erwartet?"

„Ich dachte, es wäre vielleicht ein Einbrecher. Du weißt schon, irgendwas Aufregendes." Sie trat ein Stück zurück, damit er hereinkommen konnte. „War nur Spaß. Ich bin froh, dass du dich blicken lässt."

Er hielt die Tüten mit den Knabbersachen hoch.

„Jetzt bin ich erst recht froh", sagte sie grinsend und riss sie ihm aus der Hand. „Ich bin nämlich am Verhungern."

Cory folgte ihr ins Wohnzimmer und ließ sich auf die braune Ledercouch an der Wand fallen. Lisa schüttete die Kartoffelchips in eine große Keramikschüssel und setzte sich neben ihn. „Wieder mal eine sagenhafte Samstagnacht."

„Was hattest du vor?", fragte er, nahm sich eine Handvoll Chips und ließ einen nach dem anderen aus der Luft in den Mund fallen. „So schmecken sie noch besser", dachte er.

„Nichts Besonderes. Ich habe mir eine DVD ausgeliehen. Möchtest du sie mit mir ansehen?"

„Ich weiß nicht. Welcher Film ist es denn?"

Lisa ging zu dem Regal, auf dem der Fernseher stand, und hielt eine DVD-Box hoch. Er zeigte mit beiden Daumen nach unten. „Ich steh nicht so auf den ‚Herrn der Ringe'."

„Ich auch nicht", gab sie zu und seufzte wieder. „Aber ich war etwas spät dran in der Videothek. Die guten Filme waren alle schon weg."

Sie ließ sich wieder auf die Couch fallen, diesmal ein wenig näher. Als beide gleichzeitig nach den Kartoffelchips griffen, berührten sich ihre Hände. Lisa zuckte rasch zurück. Cory fiel gar nicht auf, dass sie ein verlegenes Gesicht machte.

„Und wie läuft's so bei dir?", fragte sie hastig und drehte sich zu ihm um. Dabei berührten sich ihre Knie.

„Nicht besonders", antwortete er achselzuckend.

Lisa legte ihm die Hand auf den Arm. Sofort spürte er ihre Wärme. „Du Armer. Was ist denn los?"

„Ach, ich weiß auch nicht. Nichts Bestimmtes. Irgendwie ist alles daneben."

Sie seufzte mitfühlend und dann schwiegen sie.

Nach einer Weile fuhr Lisa ihm mit der Hand durchs Haar und spielte mit seinen Locken. „Ich habe von eurem Turnwettkampf gehört", sagte sie mit leiser Stimme.

„Ich hab's versägt", murmelte er und schüttelte den Kopf. „Total an die Wand gefahren."

Lisa lehnte sich an ihn und zwirbelte weiter seine Locken. „Sei nicht so streng mit dir, Cory. Das war doch der erste Wettbewerb in diesem Jahr." Sie schob die Schale mit den Chips beiseite und rutschte noch dichter an ihn heran.

„Anna Corwin war dort", platzte er heraus. „Ich habe gesehen, wie sie mich beobachtet hat, und war so überrascht, dass ich mich überhaupt nicht mehr konzentrieren konnte."

„Was?"

„Ich sagte, Anna Corwin war da. Sie hat mich mit ihren blauen Augen angesehen und …"

„Idiot!"

„Wie bitte?"

„Nichts. Vergiss es." Sie wich zurück und sprang auf. Cory sah verblüfft zu ihr auf. Warum sah sie so wütend aus?

„Hast du schon mal mit Anna gesprochen?", fragte er.

Lisa stand mit verschränkten Armen vor ihm. „Ich denke, du solltest jetzt nach Hause gehen."

„Was? Ich bin doch gerade erst gekommen."

„Ich mein's ernst. Geh einfach. Okay?"

„Aber warum?"

„Ich … ich bin einfach nicht in der Stimmung für Gesellschaft. Wir sehen uns dann Montag in der Schule, ja? Mir ist heute Abend irgendwie nicht nach Reden."

Cory stand langsam auf, verwirrt von Lisas sprunghaftem Verhalten. „Na gut. Tut mir leid, dass du dich nicht wohlfühlst. Soll ich dir die Chips und die Kekse hierlassen?"

Sie warf ihm einen finsteren Blick zu und griff nach der Packung mit den Keksen. Einen Moment lang dachte er, sie würde sie nach ihm werfen. Doch sie drückte sie ihm nur in die Hand. „Nimm du die Kekse mit, ich mampf die Chips. Was soll's. Ich kann genauso gut fett werden. Warum nicht?"

„Schön, dass ich dich aufheitern konnte", sagte er, um sie zum Lächeln zu bringen. Aber es gelang ihm nicht.

Kurz darauf stand er vor der Tür und ging über das gefrorene Gras zu seinem Haus zurück. Nur wenige Sekunden später war er wieder in seinem Zimmer, warf sich aufs Bett und überlegte, was er mit dem Rest des Abends anfangen sollte.

Er fragte sich, was mit Lisa los war. Es sah ihr gar nicht ähnlich, so launisch zu sein. Sie war bestimmt nicht nur niedergeschlagen, weil sie Samstagabend mal alleine zu Hause hockte. Ihr musste etwas anderes auf der Seele liegen. Aber was?

Er schaute auf seine Schreibtischuhr: fünf vor halb zehn. Dann fiel sein Blick auf den gelben Block neben dem Telefon. Er ging hinüber und sah auf Annas Telefonnummer.

Ohne lange darüber nachzudenken, damit er gar nicht erst nervös werden oder sich die Sache anders überlegen konnte, gab er ihre Nummer ein.

Es klingelte einmal, zweimal. Das Geräusch schien von sehr weit her zu kommen, obwohl die Fear Street nur auf der anderen Seite der Stadt lag.

Nach dem dritten Klingeln hörte er ein Klicken. Jemand hatte den Hörer abgenommen. Eine sanfte weibliche Stimme sagte: „Corwin. Hallo?"

„Hallo? Anna?"

Es entstand eine lange Pause. Cory lauschte dem Knistern in der Leitung.

„Wer ist da?", fragte die weibliche Stimme.

„Könnte ich bitte Anna sprechen?"

„Ooh!" Die Frau keuchte laut auf.

Wieder Stille. Dann hörte Cory ein durchdringendes Kreischen im Hintergrund. Was war das für ein schreckliches Geräusch? Es klang wie die Schreie eines Mädchens.

„Das ist bestimmt der Fernseher", sagte er sich.

Es musste der Fernseher sein.

„Warum rufst du hier an und fragst nach Anna?", stieß die Frau hervor.

„Na ja, ich wollte nur …"

Wieder hörte Cory das Mädchen im Hintergrund kreischen. „Lasst mich ans Telefon! Es ist für mich! Ich weiß, dass es für mich ist!"

Die Frau ignorierte die Schreie des Mädchens. „Warum rufst du hier an und quälst mich so?", fragte sie Cory mit zitternder Stimme.

„Ist Anna nun da oder nicht?", blieb Cory hartnäckig.

„Nein, nein, nein!", beharrte die Frau. „Du weißt doch, dass sie nicht hier sein kann. Du weißt es ganz genau! Hör auf damit! Bitte … hör auf!"

Cory hörte wieder einen Schrei. Und dann wurde der Hörer aufgelegt.

5

Cory lauschte eine Weile dem Freizeichen, während er darauf wartete, dass sein Herzschlag sich wieder beruhigte. Er spulte das Gespräch mit der Frau immer wieder in seinem Kopf ab, bis die Worte in ein unverständliches Rauschen übergingen. Und über dem Rauschen hörte er die Schreie. Die Schreie des Mädchens im Hintergrund.

Lasst mich ans Telefon! Es ist für mich! Ich weiß, dass es für mich ist!

Was war da los?

In Corys Kopf wirbelten verrückte, beängstigende Gedanken durcheinander. Was machten sie dort mit Anna? Warum ließ man sie nicht ans Telefon? Warum behauptete die Frau, Anna sei nicht da?

Forderte die Fear Street gerade ein neues Opfer?

War Anna eine Gefangene in ihrem eigenen Zuhause? Wurde sie womöglich gequält?

„Du hast zu viele schlechte Filme gesehen", versuchte er sich zu beruhigen. „Das ist doch lächerlich."

Aber was gab es dann für eine Erklärung?

„Ich werde zu ihr rüberfahren", sagte er laut. Die Idee war ihm ganz plötzlich gekommen. Er warf einen Blick auf die Uhr auf seinem Schreibtisch. Erst kurz nach zehn, noch gar nicht so spät.

Cory musterte sich im Spiegel an seiner Schranktür, zog die Ärmel seines Sweatshirts herunter, strich sich mit beiden Händen das dunkle, lockige Haar aus der Stirn und stürmte dann die Treppe hinunter in Richtung Wohnzimmer.

Nach der Hälfte der Stufen blieb er wie angewurzelt stehen.

Hey, Moment mal! Willst du dich wirklich ganz alleine zur Fear Street aufmachen? Was ist, wenn wirklich etwas Schreckliches in diesem Haus vor sich geht? Oder wenn diese Schreie echt sind?

Plötzlich musste Cory wieder an die Story denken, die vor ein paar Wochen durch die örtlichen Medien gegangen war. Eine dreiköpfige Familie war ermordet im Fear-Street-Wald gefunden worden. Aber niemand war als vermisst gemeldet worden. Und niemand kam, um die Leichen zu identifizieren.

Wieder mal ein mysteriöser Fear-Street-Mord …

Cory beschloss, David anzurufen und ihn zu bitten mitzukommen. Sein Freund saß bestimmt zu Tode gelangweilt zu Hause und hatte nichts Besseres zu tun, als seinen Knöchel anzustarren. Er brauchte dringend ein bisschen Ablenkung.

Zu Corys Überraschung fand David die Idee reichlich merkwürdig. „Nur damit ich das richtig verstehe, Brooks", sagte er, nachdem Cory ihm seinen Plan erklärt hatte. „Du willst rüber zur Fear Street fahren und in so 'ne horrormäßige Spukvilla einbrechen, um ein Mädchen zu finden, das eigentlich gar nicht da ist?"

„Genau", bestätigte Cory.

„Okay, klingt gut", erwiderte sein Freund. „Hol mich in zehn Minuten ab."

„Wie wär's mit fünf?", fragte Cory und legte auf, bevor David seine Meinung ändern konnte.

„Der gute alte David", dachte Cory. „Ich kann mich immer darauf verlassen, dass er genauso verrückt ist wie ich."

Im Wohnzimmer im Erdgeschoss war das Scrabblespiel immer noch in vollem Gange. Das Brett war inzwischen fast ausgefüllt und die vier Erwachsenen starrten schweigend darauf, um eine Lücke für ihre restlichen Buchstaben zu finden.

„Ich muss noch mal kurz weg", sagte Cory zu seinem Dad. „Welches Auto kann ich nehmen?"

„Ist es nicht schon ein bisschen spät?", fragte seine Mutter, ohne vom Scrabblebrett aufzusehen, und drehte nervös einen Spielstein zwischen ihren Fingern hin und her.

„Es ist erst zehn."

„Nimm den Ford", sagte sein Vater. „Lass die Finger vom Wagen deiner Mutter."

„Wo willst du eigentlich hin?", hakte sein Mum nach.

„Nur rüber zu David." Das stimmte zumindest teilweise.

„Kannst du nicht mal langsam ein Wort legen?", fragte Mrs Blume Corys Mutter in dem genervten Ton, der sich immer am Ende eines endlosen Scrabblespiels einschlich.

„Wie geht's David denn?", fragte Mr Brooks.

„Schlecht", antwortete Cory. „Er läuft an Krücken und ist ziemlich mies gelaunt."

„Armer Junge", murmelte Mrs Blume und hypnotisierte weiter ihre Buchstaben.

„Ich geb's auf", sagte Mrs Brooks mit einem unglücklichen Seufzer.

Cory schnappte sich die Wagenschlüssel vom Schränkchen in der Diele und lief nach draußen zum Auto. David wohnte ungefähr sechs Blocks entfernt im nördlichen Teil von North Hills, nicht weit entfernt vom Fluss. Es war eine Fahrt von höchstens zwei Minuten.

Cory klopfte an die Eingangstür und wartete. Es dauerte ziemlich lange, bis David öffnete. „Tut mir leid, Alter, ich kann nicht mitkommen", lautete seine Begrüßung.

„Was soll das heißen?"

„Na, dass ich nicht mitkommen kann. Meine Mum hat's mir verboten." Er sah aus, als sei ihm das ziemlich peinlich.

„Hallo, Cory!", rief ihm Davids Mutter vom Flur her zu. „Ich möchte nicht, dass David heute Abend weggeht. Er darf seinen Knöchel nicht belasten. Außerdem ist es draußen ziemlich ungemütlich. Das verstehst du doch, oder?"

„Klar, Mrs Metcalf", sagte Cory, unfähig, seine Enttäuschung zu verbergen. Er grinste seinen Freund an. „Wir wollen doch nicht, dass Mamas Liebling sich einen bösen, bösen Schnupfen holt, nicht wahr?"

David verdrehte die Augen und zuckte die Achseln. „Hey, hör auf, ja?"

„Ich ruf dich später an und erzähl dir, was in der Fear Street passiert ist", versprach Cory. „Wenn du nichts von mir hörst, schick ein Sondereinsatzkommando vorbei."

„Hast du mal ‚Poltergeist' gesehen?", fragte David. „Wenn du in dieses Haus gehst, wirst du vielleicht in den Fernseher gesogen!"

Cory lachte nicht. „Du hältst das alles für einen Riesenwitz, was?"

David setzte ein übertrieben breites Grinsen auf. „Ja, ich finde es zum *Tot*lachen."

„Tja …" Cory drehte sich um und stapfte fröstelnd den Plattenweg zurück zu seinem Auto. „Vielleicht ist da was Wahres dran."

Cory fuhr auf dem Park Drive in Richtung Süden zur Fear Street. Es war eine nasskalte, ungemütliche Nacht. Dicke Nebelwolken trieben schnell von den Hügeln herunter. Er drehte die Heizung auf und machte das Radio an. Er brauchte laute Musik, um sich Mut zu machen.

„Und hier ist Q-Rock, heute mit unserem großen Beatles-Special!", rief der Moderator mit gespielter Begeisterung. „Vierundzwanzig Stunden lang alle Hits der Beatles in alphabetischer Reihenfolge!"

Cory lachte. Warum sollte sich irgendwer Musik in alphabetischer Reihenfolge anhören wollen?

Er wünschte, David wäre da, damit sie gemeinsam darüber

ablästern konnten. Die Vorstellung, sich in einer kalten, nebligen Nacht ganz alleine in der Fear Street herumzutreiben, gefiel ihm überhaupt nicht. „Ich muss ja nicht aussteigen", sagte er sich. „Erst mal fahre ich einfach nur am Haus vorbei und sehe, was da läuft."

Der Nebel wurde dicker, als er die Canyon Road passierte und ins Tal kam. In diesem Teil der Stadt war es nachts immer neblig, selbst im Sommer. Das Licht der Scheinwerfer schien von den wirbelnden Nebelschwaden zurückgeworfen zu werden. Er versuchte es mit dem Fernlicht, aber das machte es nur noch schlimmer.

Ein entgegenkommendes Auto konnte gerade noch ausweichen, bevor es ihn streifte. Die anderen Fahrer konnten also auch nicht viel mehr sehen als er. Ein Gedanke, der Cory nicht gerade beruhigte. „Du machst einen Fehler", sagte er sich.

Doch als er die Mill Road hinunterfuhr, lichtete sich der Nebel. Ein kleiner Toyota, in den sich mindestens sechs Teenager gequetscht hatten, hupte wie wild, als er an ihm vorbeiraste. Sie kamen wahrscheinlich von der verlassenen Mühle am Ende der Straße. Dies war einer der Lieblingsplätze der Shadysider Kids, wo viel herumgeknutscht wurde.

Der Traum, in dem Anna sein Gesicht geküsst hatte, schoss ihm wieder durch den Kopf. Er drehte das Radio lauter. Q-Rock war mit seinen Beatles-Titeln inzwischen bei ‚L' angekommen. Sie spielten gerade ‚Love me do'.

Während er den Takt mit den Fingern auf dem Lenkrad mitklopfte und den aufregenden Traum noch einmal Revue passieren ließ, verpasste er beinahe die Einfahrt zur Fear Street. Als er merkte, wo er war, trat er hart auf die Bremse und wendete mit schleudernden Reifen auf dem nassen Asphalt.

Kaum war er in die schmale, gewundene Straße eingebogen, schien es schlagartig dunkler zu werden. Zu beiden Seiten ragten große Eichen und Ahornbäume in den Himmel. Ihre nackten, im Wind knarzenden Äste bildeten eine Art Torbogen über der Straße. Das miteinander verflochtene Geäst schluckte einen Großteil des bleichen Lichts der Straßenlaternen.

Obwohl er sie in der Dunkelheit nicht sehen konnte, wusste er, dass er gerade an der ausgebrannten Villa von Simon Fear vorbeifuhr. Cory gab Gas und stellte die Heizung noch etwas höher. Die verwinkelten, meist viktorianischen Häuser standen ein ganzes Stück von der Straße zurückgesetzt. Sie erhoben sich hinter ungepflegten Hecken oder blickten auf weite Rasenflächen, auf denen Massen von braunen Blättern umherwirbelten.

„Wie soll ich jemals herausfinden, welches ihr Haus ist?", fragte sich Cory, während er das Innere der Windschutzscheibe mit dem Ärmel seines Sweatshirts trocken wischte. Mit zusammengekniffenen Augen blickte er durch das verschmierte Glas und versuchte erfolglos, eine Hausnummer zu erspähen.

„Wo wohnt sie gleich noch mal?", überlegte er mit aufkommender Panik. War er etwa den ganzen Weg hierhergefahren, ohne sich ihre Hausnummer gemerkt zu haben? Nein. Es war die 444. Jetzt fiel es ihm wieder ein.

Er lenkte den Wagen an den Straßenrand, schaltete die Scheinwerfer aus und wartete, bis sich seine Augen an die Dunkelheit gewöhnt hatten. So konnte er tatsächlich etwas besser sehen.

Cory machte den Motor aus, öffnete die Wagentür und stieg aus. Wenn er Annas Haus finden wollte, musste er das zu Fuß tun, da die Nummern sich auf den Eingangstüren der Häuser befanden. Vom Wagen aus konnte man sie unmöglich erkennen.

Er fröstelte. Sein Sweatshirt hielt nicht viel von der feuchten Kälte ab. Cory atmete tief durch. Ein merkwürdiger säuerlicher Geruch lag in der Luft. Wahrscheinlich verrottende Blätter.

Ganz in der Nähe heulte ein Tier. Es war ein lang gezogenes, klagendes Jaulen.

„Klingt nicht wie ein Hund", dachte Cory unbehaglich. Er schaute in die Richtung, aus der das Geräusch gekommen war, konnte aber nichts erkennen. „Das ist doch nicht etwa ein Wolf?"

Wieder heulte das Tier auf. Diesmal klang es schon etwas näher.

Cory fiel plötzlich wieder ein, dass er mit neun oder zehn schon einmal hier gewesen war. Er hatte mit seinem Freund Ben gewettet, dass er sich trauen würde, durch den Fear-Street-Wald zu gehen. Irgendwie hatte er den Mut aufgebracht, es zumindest zu versuchen. Aber er war gerade erst ein paar Minuten unterwegs gewesen, als ihn etwas an der Schulter gepackt hatte.

Vielleicht war es nur ein Ast gewesen. Vielleicht auch nicht. Jedenfalls war er schreiend weggerannt. In seinem ganzen Leben hatte er sich noch nie so gefürchtet.

„Hör auf, darüber nachzudenken", sagte er laut.

Die Sohlen seiner Turnschuhe knirschten auf dem Kiesbett, das die Straße säumte. Ein Briefkasten aus Metall hing schief nach vorne geneigt in seiner Verankerung. Mit zusammengekniffenen Augen versuchte Cory den verblichenen Namen auf der Seite zu entziffern. Aber es war zu dunkel und die Buchstaben waren fast vollständig abgeblättert.

Wieder heulte das Tier. Diesmal klang es weiter entfernt. Von einer Sekunde zur anderen legte sich der Wind. Jetzt war nur noch das knirschende Geräusch von Corys Turnschuhen zu hören. Er kam an einem großen, verwitterten Haus vorbei, dessen Fensterläden vermoderten und in den seltsamsten Winkeln in den Angeln hingen. Aus unerfindlichen Gründen lag mitten auf dem spärlichen Rasen ein rostiger Schiffsanker. Ein alter Kombi, dem die hintere Stoßstange fehlte und bei dem zwei Scheiben durch Pappe ersetzt waren, stand in der Auffahrt.

„Nette Nacht für einen kleinen Spaziergang", sagte Cory zu sich selbst und begann, „Love me do" vor sich hin zu summen. Nach einer Weile sang er den Refrain laut. Warum auch nicht? Schließlich war niemand hier, der ihn hören konnte. Die Fear Street lag verlassen da. Nichts bewegte sich, mit Ausnahme der braunen Blätter, die von dem böigen Wind durch die Gegend geweht wurden.

Ein Haus war hell erleuchtet. Die Lampe auf der Veranda warf goldene Strahlen über den Rasen und alle Zimmer im Erdgeschoss und im ersten Stock schienen beleuchtet zu sein. Wohnte dort Anna?

Nein. Auf dem Schild an der Veranda stand 442.

Der Wind wurde wieder stärker und sandte einen eiskalten Schauer über Corys Rücken. Er schob die Hände in die Taschen seiner Jeans, um sie zu wärmen. Plötzlich überfiel ihn ein ungutes Gefühl. Er drehte sich um, um sich zu vergewissern, ob mit dem Auto alles okay war. Doch er konnte es nicht sehen, weil die Straße eine Biegung machte.

Sollte er zurückgehen?

Nein. Jetzt war er schon so weit gekommen. Das nächste Haus musste das von Anna sein.

Wenn sie wirklich dort wohnte.

Cory ging schneller. Das Pflaster unter seinen Turnschuhen war feucht und glitschig. Er rutschte ein paarmal aus, fand aber immer schnell sein Gleichgewicht wieder.

Eine niedrige, struppige Hecke umrahmte den Garten des nächsten Hauses. Wohnten hier die Corwins? Cory konnte keinen Briefkasten entdecken. Oh, doch – da war er. Auf dem Bürgersteig. Offenbar war er von seinem Pfosten gefallen.

Er hob das Metallgehäuse auf. Auf der Seite stand eine Nummer: 444. Hier war er also richtig. Er ließ den Briefkasten wieder fallen und wischte sich die feuchten Hände an seiner Jeans ab.

Das Haus lag still und dunkel da. Nicht das kleinste Lebenszeichen. Kein Wagen in der Einfahrt. Cory blickte über die niedrige Hecke zur Veranda. Eine Fliegengittertür stand offen und knallte bei jedem Windstoß gegen die Hauswand. Ein umgekippter Liegestuhl lag gleich daneben.

Cory betrat die Einfahrt. Was nun? Sollte er hingehen und einfach klopfen? Immerhin schien niemand zu Hause zu sein.

Er blickte auf die wuchernden Sträucher, die dicke Laubschicht und das Gewirr aus kniehohem Gras und Unkraut. Es sah aus, als hätte hier seit Jahren niemand mehr gewohnt!

„Das muss das falsche Haus sein", dachte er.

Dann hörte er etwas. Etwas bewegte sich auf dem Kies. Schritte.

Er lauschte. Der Wind frischte auf. Jetzt konnte er nichts mehr hören. Es mussten wohl doch trockene Blätter gewesen sein. Oder irgendein Tier.

Cory beschloss, zurück zum Auto zu gehen. Was machte es für einen Sinn, hier in der Kälte rumzustehen und ein verlassenes altes Haus anzustarren?

Wieder hörte er einen Schritt. Dann noch einen.

Jemand war hinter ihm.

Jemand folgte ihm und näherte sich rasch.

Cory ging schneller, begann schließlich zu laufen, um das Geräusch hinter sich zu lassen. Er hoffte, dass es nur trockene

Blätter waren, ein Hund oder vielleicht eine einsame streunende Katze.

Aber die Schritte wurden schneller. Jemand jagte ihn. War direkt hinter ihm.

Er wollte sich gerade umdrehen, als ihn eine Hand an der Schulter packte.

6

Cory schrie auf und wand sich aus dem festen Griff.

Der Mann sah erschrockener aus als er. „Entschuldige. Ich wollte dir keinen Schreck einjagen."

Cory starrte ihn an und schnappte keuchend nach Luft. Seine Muskeln waren kampfbereit angespannt. Oder um schnell zu fliehen.

Vor ihm stand ein großer, kräftig gebauter Mann, der einen ausgeblichenen Regenmantel und ein zerknautschtes, altes Basecap trug. Er hatte einen grauen Stoppelbart und roch nach kaltem Zigarettenrauch. „Du musst keine Angst haben", sagte er. Für jemanden, der so groß war, hatte er eine ungewöhnlich hohe Stimme.

„Warum ... warum haben Sie ..." Cory war immer noch so außer Atem, dass er kaum sprechen konnte. Er wich ein paar Schritte zurück und entspannte sich ein wenig, während er den Mann weiter misstrauisch beäugte.

„Ich habe gesehen, wie du angehalten hast", sagte der Mann und zeigte in Richtung von Corys Auto. „Wir wohnen ein Stück die Straße hinunter. Ich war gerade mit Voltaire spazieren. Das ist mein Hund. Ich dachte, du hättest dich vielleicht verlaufen oder wärst irgendwie in Schwierigkeiten. Also bin ich dir gefolgt."

„Wo ist denn Ihr Hund?", fragte Cory skeptisch.

Der Mann verzog das Gesicht, offenbar verärgert durch Corys Misstrauen. „Voltaire mag keine Fremden", sagte, er langsam. „Er neigt dazu, sein Revier zu verteidigen. Ich habe ihn lieber ins Haus gebracht, bevor ich dir nachgegangen bin, um zu sehen, ob du Hilfe brauchst."

Langsam begann Cory, wieder normal zu atmen. Trotzdem blieb er wachsam. Etwas an diesem Nachbarn war seltsam. Nicht nur seine Erscheinung, sondern vor allem der bedrohliche Blick, mit dem er Cory von oben bis unten musterte. Sein Gesicht wirkte gleichzeitig angespannt und ausdruckslos.

„Hattest du eine Panne?", fragte der Mann.

„Nein", antwortete Cory.

„Was machst du dann hier? Hast du dich verfahren?"

„Nein. Ich suche die Corwins."

„Dann hast du sie jetzt gefunden", sagte der Mann und deutete mit dem Kopf auf das dunkle Haus. „Kennst du sie?"

„Na ja, nicht so richtig."

„Das sind komische Leute. Ich glaube, ich würde mich da nicht uneingeladen hintrauen." Der Mann kratzte sich die Bartstoppeln.

„Wie meinen Sie das?" Cory fröstelte unwillkürlich. Noch nie in seinem ganzen Leben war ihm so kalt gewesen.

„So, wie ich es gesagt habe."

Sie standen da und sahen sich eine Zeit lang einfach nur an.

„Meistens bleiben sie für sich", sagte der Mann schließlich. Er schob die Hände in die Taschen seiner Regenjacke und wandte sich um. „Wenn du dich nicht verfahren hast oder so, geh ich jetzt mal wieder."

„Ja. Ich meine, nein. Alles bestens. Danke", stotterte Cory verunsichert und blickte zum Haus der Corwins hoch. Genau in diesem Moment ging in einem der oberen Fenster das Licht an.

Aha. Es war also doch jemand zu Hause.

„Das sind ziemlich komische Typen", wiederholte der Mann und drehte sich noch einmal um. „Aber hier in der Fear Street sind alle irgendwie komisch." Er gluckste in sich hinein, als hätte er einen richtig guten Witz gemacht, und verschwand dann in der Dunkelheit.

Cory wartete einen Moment, um sicherzugehen, dass der Mann wirklich verschwunden war. Dann drehte er sich um und ging langsam zurück zu seinem Auto. Er blieb noch einmal stehen und warf einen Blick hinüber zum Haus. Das Licht im ersten Stock war immer noch an.

Sollte er einfach hingehen und klopfen?

Er war schon so weit gekommen. Warum sollte er nicht einfach mal mutig sein? Jetzt handeln – und später darüber nachdenken. Warum musste er immer alles drehen und wenden und bis zum Letzten durchspielen, bevor er etwas tat?

Außerdem hatte er David dann nachher etwas zu erzählen.

Er stellte sich vor, wie sein Freund sich über ihn lustig machen würde, wenn er ihm berichtete, dass er nur am Anfang der Auffahrt gestanden und zum Haus hinaufgestarrt hatte. Wahrscheinlich würde er ihm das noch Wochen später unter die Nase reiben und dumme Witze darüber reißen.

Okay, Cory. Dann mal los!

Er joggte die Auffahrt der Corwins hinauf. Zum einen, weil er wieder warm werden wollte, zum anderen, weil er wusste, dass er die Sache nie durchziehen würde, wenn er jetzt nicht loslegte.

„Ein Turner muss aggressiv sein", sagte er sich. „Er muss sich an den Ringen festhalten und sich in Positionen bringen, die sein Körper normalerweise niemals einnehmen würde."

Als Turner war Cory schnell und sicher.

Aber das hier war kein Wettkampf. Das war das Leben.

Er sprang auf die vordere Veranda und preschte an dem umgekippten Stuhl vorbei. Dabei rutschte er auf ein paar Nägeln aus, die auf dem Boden verstreut lagen, und wäre beinahe gegen die Haustür gekracht.

Mit Mühe fand er sein Gleichgewicht wieder und lehnte

sich an die Schindeln, mit denen die Vorderseite des Hauses verkleidet war. Dann suchte er nach dem Klingelknopf und drückte ihn, ohne zu zögern, damit er gar nicht erst auf die Idee kam, einen Rückzieher zu machen.

Drinnen im Haus war nichts zu hören. Er drückte noch einmal.

Die Klingel blieb stumm. Offenbar war sie kaputt.

Cory klopfte, zögerlich zuerst, dann lauter.

Stille.

Während er wartete, zog er sein Sweatshirt gerade und strich sich das Haar mit einer Hand zurück. Er räusperte sich und versuchte zu lächeln.

Dann klopfte er noch einmal.

Diesmal hörte er Schritte. Jemand lief die Treppe hinunter.

Die Tür öffnete sich einen Spalt, aber es fiel kein Licht nach draußen. Im Inneren des Hauses war es stockdunkel. Ein Auge starrte zu Cory hinaus. Die Tür ging noch ein Stück weiter auf. Jetzt blickten zwei Augen misstrauisch nach draußen.

Das Licht auf der Veranda erwachte flackernd zum Leben und verströmte einen gelblich bleichen Schein, der bis in den Vorgarten reichte.

Im Türrahmen stand ein junger Mann. Er hatte ein rundes Gesicht mit ausgeprägten Pausbäckchen. Seine wässrigen blauen Augen waren klein und saßen dicht neben der knubbeligen Nase. Obwohl er scheinbar noch recht jung war – vermutlich Anfang zwanzig –, wurde sein blondes Haar im Stirnbereich schon dünner. Es stand wirr von seinem Kopf ab. In einem Ohr funkelte ein Strassohrring.

Der Typ starrte Cory eine Weile wortlos an. Cory erwiderte seinen Blick unbehaglich. Schließlich sagte er: „Hi, ich bin Cory Brooks. Ist Anna zu Hause?"

Die wässrigen Augen des jungen Mannes wurden groß.

Sein Mund zuckte überrascht. „Anna? Was weißt du von Anna?" Seine Stimme klang rau, als hätte er zu viel geraucht.

„Ich, äh … ich gehe auch auf die Shadyside."

„Shadyside, was ist damit?", fragte der junge Mann und begann, an die Haustür geklammert, heftig zu husten. Für Cory klang es verdammt nach einem Raucherhusten.

„Ich habe Anna diese Woche in der Schule getroffen und sie …"

„Das ist unmöglich", unterbrach ihn der junge Mann und schlug mit der Faust gegen den Türrahmen. Er sah Cory finster an. In dem schwachen Licht der Verandabeleuchtung schienen seine Augen rot zu glühen.

„Nein, wirklich. Ich …"

„Du kannst Anna nicht in der Schule getroffen haben. Sie ist nicht in der Schule."

„Doch, ist sie", beharrte Cory. „Sie …"

„Bist du derjenige, der angerufen hat?"

„Ja, ich …"

„Anna ist tot", stieß der junge Mann mit seiner heiseren Stimme hervor. „Lass dich hier nicht wieder blicken. Sie ist TOT!"

7

Cory wusste nicht mehr, wie er nach Hause gekommen war.

Er erinnerte sich nur noch daran, wie er ungläubig in die wässrigen Augen des jungen Mannes gestarrt hatte. An die lange, unangenehme Stille zwischen ihnen, an den Schmerz in der Miene des jungen Mannes.

Und er erinnerte sich an seine Worte. Wieder und wieder spulten sie sich in seinem Kopf ab, wie eine Platte, die einen Sprung hatte. *Anna ist tot. Anna ist tot …*

Cory hatte betreten eine Entschuldigung gestottert. „Das tut mir leid." Mehr war ihm nicht eingefallen. Wie dumm. Wie banal.

Aber was hätte er sonst sagen sollen?

Dann fiel ihm der düstere Ausdruck auf dem verquollenen Gesicht des jungen Mannes wieder ein und wie ihn die Schatten umhüllt hatten, nachdem er ihm die Haustür vor der Nase zugeknallt hatte. Cory wusste noch, dass er daraufhin zu seinem Auto gehetzt war, in Sicherheit. Aber die Worte verfolgten ihn. *Anna ist tot. Anna ist tot.*

Er konnte gar nicht schnell genug rennen, um sie hinter sich zu lassen.

Cory erinnerte sich an die kühle, feuchte Luft auf seinem Gesicht, an das Knirschen der trockenen braunen Blätter unter seinen Turnschuhen, an den Zweig, der ihm beim Rennen schmerzhaft die Haut am Knöchel aufkratzte.

„Halt dich von der Fear Street fern", sagte er zu sich.

Was hast du hier eigentlich so spät in der Nacht zu suchen?

Die Geschichten sind alle wahr und du bist jetzt ein Teil von ihnen.

Er wusste noch genau, wie seine Hand gezittert hatte, als er versuchte, den Schlüssel ins Zündschloss zu stecken. Und er erinnerte sich an seine Panik, als das Auto nicht ansprang.

Dann endlich das erlösende Motorengeräusch. Er war mit quietschenden Reifen davongerast, während seine Hände das Lenkrad umklammerten, als wäre es ein Rettungsring in einem sturmgepeitschten Ozean.

Aber Cory konnte sich nicht an die Fahrt nach Hause erinnern. In seinem Kopf war lediglich ein verschwommenes Bild von gelben Scheinwerfern und schwarzen Straßen. Und er wusste auch nicht mehr, wie er sich ins Haus geschlichen hatte und ins Bett gekommen war.

Alles, woran er sich erinnerte, waren die zusammengekniffenen Augen des jungen Mannes. Der Schmerz in diesen Augen. Schmerz gemischt mit Hass. Und die Worte.

Anna ist tot. Anna ist TOT!

Cory war erst gegen vier Uhr eingeschlafen. Aber es war nur ein leichter, unruhiger Schlaf gewesen – durchwoben mit vorbeidriftenden Gesichtern, die er nicht kannte, und grellen Scheinwerfern, die zum Teil direkt auf ihn zukamen und dann wieder einfach durch ihn hindurchzuleuchten schienen.

Am Montagmorgen ließ er das Frühstück ausfallen und raste zur Schule, um nach Anna Ausschau zu halten. Er war sehr früh da, zwanzig Minuten vor dem ersten Klingeln, und wartete an ihrem Spind auf sie. Außer ihm waren schon ein paar andere Schüler da. Sie gähnten sich gegenseitig an und lehnten sich an ihre Spinde, als würden sie sonst umfallen.

Cory versuchte, Annas Zahlenschloss zu öffnen, aber es gelang ihm nicht. Also setzte er sich im Schneidersitz auf den Boden und wartete. Nach einer Weile füllte sich der Flur und es wurde laut, als die anderen Schüler eintrudelten. Einige von ihnen begrüßten Cory, als sie an ihm vorbeigingen.

„Was machst du denn da, Brooks?", fragte Arnie, als er durch die Tür gestapft kam.

„Einfach nur rumsitzen", erwiderte Cory.

Die Antwort schien Arnie zu genügen. Er schwang seinen Rucksack in Corys Richtung und versuchte, ihn umzuwerfen. Doch Cory wich ihm geschickt aus. Arnie lachte und stampfte den Gang hinunter.

Wo ist Anna?

Anna ist tot.

Anna ist ein Geist.

Aber es gab keine Geister.

Ihr Spind war echt. Cory stellte erneut verschiedene Zahlenkombinationen ein und zog immer wieder am Schloss. Dann klingelte es.

Als Cory aufstand, fühlte er sich, als würde er vierhundert Pfund wiegen. Seit zwei Nächten hatte er schon nicht mehr richtig geschlafen. Die Flure leerten sich schnell. Die Schüler hetzten zur ersten Stunde. Er musste sich ebenfalls beeilen. In diesem Schuljahr war er schon zweimal zu spät gekommen und er hatte keine Lust nachzusitzen.

Aber wo war Anna?

Offenbar kam sie heute nicht.

Natürlich kam sie heute nicht. Denn Anna war tot.

Aber er hatte sie doch mit eigenen Augen gesehen. Hatte mit ihr gesprochen.

Cory schaffte es, genau in dem Moment in die Klasse zu huschen, als es klingelte. Den Rest des Vormittags kämpfte er damit, die Augen offen zu halten. Glücklicherweise kam er in keinem seiner Kurse dran. Seine Lehrer schienen von seiner Anwesenheit überhaupt keine Notiz zu nehmen.

„Vielleicht werde ich jetzt auch zu einem Geist", schoss es ihm durch den Kopf.

Zwischen den Stunden hielt er weiter nach Anna Ausschau,

aber er bekam sie nicht zu Gesicht. Kurz vor dem Mittagessen stolperte er über Lisa, als sie beide ihre Taschen im Spind verstauen wollten.

„War Anna Corwin heute Morgen im Physikkurs?", sprudelte er gleich los.

„Dir auch einen schönen guten Morgen", antwortete Lisa patzig.

„Oh, entschuldige. Guten Morgen, Lisa. War Anna Corwin heute Morgen im Physikkurs?"

Wütend knallte sie die Tür ihres Spinds zu. „Nein."

„Hm." Cory pfefferte seine Schultasche in den Schrank. Lisas genervte Miene registrierte er gar nicht. „Dann fehlt sie wohl."

„Du bist ja ein echter Sherlock Holmes", bemerkte Lisa kopfschüttelnd. Sie drückte das Schloss zu und ging ohne ein weiteres Wort davon. Dann überlegte sie es sich noch einmal anders und kam zurück. „Was hast du eigentlich für ein Problem?"

„Wie meinst du das?" Woher wusste Lisa, dass er ein Problem hatte?

„Warum verhältst du dich so komisch?"

„Ich verhalte mich überhaupt nicht komisch. Es ist nur …" Im ersten Moment wollte er ihr irgendeine Ausrede auftischen, aber dann beschloss er, ihr die Wahrheit zu sagen. Er musste es einfach jemandem erzählen. Und Lisa war schließlich seine Freundin, solange er denken konnte.

Während sie gemeinsam zur Kantine gingen, vertraute er Lisa an, was am Samstagabend alles passiert war, nachdem sie sich getrennt hatten.

Cory berichtete ihr, wie er zur Fear Street gefahren war, dort an die Tür der Corwins geklopft hatte und ihm der seltsam aussehende Typ erzählt hatte, Anna sei tot.

Lisa hörte sich seine Geschichte stumm und mit eisiger

Miene an. Doch als Cory aufhörte zu reden, wich der Ärger in ihrem Gesicht echter Besorgnis. „Irgendetwas ist faul an der Sache", sagte sie leise, während sie sich mit ihm in der Schlange an der Essensausgabe anstellte.

„Da ist eine Menge faul!", rief Cory aus. „Ich muss immer daran denken, dass …"

„Ich glaube, du hast das falsche Haus erwischt", unterbrach sie ihn. „Wahrscheinlich hast du den Typen aufgeweckt und daraufhin hat er dir einen Streich gespielt." Lisa erwartete, dass Corys Miene sich jetzt aufheitern und er ihr erleichtert zustimmen würde.

Doch seine einzige Reaktion war ein schwacher Seufzer. „Ach, Quatsch", murmelte er bedrückt. „Ich habe mich nicht im Haus geirrt."

„Woher willst du das so genau wissen?", beharrte Lisa, obwohl sie merkte, dass sie ihn nicht überzeugen konnte. „Warum tust du das überhaupt?", fragte sie und pikste ihn in die Rippen, wie sie es schon als Kinder getan hatten. „Warum fährst du mitten in der Nacht zu dem Haus dieses Mädchens? Warum hältst du den ganzen Tag nach ihr Ausschau? Warum bist du so besessen von Anna Corwin? Es gibt auch noch andere Mädchen auf der Welt, weißt du."

Cory sagte nichts darauf. Er schien direkt durch sie hindurchzusehen.

„Hey, Cory, hast du auch nur ein Wort von dem mitbekommen, was ich gesagt habe?"

„Ja, klar", antwortete er hastig, ohne sie dabei anzusehen. „Du hast gesagt, dass der Typ an der Tür mir einen üblen Streich gespielt hat."

Anna ist tot. Ein Streich!

„Tschüss, Cory." Sie gab ihm übertrieben höflich die Hand und ging davon.

„Was ist denn mit deinem Mittagessen?", rief er ihr nach.

„Ich habe keinen Hunger mehr. Wollen wir nach der Schule zusammen nach Hause gehen?"

„Ich kann nicht", antwortete er. „Montags jobbe ich immer im Sekretariat." Eine Menge Schüler erledigten dort nach der Schule Büroarbeiten. Die Bezahlung war nicht schlecht und die Arbeit leicht – hauptsächlich kopieren oder irgendwelche Akten sortieren.

Cory beobachtete, wie Lisa durch die überfüllte Kantine auf die große Doppeltür zuging, die in die Eingangshalle führte. Warum hatte sie ihm vorgeworfen, dass er sich seltsam verhielt? Das konnte man von ihr ja wohl auch behaupten. Sie war in letzter Zeit so launisch und ständig wütend auf ihn. Warum? Was hatte er ihr denn getan?

Plötzlich hatte er einen genialen Einfall.

Das Sekretariat.

Natürlich! Warum hatte er nicht eher daran gedacht?

Nach der Schule würde er dort die Antworten auf all seine Fragen finden.

Cory scherte aus der Schlange aus und ging ebenfalls zur Tür. Er beschloss, draußen ein bisschen frische Luft zu schnappen. Er hatte auf einmal auch keinen Hunger mehr.

Cory hatte gerade die Ankündigung für die Blutspendeaktion des Kollegiums kopiert. Er musste nur noch ein anderes Blatt vervielfältigen, dann war er mit seinem Bürojob fertig.

Verstohlener als nötig schlich er sich zum Zimmer des Rektors und spähte hinein. Es war leer. Er hatte mitbekommen, dass Mr Sewall, der Schulleiter, mit Zahnschmerzen früher nach Hause gegangen war. Auch eine der Sekretärinnen war krankgeschrieben. Also blieb nur noch Miss Markins übrig, die eifrig im Empfangsbereich vor sich hin tippte.

Die Luft war rein.

Cory schlüpfte in den Raum und zog die Tür bis auf einen

kleinen Spalt hinter sich zu. Er hatte die Hand schon nach dem Lichtschalter ausgestreckt, als ihm gerade noch rechtzeitig einfiel, dass das keine gute Idee war. Miss Markins würde es garantiert bemerken.

Er schlich hinüber zum Schreibtisch des Rektors, der mitten in dem kleinen Raum stand. Mr Sewalls Söhne schienen ihn von ihren gerahmten Fotos her missbilligend anzustarren. Cory ging auf Zehenspitzen um den Schreibtisch herum.

An der hinteren Wand des Zimmers standen mehrere graue Aktenschränke, die die Schulakten jedes einzelnen Schülers der Highschool enthielten.

Diese heiligen Schulakten konnten dir in der Welt Erfolg bescheren oder dein Leben für immer zerstören.

Jedenfalls versuchte man das den Schülern von Shadyside weiszumachen.

„Tut mir leid, aber das geht in deine Schulakte ein." Wenn ein Lehrer oder Mr Sewall höchstpersönlich diesen Satz sagte, wusste man, dass man für alle Ewigkeit verdammt war. Egal, welche Ordnungswidrigkeit man begangen oder welchen Fehler man gemacht hatte – es würde einen für den Rest des Lebens verfolgen. Denn dort, in der Schulakte, stand es wie in Stein gemeißelt.

Cory fuhr mit der Hand über die erste Reihe der Aktenschubladen und überflog hastig die Schildchen mit den Buchstaben, die darauf angebracht waren. Es machte ihn schon nervös, nur mit diesen Akten in einem Raum zu sein. Aber die Tatsache, dass er hier drinnen nichts zu suchen hatte und er sich eine verdammt gute Ausrede einfallen lassen musste, wenn er erwischt wurde, brachte seine Nerven so zum Flattern, dass er die Schildchen kaum entziffern konnte.

Er unterbrach seine Suche für eine Sekunde, hielt den Atem an und lauschte. Miss Markins tippte immer noch vor sich hin. Puh. Erleichtert holte er Luft.

„Ich kann nicht glauben, dass ich das tue. Was mache ich hier bloß?", fragte er sich, während er sich bückte und eine Aktenschublade in der untersten Reihe aufzog.

Doch Cory kannte die Antwort auf diese Frage ganz genau. Er war kurz davor, einen Blick in Anna Corwins Schulakte zu werfen und die Wahrheit über sie herauszufinden. Genauer gesagt hatte er vor, *alles* über sie herauszufinden, was er nur konnte. Seine Finger blätterten rasch durch die Hängeregistraturen. Ihm war bewusst, dass er das nicht durfte und das Ganze total irre war. So etwas hatte er noch nie zuvor getan. Zumindest bis er Anna kennenlernte.

Schritte.

Cory holte tief Luft.

Das Geräusch der Tastatur war nicht mehr zu hören.

Er hechtete genau in dem Moment unter Mr Sewalls Schreibtisch, als Miss Markins den Raum betrat.

„Gerettet!", schoss es ihm durch den Kopf. Oder hatte sie ihn etwa hier drinnen gehört?

Beinahe hätte Cory aufgeschrien. Die Schublade! Er hatte sie offen gelassen. Wenn Miss Markins das sah, würde sie sofort wissen, dass er hier gewesen war.

Die Schulsekretärin stand hinter dem Schreibtisch. Ihre Beine waren höchstens zehn Zentimeter von seinem Gesicht entfernt. Für einen Moment stellte Cory sich vor, wie es wäre, ihre Knie zu packen, um zu sehen, wie laut sie kreischte. Nur so zum Spaß.

Ein letzter Spaß, bevor sie ihn wegbrachten. Ihn von der Schule schmissen. Und alles in seiner Schulakte vermerkten.

Cory hielt die Luft an. Es kam ihm so vor, als hätte er sie schon die ganze Zeit angehalten, seit er ins Büro des Rektors geschlichen war. Miss Markins stand über den Schreibtisch gebeugt und schrieb irgendetwas. Offenbar hinterließ sie eine Nachricht für Mr Sewall.

„Ich kann nicht glauben, dass ich hier unter dem Schreibtisch meines Rektors hocke", dachte sich Cory im Stillen. Doch dann blitzte Annas Bild in seinem Kopf auf. Und er hörte wieder die Worte des seltsamen jungen Mannes an der Haustür. Da wusste er wieder, warum er hier war.

Miss Markins beendete ihr Gekritzel und verließ das Büro, ohne die offene Schublade zu bemerken. Sobald er hörte, dass sie wieder angefangen hatte zu tippen, schoss Cory unter dem Schreibtisch hervor und stürzte sich auf die Schublade mit den Hängeordnern. Rasch fuhr er mit der Hand durch die ‚C'.

Was würde Annas Akte ihm verraten? Welche Wahrheiten würde sie über das schöne Mädchen preisgeben, das seine Gedanken so komplett beherrschte?

Corn ... Cornerman ... Seine Hände bewegten sich immer schneller, während er die einzelnen Akten durchging. Endlich! *Cornwall ... Corwood ... Corwyth ...*

Moment mal.

Er blätterte einige Mappen zurück, dann weiter nach vorn. Nein, er hatte keine ausgelassen. Und alle waren richtig einsortiert. Die Akten gingen von Cornwall bis Corwyth.

Aber es gab keine Unterlagen für eine Anna Corwin!

8

„Alle Mann in Deckung! Seht euch mal an, wie der Kerl zu Boden geht!" Arnies dröhnender Bass übertönte sogar den Jubel der Zuschauermenge.

„Er ist einfach zu groß!", rief David. „Über zwei Meter und dabei ist er im ersten Jahr an der Highschool!"

„Und er wächst immer noch!", fügte Arnie hinzu.

Sie sahen hinüber zu Cory, der wie versteinert ins Leere starrte.

„Hey, Erde an Brooks!", brüllte ihm David direkt ins Ohr. Aber Cory antwortete nicht.

Die Cheerleader führten während der kurzen Auszeit eine ihrer Nummern vor. Dann ging das Basketballspiel weiter. Obwohl man das kaum ein Spiel nennen konnte. Die Mannschaft von Westerville mit ihrem Zweimetermann stampfte die Shadysider Pumas gnadenlos in den Boden.

„Die haben doch nur einen einzigen Spielzug. Ständig werfen sie den Ball zu diesem Riesen", bemerkte David.

„Ich würde ihn ja lieber der Cheerleaderin am Ende der Reihe zuwerfen!", rief Arnie so laut, dass es die Hälfte der Zuschauer mitbekam. „Oh Mann, ist das eine heiße Braut!"

David und Arnie warteten darauf, dass Cory ebenfalls seinen Senf dazugab. Aber er sagte immer noch kein Wort. Stattdessen schaute er seine Freunde an, als würde er sie zum ersten Mal sehen. „Gutes Spiel, oder?", murmelte er und lächelte gequält.

„Welches Spiel meinst du?", brüllte Arnie wütend. „Wir liegen zwanzig Punkte im Rückstand."

„Und das Match ist längst nicht so gut wie der Punktestand

der anderen!", fügte David hinzu. Er und Arnie brachen in wieherndes Gelächter aus und klatschten sich gegenseitig ab.

Corys angestrengtes Lächeln verschwand. Er drehte sich weg und ließ den Blick wieder über das Publikum wandern.

„Du bist im Moment nicht besonders unterhaltsam, Brooks", sagte Arnie vorwurfsvoll und langte an David vorbei, um Cory mit aller Kraft in die Schulter zu boxen. „Also, ich geh jetzt mal runter und hol mir eine Cola." Er drängelte sich durch den Gang und verschwand um die Tribüne herum.

„Bist du okay?", erkundigte sich David. Er musste zweimal fragen, bevor Cory ihn überhaupt hörte.

„Ja, alles bestens."

„Und wie kommt es dann, dass du heute Nachmittag das Training verpasst hast?"

„Keine Ahnung. Ich schätze, ich hab's einfach vergessen."

„Welner war stinksauer. Das ist schon das zweite Mal in dieser Woche, dass du es verpeilt hast, Cory. Dabei ist das Freitagstraining das Wichtigste von allen, besonders weil wir morgen wieder einen Wettkampf haben."

„Ich weiß", sagte Cory. Er klang total genervt. „Geh mir nicht auf den Geist, David. Du bist nicht meine Mutter."

„Hey ..." David sah ehrlich verletzt aus. „Ich bin dein Teamkollege, Alter. Und dein Freund, oder etwa nicht?"

„Ja, und?"

„Sag du's mir. Was ist los mit dir, Brooks?"

„Nichts. Es ist nur ..."

Die Menge brüllte. Um sie herum sprangen alle auf. Für Shadyside musste irgendetwas gut gelaufen sein, aber Cory und David hatten es verpasst. Die Cheerleader kamen zurück in die Halle gestürmt und die Tribüne erzitterte unter dem ohrenbetäubenden Lärm. Cory warf einen Blick zur Anzeigetafel. Die Pumas lagen jetzt nur noch mit fünfzehn Punkten zurück. Das war offenbar der Grund für die Aufregung.

„Es ist dieses blonde Mädchen, oder?", fragte David, als es wieder so ruhig geworden war, dass man sich unterhalten konnte.

„Ich denke schon." Cory zuckte mit den Schultern. Ihm war nicht danach, mit David darüber zu reden. Er fühlte sich mies, weil er das Training tatsächlich vergessen hatte. Wie war das möglich? Verlor er langsam den Verstand wegen Anna?

„Triffst du dich mit ihr?", bohrte David weiter.

„Ich hab sie gar nicht mehr gesehen", murmelte Cory, während er auf das Basketballfeld schaute.

„Was?"

„Du hast mich doch verstanden. Ich habe sie die ganze Woche nicht gesehen. Dabei habe ich jeden Tag nach ihr Ausschau gehalten, aber sie war nicht in der Schule."

„Und deswegen läufst du rum wie ein Zombie?"

„Hör auf rumzunerven, Alter", knurrte Cory ihn an.

„Du versaust dir deine Platzierung im Turnen wegen eines Mädchens, das du seit einer Woche nicht gesehen hast? Klar, klingt total logisch."

Cory sagte zuerst nichts darauf. Dann platzte er plötzlich heraus: „Ich weiß ja nicht mal, ob sie überhaupt existiert."

Er bedauerte seine Worte sofort. Er wusste, wie abgedreht das klang. Jetzt hatte er David noch mehr Futter geliefert, um auf ihm rumzuhacken.

Doch zu Corys Überraschung reagierte sein Kumpel mit echter Besorgnis. „Wie meinst du das, Brooks? Du hast mir doch erzählt, dass du sie mehr als einmal getroffen hast. Dass ihr miteinander geredet habt. Und dass sie in Lisas Physikkurs ist. Genau genommen quatschst du im Moment über nichts anderes. Also, was soll das heißen, du weißt nicht, ob es sie gibt?"

„Montags nach der Schule arbeite ich im Sekretariat. Weißt du ja. Diesen Montag habe ich mir die Schulakten vorgenommen und nach Annas Daten gesucht. Aber es gab keinen Ordner über sie!"

David wirkte geschockt, aber nicht aus dem Grund, den Cory vermutete. „Du – du hast Zugang zu den Schulakten?", rief er. „Wow! Was steht denn in meiner drin?"

„Keine Ahnung, ich hab nicht …"

„Ich gebe dir zehn Dollar, wenn du für mich nachsiehst. Oder noch besser, ich zahle dir die zehn Dollar zurück, die ich dir schulde."

„Vergiss es", wehrte Cory genervt ab. „Du verstehst mich nicht. Ich bin letzte Woche zu ihr gefahren und dieser Typ hat gesagt …"

Die Menge stöhnte. Laute Buhrufe hallten von den gekachelten Wänden wider. Cory schaute auf die Anzeigetafel. Shadyside lag jetzt mit zweiundzwanzig Punkten zurück.

In diesem Moment drängelte Arnie sich durch die Reihe und ließ sich neben David fallen. „Dieser Kerl ist einfach zu groß", platzte er heraus. Auf der Vorderseite seines Sweatshirts prangte ein großer Colafleck. „Die müssen echt die Körbe höher hängen."

„Oder den Boden absenken", fügte David hinzu, woraufhin beide lauthals losgrölten.

Cory stand auf. „Ich glaub, ich geh dann mal", sagte er. „Das Spiel ist stinklangweilig."

„Du bist stinklangweilig", entgegnete Arnie grinsend.

„Sie ist doch erst vor Kurzem neu an unsere Schule gekommen, oder?", fragte David und zog Cory zurück auf die Bank.

„Ja."

„Vielleicht ist ihre Akte von der anderen Schule noch nicht hierhergeschickt worden."

David war clever. Möglicherweise hatte er recht. Aber Cory konnte sich das eigentlich nicht vorstellen. Immerhin war schon November. Es konnte doch nicht so lange dauern, Akten von einer Schule zur anderen zu schaffen.

„Redet er etwa schon wieder von dieser komischen Blondine?" Arnie beugte sich an David vorbei und brüllte Cory direkt ins Gesicht. „Was hast du mit ihr angestellt?", fragte er mit lüsternem Grinsen. „Die Kleine muss ja ganz schön heiß sein, sonst würdest du nicht so oft das Training verpassen." Arnie lachte hemmungslos über seine eigenen Worte.

Cory schüttelte nur schwach den Kopf. Ihm war klar, dass er seinen beiden Freunden ziemlich merkwürdig vorkommen musste.

Noch nie zuvor war er von jemandem so besessen gewesen. Und es war ihm auch noch nie passiert, dass er irgendetwas nicht aus seinem Kopf bekommen konnte. Bis jetzt hatte er seine Gedanken immer perfekt unter Kontrolle gehabt. Und nun … nun …

Verlor er jetzt völlig die Kontrolle?

„Wir sehen uns später, Leute", murmelte er und drängelte sich hastig auf der anderen Seite durch die Bankreihe, sodass sie ihn nicht zurückziehen konnten. Die Menge stöhnte gerade laut auf, während das kleine Grüppchen von Westerville-Fans auf der anderen Seite des Spielfelds wie verrückt jubelte.

Es sah nach einem schwarzen Abend für die Pumas aus. „Ein schwarzer Abend für alle", dachte Cory. Er hatte die Tribüne Reihe für Reihe nach Anna abgesucht. Aber sie war nicht da.

Fröstelnd vor Kälte stieg er in seinen Wagen, der erst beim dritten Versuch ansprang. Cory fuhr eine Weile ziellos herum – zuerst den Park Drive hinunter, dann über die Hawthorne zur Mill Road. Die Straßen waren leer und die meisten Häuser bereits dunkel. Er machte das Radio an, aber auf keinem Sender wurde Musik gespielt, die ihm gefiel. Also machte er es wieder aus.

Plötzlich merkte er, wie müde er war. Er hatte die ganze Woche nicht gut geschlafen. Kurz entschlossen wendete er und fuhr nach Hause.

Er war gerade eingeschlafen, als ihn das Klingeln des Telefons weckte. Mit zusammengekniffenen Augen warf er einen Blick auf seinen Wecker. Es war halb zwei morgens.

Mit der Hand stieß er den Hörer von der Ladestation. Er musste erst eine Weile danach herumtasten, bis er ihn zu fassen bekam. „Hallo?"

„Halt dich von Anna fern."

„Was?" Die Stimme am anderen Ende war nur ein heiseres Flüstern, so leise, dass man die Worte kaum verstehen konnte.

„Halt dich von Anna fern", flüsterte die fremde Stimme langsam und deutlich. Jedes einzelne Wort klang wie eine Drohung. „Sie ist tot. Ein totes Mädchen. Wenn du sie nicht in Ruhe lässt, wirst du der Nächste sein!"

9

Cory war plötzlich eiskalt. Er sprang aus dem Bett und ging im Dunkeln zu seinem Zimmerfenster, um sicherzugehen, dass es zu war. Dann griff er an die Heizung. Sie lief auf vollen Touren. Eine ganze Weile stand er so da und versuchte, wieder warm zu werden, während er auf den still daliegenden Garten blickte, der nur von einem bleichen Halbmond beleuchtet wurde.

Die flüsternde Stimme hallte immer noch in seinen Ohren. Cory massierte hastig seine Schläfen, um die bedrohlichen Worte aus seinem Kopf zu verbannen. Aber es funktionierte nicht.

Als er merkte, dass die Kälte aus seinem Inneren kam, trat Cory von der Heizung weg und ging zurück ins Bett, wobei er über ein paar Turnschuhe stolperte, die er mitten im Zimmer stehen gelassen hatte.

Jemand hatte ihn mit dem Tod gedroht. Und dieser Jemand wusste, wo er wohnte und wie er ihn erreichen konnte.

Der Unbekannte wollte sichergehen, dass er Anna in Ruhe ließ. Aber wer konnte es sein?

Einer seiner Freunde, der ihm einen Streich spielen wollte?

Nein, das hier war kein Streich. Das Flüstern war bedrohlich und voller Hass gewesen. Die Ankündigung war durchaus ernst zu nehmen.

Halt dich von Anna fern! Wenn du sie nicht in Ruhe lässt, wirst du der Nächste sein.

Wer war es gewesen? Der seltsame Typ mit den Pausbäckchen, der bei den Corwins die Tür geöffnet hatte? Vielleicht.

Von dem Flüstern her konnte man es unmöglich beurteilen. Man hatte nicht einmal heraushören können, ob es sich um einen Mann oder eine Frau handelte.

Cory machte die Augen ganz fest zu und versuchte, das unheimliche Flüstern aus seinen Gedanken zu vertreiben. Ihm war inzwischen zwar ein bisschen wärmer, aber an Schlaf war nicht zu denken. Er drehte sich erst auf die eine, dann auf die andere Seite und versuchte zum Schluss sogar, auf dem Bauch einzuschlafen.

Aus irgendeinem Grund musste er plötzlich an den merkwürdigen Nachbarn denken, der ihm neulich nachts in der Fear Street aufgelauert hatte. Der Mann war ihm die ganze Woche nicht aus dem Kopf gegangen – der abgetragene Regenmantel, das stoppelige Gesicht und der bedrohliche Blick, mit dem er Cory gemustert hatte. Er hatte behauptet, ein Nachbar zu sein, aber warum trieb er sich so spät in der Nacht noch vor dem Haus der Corwins herum? Angeblich hatte er seinen Hund ausgeführt. Aber Cory hatte keinen Hund gesehen. Und warum hatte der Mann ihn vor den Corwins gewarnt? War es in Wirklichkeit vielleicht eine Drohung gewesen?

Cory zwang sich, das Bild des Mannes aus seinen Gedanken zu verbannen. Er beschloss, stattdessen lieber an Anna zu denken – an ihre klaren blauen Augen, so strahlend und funkelnd wie das Meer, und die tiefroten Lippen, die sich eindrucksvoll von der elfenbeinfarbenen Haut abhoben. Dabei fiel ihm der Traum wieder ein, wo sie ihn lange und mehrmals geküsst hatte.

Das Telefon klingelte.

Obwohl er immer noch hellwach war, wäre er vor Schreck beinahe aus dem Bett gefallen. Schon beim zweiten Ton hatte er den Hörer in der Hand. „Hallo?", meldete er sich mit erstickter Stimme.

„Cory … bist du das?" Eine leise, schwache Stimme.

„Ja." Sein Herz klopfte so sehr, dass er das Wort kaum herausbekam.

„Kannst du mir helfen, Cory?"

Er hatte erst einmal mit ihr gesprochen, aber er erkannte ihre sanfte, beinahe kindliche Stimme sofort.

„Ich bin's. Anna. Anna Corwin."

„Ich weiß", platzte er heraus. Und kam sich im nächsten Moment unheimlich dämlich vor. Dass ihr Anruf ihn nicht überraschte, musste ihr doch verraten, dass er seit Wochen ausschließlich an sie gedacht hatte.

„Ich brauche deine Hilfe", stieß sie hastig hervor, ihre Stimme nicht viel mehr als ein Flüstern. „Ich kenne sonst niemanden. Du bist der Einzige, mit dem ich bis jetzt gesprochen habe. Kannst du mir bitte helfen?"

Sie klang so verschreckt, so verzweifelt. „Also, ich …" Warum zögerte er? War es wegen des ersten Anrufers, der ihm befohlen hatte, sich von ihr fernzuhalten?

„Bitte, komm schnell!", bat sie. „Wir treffen uns an der Ecke zur Fear Street, ein Stück von unserem Haus entfernt."

Sie klang völlig verängstigt. Aber ihre leise, gehauchte Stimme war gleichzeitig auch sehr sexy. Der Schauer, der Cory über den Rücken lief, war eine Mischung aus Furcht und einer gewissen Aufregung. Quer durch den Raum sah er zu seinem Wecker. Ein Uhr siebenunddreißig. Er wollte sich doch jetzt nicht ernsthaft aus dem Haus schleichen und dieses fremde, völlig verängstigte Mädchen mitten in der Nacht auf der Fear Street treffen?

„Bitte, Cory", flüsterte sie, nun mehr verlockend als verängstigt. „Ich brauche dich."

„Okay", sagte er und erkannte seine eigene Stimme kaum wieder. Er war sich nicht einmal ganz sicher, ob er die Worte überhaupt ausgesprochen hatte.

„Beeil dich!", flüsterte sie noch und dann war die Verbindung unterbrochen.

Cory lauschte ein paar Sekunden dem Freizeichen und fragte sich, ob er wach war oder träumte. War das eben tatsächlich Anna Corwin gewesen, die angerufen und ihn gebeten hatte, sich mit ihr zu treffen? Die ganze Woche hatte er an sie gedacht und nach ihr gesucht. War es ihr etwa genauso gegangen?

Die Vorstellung war mehr als aufregend. Aber warum hatte sie so verschreckt geklungen? Warum war es ihr so wichtig, dass er sofort kam? Und warum wollte sie ihn unbedingt auf der Straße treffen?

Auf der Fear Street.

Cory hatte schon angefangen, sich die Jeans überzuziehen, aber als ihm wieder einfiel, wo Anna wohnte, hielt er mitten in der Bewegung inne.

„Ich bin sechzehn", sagte er sich. „Ich bin kein kleines Kind mehr. Es gibt keinen Grund, warum ich mich vor einer dummen Straße fürchten sollte." Doch er musste zugeben, dass die Vorstellung, mitten in der Nacht in der Fear Street rumzulungern, ziemlich gruselig war.

Plötzlich fiel ihm eine Geschichte ein, die im letzten Frühjahr in der Zeitung gestanden hatte. Zwei Wagen, die aus entgegengesetzten Richtungen gekommen waren, waren spätnachts in der Fear Street frontal aufeinandergeprallt. Ein Anwohner hatte den Zusammenstoß gehört, war im Schlafanzug hinausgelaufen und hatte gesehen, dass in beiden Wagen Schwerverletzte saßen. Einige von ihnen waren bewusstlos, einige in den völlig zerstörten Wagen eingeklemmt.

Er rannte zurück zu seinem Haus und rief die Polizei, die kaum zehn Minuten später erschien. Sie fanden die Wagen mitten auf der Straße ineinander verkeilt vor. Aber beide waren leer. Auf den Sitzen und dem Asphalt klebte Blut, doch die Insassen waren spurlos verschwunden.

Von ihnen wurde nie eine Spur gefunden. Sechs Verletzte, in zwei Unfallwagen eingeklemmt, hatten sich innerhalb von zehn Minuten in Luft aufgelöst …

Cory zog sich zu Ende an. Er wusste, dass er keine Wahl hatte. Er musste zu Anna fahren. Sie brauchte ihn.

Als er die Treppe hinunterschlich, stolperte er in der Dunkelheit und wäre beinahe gefallen. Gerade noch rechtzeitig bekam er das Geländer zu fassen, fand sein Gleichgewicht wieder und hoffte, dass seine Eltern nichts gehört hatten. Nachdem er einmal tief durchgeatmet hatte, ging er vorsichtig weiter. Er tastete eine Weile herum, bis er im Dunkeln die Wagenschlüssel auf der Ablage in der Diele gefunden hatte. Dann verließ er leise das Haus.

Er zog den Reißverschluss seiner Jacke zu und lief zum Wagen. Er löste die Bremse und ließ das Auto im Leerlauf erst die Einfahrt und dann die Straße so weit hinunterrollen, wie es ging, ohne den Motor starten zu müssen. „Ich werde immer besser im Davonschleichen", dachte er. Aber warum tat er das eigentlich?

Weil Anna Probleme hatte.

Er bog in die Mill Road ein und fuhr in Richtung Süden. Wolken bedeckten den Mond und die Straßenlaternen warfen nur ein schwaches Licht auf die schmale, alte Straße. In dem Moment, als er das Fernlicht anmachte, sah er, wie ein großes graues Tier auf die Straße huschte.

Bum.

Cory hatte keine Zeit mehr abzubremsen. Ein lautes Rumpeln verriet ihm, dass er es überfahren hatte. Er schaute in den Rückspiegel, konnte jedoch nichts sehen. Er trat kurz auf die Bremse, beschloss dann aber weiterzufahren. Er konnte es jetzt nicht mehr rückgängig machen.

Plötzlich wurde ihm übel. Was war es gewesen? Ein Waschbär? Ein Dachs? Für einen Hasen war es jedenfalls zu groß.

Vielleicht auch ein Opossum. Cory fragte sich, ob das Tier immer noch an seinen Reifen klebte. Bäh! Er zwang sich, an Anna zu denken.

Auf der Mill Road waren keine anderen Wagen unterwegs. Cory kam lediglich an ein paar Lastwagen vorbei, die in die andere Richtung fuhren. Ihre Scheinwerfer waren so grell, dass er blinzeln und den Blick abwenden musste.

In dem Moment, als er die Fear Street erreichte, schien ein heftiger Wind aufzukommen, der gegen die Vorderfront des Wagens drückte. Cory hatte fast den Eindruck, als weigerte sich der Wagen, in diese Straße einzubiegen. In der Kurve schleuderte er gefährlich.

Das Innere der Windschutzscheibe war beschlagen und er hatte Schwierigkeiten, etwas zu erkennen. Als er an der ausgebrannten Villa von Simon Fear vorbeikam, bremste er leicht ab. Die kahlen Bäume ächzten im böigen Wind und ihre tief hängenden Äste prasselten gegeneinander.

Er kam am Haus der Corwins vorbei, das völlig im Dunkeln lag. Cory blieb einen Moment stehen und starrte es an, suchte nach einem Lebenszeichen. Aber es gab keins.

Hatte ihm jemand mit dem Anruf einen Streich gespielt? War er umsonst hierhergefahren?

Nein, es war Anna gewesen. Er hatte ihre Stimme erkannt. Und sie hatte wirklich verängstigt geklungen.

Cory hielt an der nächsten Ecke am Bordstein. Der Wind fuhr durch die Bäume und welke Blätter wurden über die Straße gewirbelt. Er machte die Scheinwerfer aus, aber ließ den Motor laufen.

„Vielleicht sollte ich aussteigen", dachte er. „Vielleicht findet sie mich nicht, wenn ich im Wagen sitzen bleibe."

Doch dann fiel ihm sein letzter Besuch in der Fear Street wieder ein – der merkwürdige Nachbar, das unheimliche Jaulen – und er beschloss, lieber im Auto zu warten. Er machte den Motor aus. „Ich werde das Radio andrehen. Dann hört man das Heulen des Windes wenigstens nicht so." Doch dann fiel ihm ein, dass das ja auf die Batterie ging. Er wollte nicht um zwei Uhr morgens mit einem Auto, das nicht ansprang, in der Fear Street festsitzen. Also machte er das Radio wieder aus.

In diesem Moment wurde die Beifahrertür aufgerissen.

Cory schrie vor Schreck laut auf.

10

„Anna!"

„Hallo, Cory", flüsterte sie schüchtern, als sie neben ihn auf den Beifahrersitz glitt. Sie hatte sich einen altmodischen grauen Spitzenschal um die Schultern geschlungen. Ihr Haar war zerzaust und ungekämmt und ihre blauen Augen funkelten im schwachen Licht der Innenbeleuchtung. Sie zog die Tür zu und es wurde wieder dunkel im Auto.

„Hast du mir einen Schreck eingejagt", sagte er und drehte sich zu ihr um.

Anna lächelte ihn seltsam an, es wirkte beinahe teuflisch. Oder lag es nur an der schlechten Beleuchtung? Er konnte sie kaum erkennen.

„Warum hast du mich angerufen? Was ist los?"

Sie kam näher und berührte ihn jetzt schon fast. Der Wind heulte auf. Massen von Blättern wurden gegen die Scheiben des Wagens geweht und machten es in seinem Inneren noch dunkler.

„Cory, du bist der Einzige, der mir helfen kann", sagte sie, ihre Stimme kaum mehr als ein Wispern. Sie zitterte leicht, als versuchte sie, ihre Angst zurückzudrängen und sich zusammenzureißen. „Und du bist der Einzige, der mit mir redet."

„Wo bist du die ganze Woche gewesen?", platzte er heraus. „Ich habe nach dir gesucht."

Anna schien überrascht zu sein. Sie drehte sich um und blickte zum hinteren Wagenfenster. Es war fast vollständig beschlagen. Sie rieb an der Scheibe der Beifahrertür herum und schuf ein kleines Guckloch.

„Warst du krank? Geht es dir gut?", fragte Cory.

Wieder lächelte sie ihn an.

„Ich ... ich war schon mal bei eurem Haus", gestand er. „Ich wollte mit dir reden." Er merkte selbst, wie verrückt das für sie klingen musste. Die Worte sprudelten einfach so aus ihm heraus. Er schien überhaupt keine Kontrolle über das zu haben, was er sagte.

Cory war so froh, sie zu sehen. Er fand es unheimlich aufregend, dass sie ihn angerufen hatte, dass er mitten in der Nacht zu ihr gefahren war und dass sie sich jetzt heimlich trafen. Aber wozu das alles? Warum antwortete sie nicht auf seine Fragen?

„Hast du Probleme?", versuchte er es noch einmal. „Kann ich irgendetwas für dich tun? Ich habe die ganze Woche nur an dich gedacht. Eigentlich schon seit dem Tag, wo ich dich in der Kantine zum ersten Mal gesehen habe."

Die Kantine. Warum musste er ausgerechnet diese Situation erwähnen? Wie peinlich!

„Wirklich?", sagte sie. „Ich habe auch an dich gedacht." Wieder sah sie durch das Guckloch, das sie freigerieben hatte.

„Wirst du verfolgt?", fragte er. „Ist da draußen jemand?"

Sie schüttelte den Kopf. „Ich weiß nicht."

„Deine Familie sagte ... sie haben mir erzählt, du wärst ..." Oh, nein. Jetzt war er schon wieder mit etwas herausgeplatzt. Was redete er denn bloß?

Er hasste es, was da mit ihm passierte. Als Turner trainierte er, jeden einzelnen Muskel unter Kontrolle zu haben. Und jetzt konnte er nicht mal seinen Mund kontrollieren.

„Ich ... ich muss einfach wissen, ob du wirklich existierst!", hörte er sich selbst sagen.

Seine Worte schienen sie zu überraschen. Ein geheimnisvolles Lächeln huschte über ihr Gesicht. „Keine Angst, ich bin echt", flüsterte sie und sah ihm tief in die Augen. „Ich werd's dir beweisen."

Mit einer raschen Bewegung legte sie beide Hände um seinen Hinterkopf. Trotz der kühlen Nachtluft waren sie ziemlich heiß. Sie zog sein Gesicht zu sich heran und presste ihre Lippen auf seine.

Annas Lippen fühlten sich weich und warm an. Ihr Mund öffnete sich ein wenig und schloss sich dann wieder. Sie küsste ihn härter, ohne seinen Kopf loszulassen.

Cory hatte Mühe, Luft zu bekommen. Anna presste ihre Lippen noch fester auf seinen Mund und stieß einen leichten Seufzer aus. Es war der aufregendste Kuss, den er je bekommen hatte. Aufregender als in seinen kühnsten Träumen. Cory wünschte, er würde ewig dauern, und es kam ihm fast so vor.

Anna küsste ihn noch fester. Er war verblüfft, dass sie so fordernd war. Sie umfasste nun seinen Nacken und verstärkte den Druck ihrer Lippen noch.

Cory konnte sein Glück kaum fassen. „Passiert mir das wirklich?", fragte er sich. Er versuchte, die Arme um sie zu schlingen, aber er hatte nicht genug Platz hinter dem Lenkrad.

Anna küsste ihn so lange und so fest, bis es anfing, richtig wehzutun. Dann gab sie seinen Mund frei und ließ ihre warmen Lippen über seine Wange bis zu seinem Ohr wandern. Er fühlte ihren warmen, gleichmäßigen Atem auf seiner Haut.

Sie flüsterte etwas. „Jetzt gehörst du mir."

Hatte er das richtig verstanden?

Jetzt gehörst du mir?

Nein. Das konnte nicht sein. Er musste sich verhört haben.

„Glaubst du jetzt, dass ich echt bin?", fragte sie, die Hände immer noch um seinen Nacken gelegt.

Er versuchte zu antworten, brachte aber keinen Ton heraus.

Sie lachte. Es war ein überraschend lautes Lachen, das beide erschreckte, weil sie bis jetzt so still gewesen waren.

Der Wind drehte und große braune Ahornblätter wurden

mit voller Wucht gegen die Windschutzscheibe geweht. Es sah aus, als versuchten sie, ins Wageninnere zu gelangen. Irgendwo in der Nähe heulte ein Tier.

Anna ließ ihn los und rutschte mit zufriedenem Gesicht zurück auf ihren Sitz. Cory konnte immer noch ihre Lippen spüren, sie immer noch schmecken.

Eine ganze Zeit sagte keiner ein Wort. Schließlich brach Cory das Schweigen. „Warum hast du mich angerufen, Anna?"

Eigentlich wollte er die Antwort gar nicht wissen. Ihm wäre es am liebsten gewesen, wenn sie ihn einfach immer weiter geküsst hätte.

„Du klangst, als hättest du Angst", fuhr er fort und tastete nach ihrer Hand, ohne sie zu finden.

Wieder lächelte sie ihn an. Diesmal ein wenig schuldbewusst. „Ich wollte nur mal sehen, ob du kommst", gab sie zu und schaute weg. Dann begann sie, ein neues Guckloch frei zu wischen.

„Du ... du warst gar nicht in Schwierigkeiten?"

Sie sah ihn immer noch nicht an. „Ich wusste, dass du kommen würdest", flüsterte sie. „Ich wusste es einfach."

Cory starrte auf ihren Hinterkopf, auf das goldene Haar, das in langen Strähnen über ihren grauen Schal fiel.

Er wollte sie noch einmal küssen, sie in die Arme nehmen und ihre Hände in seinem Nacken spüren. Stattdessen legte er ihr eine Hand auf die Schulter. „Deshalb hast du angerufen? Du wolltest einfach nur, dass ich herkomme?"

Sie drehte sich mit ausdrucksloser Miene zu ihm um und sah ihn wortlos an.

„Als ich bei eurem Haus war, hat mir so ein Typ die Tür aufgemacht." Er musste sie danach fragen. Er musste einfach. Jetzt, wo er wusste, dass sie quicklebendig war. Warum behauptete ihre Familie, sie sei tot?

„Das war mein Bruder. Brad", antwortete sie ohne jede Gefühlsregung und starrte dabei auf die beschlagene Windschutzscheibe.

„Aber er …"

„Bitte zwing mich nicht, dir von Brad zu erzählen. Er … er ist verrückt. Mehr möchte ich dazu nicht sagen. Geh ihm aus dem Weg. Er … na ja, er kann gefährlich sein." Sie zitterte am ganzen Körper, als sie den letzten Satz sagte.

„Er hat behauptet, du seist tot!", platzte Cory heraus.

Für einen kurzen Moment weiteten sich ihre Augen vor Überraschung. Dann schnappte sie sich den Griff, stieß die Tür auf und sprang aus dem Wagen.

Cory versuchte noch, sie zu packen. Aber sie war schon weg. Hastig stieg er aus. Ein Klumpen Blätter wurde gegen seine Jeans geweht. „Anna!", rief er ihr nach. Er merkte selbst, dass es nicht laut genug gewesen war, um den Wind zu übertönen.

Er wollte ihr hinterherlaufen, aber sie war schon in der Dunkelheit verschwunden. „Anna!", rief er noch einmal. Doch sie war fort.

Der Wind schien jetzt noch stärker zu werden. Die Äste der Bäume über seinem Kopf rasselten wie Knochen, während die trockenen Blätter wild um seine Füße wirbelten.

Cory schmeckte Blut auf seinen Lippen. Er hätte gerne gewusst, warum sie weggerannt war, warum sie auf seine Fragen nicht geantwortet hatte und warum sie offenbar solche Angst vor ihrem Bruder hatte. Außerdem sehnte er sich nach ihren Küssen.

Er war nur ein paar Meter von seinem Wagen entfernt, als etwas Großes, Kräftiges ihm von hinten auf die Schultern sprang.

11

„Cory, wach auf! Komm schon!"

„Was?"

„Wach auf! Hoch mit dir! Muss ich erst einen Kran holen, um dich aus dem Bett zu hieven?"

„Hä?"

„Ich versuche seit zehn Minuten, dich zu wecken. Was ist los mit dir? Hast du letzte Nacht nicht geschlafen?" Seine Mutter rüttelte ihn unsanft.

„Autsch!" In Corys Schulter pochte ein heftiger Schmerz. Er entwand sich ihrem Griff. Langsam fiel ihm alles wieder ein. Seine Schulter schmerzte, weil der riesige Hund ihn angesprungen hatte.

„Cory, nun mach schon! In zwei Stunden findet euer Wettkampf statt. Du solltest jetzt besser aufstehen." Seine Mutter wirkte eher amüsiert als gereizt. Bis jetzt hatte sie noch nie Probleme gehabt, ihn zu wecken.

Bis jetzt hatte er aber auch noch nie die halbe Nacht in der Fear Street verbracht. Dabei fiel ihm Annas Kuss wieder ein.

„Warum grinst du denn wie ein Honigkuchenpferd? Du verhältst dich heute Morgen wirklich merkwürdig."

„Entschuldige, Mum. Guten Morgen." Cory versuchte krampfhaft, einen klaren Kopf zu bekommen. Sein Lächeln fiel ziemlich schief aus, weil sein Mund noch nicht so wollte wie er. Er gab sich alle Mühe, normal auszusehen und seine Mutter nicht mit einer Million Fragen zu überfallen. Wenn bloß sein Rücken und seine Schultern nicht so wehtun würden.

„Welcher Tag ist heute?"

„Samstag", antwortete sie und wandte sich zum Gehen.

„Samstag? Der Wettkampf gegen Farmingville ist heute!"

„Sagte ich das nicht bereits oder fange ich jetzt auch schon an zu spinnen?"

Cory setzte sich mit einem lauten Stöhnen im Bett auf. Seine Mutter drehte sich noch einmal um und sah ihn an. „Komm schnell runter, bevor dein Frühstück kalt wird."

„Was gibt's denn Schönes?"

„Cornflakes."

Beide lachten. Es war einer ihrer Lieblingswitze.

Nachdem sie gegangen war, zog Cory sein Pyjamaoberteil aus und betrachtete seine ramponierten Schultern. Sie waren übel zerkratzt. Voltaire, der riesige Dobermann, hatte sich auf ihn gestürzt, als wäre er eine Maus.

Die ganze horrormäßige Szene lief noch einmal vor seinem inneren Auge ab. Er hörte das tiefe, bedrohliche Knurren, spürte den heißen Atem des Hundes in seinem Nacken und gleich darauf die riesigen Pfoten, die sich auf seine Schultern legten und ihn zu Boden drückten, während das Vieh seine gigantischen Kiefer auf und zu schnappen ließ.

Es kam ihm vor, als hätte er Stunden auf dem Boden gelegen, bis endlich der seltsame Nachbar in seinem Regenmantel auftauchte. „Geh runter, Voltaire. Sitz, mein Guter", hatte er ruhig und völlig ausdruckslos zu dem Dobermann gesagt. Der Hund gehorchte augenblicklich und wurde bis auf sein heftiges, aufgeregtes Keuchen ganz still. „Du bist also wieder da, Junge?"

Der Typ entschuldigte sich nicht mal! Er musterte Cory lediglich misstrauisch, als der sich langsam und laut stöhnend aufrappelte.

„Wolltest du nicht den Corwins einen Besuch abstatten?", fragte der Mann, während er dem Dobermann den schmalen schwarzen Kopf tätschelte, als wollte er ihn dafür loben, dass er seinen Job gut gemacht hatte.

„Ich, äh … ich wollte gerade wieder fahren", stotterte Cory. Sein Herz klopfte wie verrückt, seine Schultern schmerzten höllisch und in seinem Kopf drehte sich alles.

„Nachts lässt sich kaum jemand in der Fear Street blicken", sagte der Mann mit undurchdringlicher Miene. Für Cory klang es wie eine Drohung.

Er erwiderte nichts darauf. Irgendwie schaffte er es, in sein Auto zu steigen, den Motor anzulassen und wegzufahren. Mann und Hund standen ruhig da und sahen ihm hinterher, bis er außer Sicht war.

„Was läuft hier eigentlich?", fragte sich Cory. Warum war dieser komische Kerl immer zur Stelle, wenn er vor dem Haus der Corwins parkte? Beobachtete er ihn etwa? War er wirklich ein Nachbar oder spionierte er Anna hinterher?

War es womöglich ihr verrückter Bruder, der sich verkleidet hatte?

„Jetzt reiß dich aber mal zusammen!", ermahnte er sich.

Aber wer war es dann?

Inzwischen war der nächste Morgen angebrochen und ihm blieben nur noch zwei Stunden bis zum Wettkampf gegen Farmingville. Cory betrachtete seine zerkratzten Schultern im Spiegel. Wie sollte er das bloß Trainer Welner erklären? Und wie sollte er so seine Übung an den Ringen machen? Er schwang die Arme durch die Luft, um zu sehen, wie es sich anfühlte. Gar nicht mal so übel. Vielleicht würde der Schmerz verschwinden, wenn er sich gründlich warm machte. Mit etwas Glück würden seine Schultern dann beweglich genug sein, um zum Wettkampf anzutreten.

Cory schnappte sich eine saubere Jeans und ein frisches Sweatshirt, zog sich hastig an und stürmte zum Frühstück nach unten. Er beschloss, gleich zur Turnhalle zu fahren und zu trainieren. Nach ein paar Dehnübungen würde es ihm bestimmt besser gehen.

Plötzlich musste er wieder an Anna denken. Wie weich sie war und wie warm. Wenigstens hatte er nun den Beweis, dass sie ein lebendiges, atmendes Wesen war. Wow! Und wie lebendig!

„Ja, er würde den Wettkampf schon packen", sagte sich Cory. Bald würde er wieder ganz der Alte sein.

Genervt warf Cory sich ein Handtuch über die Schulter. Als er hinter der Mannschaftsbank unruhig auf und ab tigerte, stieß er mit Lisa zusammen. „Au!", rief sie und rieb sich die Schulter. „Pass doch auf, wo du hinläufst!"

„Hey, was machst du denn hier? Es läuft gerade ein Wettkampf."

„Ach, hat dein vernebeltes Hirn das auch erkannt!", fauchte sie.

„Was soll das? Bist du nur hergekommen, um mich zu beleidigen?", fragte Cory gereizt und steigerte sein Tempo noch.

Lisa musste beinahe joggen, um mit ihm Schritt zu halten. „Nein. Entschuldige. Ist mir nur so rausgerutscht." Als sie ihm eine Hand auf die Schulter legte, um ihn zum Anhalten zu bewegen, zuckte er vor Schmerz zusammen. „Was ist denn los?"

„Ich, äh ... ich glaube, ich habe mir was gezerrt", murmelte Cory. Er hatte nicht die Kraft, ihr die Wahrheit zu erzählen. Außerdem wusste er gar nicht, wo er anfangen sollte. „Hast du den Wettkampf gesehen?"

„Nein, nicht alles. Ich bin gerade noch rechtzeitig gekommen, um deine Kür am Barren mitzukriegen."

„Das war keine Kür, das war eine Lachnummer", erwiderte Cory aufrichtig zerknirscht.

„Das tut mir leid", sagte sie und wollte ihm schon tröstend auf die Schulter klopfen, hielt sich dann aber zurück. „Ich bin gekommen, weil ich dir etwas erzählen wollte. Etwas, das dich wahrscheinlich interessieren wird." Lisa wirkte angespannt und zwirbelte nervös ihr Haar.

„Kann das nicht bis nach dem Wettkampf warten? Der Trainer wird …"

„Es geht um Anna Corwin", sagte sie.

„Schieß los!", forderte er sie auf und warf das Handtuch auf den Boden.

Lisa runzelte die Stirn. Sie nahm seine Hände und zog ihn ein Stück beiseite. „Wir waren gestern Abend bei meiner Cousine", sagte sie, mit dem Rücken an die Wand gelehnt.

„Bei welcher Cousine?"

„Ist doch egal. Du kennst sowieso keine von ihnen."

„Ja. Stimmt."

„Auf jeden Fall war gerade eine Freundin bei ihr zu Besuch, die in Melrose auf die Highschool geht. Ich habe mich mit ihr unterhalten und sie gefragt, ob sie eine Anna Corwin kennt, weil Anna angeblich dort auf der Schule war, bevor sie zu uns gekommen ist."

„Ja, und?"

„Na ja, als ich sie nach Anna gefragt habe, hat sie plötzlich so ein komisches Gesicht gemacht. Sie ist richtig blass geworden."

„Warum denn?", drängte Cory ungeduldig. „Was hat sie dir erzählt?"

„Tja, du wirst mir das jetzt wahrscheinlich nicht abnehmen. Aber sie sagte, Anna sei in ihrer Klasse *gewesen* – aber nun sei sie tot."

12

Auf Corys Gesicht spiegelte sich zunächst Überraschung und dann Ärger. „Das ist nicht witzig, Lisa. Warum holst du mich vom Wettkampf weg, um mir so einen blöden …"

Er wollte schon zurückgehen, aber sie drängelte ihn gegen die Wand. „Autsch!" Seine Schultern pochten vor Schmerz.

„Oh, entschuldige. Lass mich nur noch zu Ende reden. Das ist kein Witz. Die Freundin meiner Cousine meinte, es sei eine furchtbare Tragödie gewesen. In der ganzen Schule wurde darüber getuschelt, aber niemand wusste, was wirklich passiert war. Angeblich ist Anna zu Hause die Kellertreppe hinuntergestürzt. Sie soll sofort tot gewesen sein."

„Aber das ist unmöglich", sagte Cory mit schwacher Stimme. Er dachte an ihren Kuss in der letzten Nacht und spürte förmlich, wie ihre Lippen sich auf seine pressten. „Absolut unmöglich."

„Die Freundin meiner Cousine hat geschworen, dass es wahr ist", versicherte ihm Lisa. „Es ist in den Sommerferien passiert, aber die Leute haben im Herbst immer noch darüber geredet."

„Das kann nicht sein", murmelte Cory und beugte sich hinunter, um das Handtuch aufzuheben. „Das glaube ich einfach nicht."

„Das lässt sich einfach beweisen", sagte Lisa. „Zieh dich an. Wir werden ein paar Nachforschungen betreiben."

„Spinnst du? Mitten im Wettkampf?" Cory warf einen nervösen Blick zu seinem Trainer. Mr Welners Aufmerksamkeit war völlig in Anspruch genommen von Arnies Barrenübung.

„Du bist doch sowieso fertig, oder?", fragte Lisa ungeduldig.

„Ja, in mehr als einer Hinsicht", erwiderte Cory düster, als er sich an die armselige Vorstellung erinnerte, die er eben geboten hatte. „Aber wenn der Trainer mich erwischt, wie ich mich mittendrin davonschleiche …"

Doch ihm blieb keine andere Wahl. Er musste die Wahrheit über Anna herausfinden – und zwar sofort. „Okay, wir treffen uns auf dem Parkplatz", sagte er.

Nachdem er sich vergewissert hatte, dass Trainer Welner immer noch voll und ganz auf Arnie konzentriert war, schlüpfte Cory in die Umkleide, wo er sich hastig seine Klamotten überstreifte.

Diese Geschichte über Anna konnte einfach nicht wahr sein.

Das war unmöglich! Er hatte doch keinen Geist geküsst, oder?

Er musste plötzlich an ihren verschreckten Gesichtsausdruck denken, als er das erste Mal mit ihr gesprochen hatte und dabei die Geister der Fear Street erwähnte.

Nein. Schluss damit! Geister gab es nicht. Ein Mädchen, das ihn mit solcher Leidenschaft geküsst hatte, musste einfach lebendig sein!

Ein paar Minuten später hatte er sich aus dem Gebäude geschlichen und fuhr mit Lisa in ihrem Auto zur öffentlichen Bibliothek von Shadyside. Am Nachmittag war ein wenig Schnee gefallen, der nun die Bäume bedeckte und sie im grauen Abendlicht gespenstisch aussehen ließ.

„Was gibt's denn in der Bibliothek so Spannendes?", fragte er und brach damit das lang anhaltende Schweigen zwischen ihnen.

„Das digitale Zeitschriftenarchiv. Dort sind sämtliche Lokalzeitungen aus dem ganzen Land gespeichert. Ich benutze es häufig, wenn ich einen Artikel für unsere Schulzeitung schreibe."

Den Rest des Weges legten sie wieder schweigend zurück.

In der Bibliothek suchte Lisa nach Ausgaben der Tageszeitung von Melrose, die vor vier bis fünf Monaten erschienen waren.

Ungefähr zwanzig Minuten später hatten sie gefunden, was sie suchten. Es war ein Artikel aus dem letzten Frühjahr. Cory starrte die fette Schlagzeile auf dem Bildschirm an.

ANNA CORWIN, SCHÜLERIN DER
MELROSE-HIGHSCHOOL,
STIRBT BEI TRAGISCHEM UNFALL

Die Wörter des Artikels verschwammen vor Corys Augen. Doch da war auch ein Foto, das er wie hypnotisiert anstarrte. Es war unscharf und die Bildschirmwiedergabe viel zu hell. Die verpixelten Grautöne verliehen ihm etwas Geisterhaftes.

„Es ist Anna", dachte er. „Die Augen. Die blonden Haare." Mit zusammengekniffenen Augen starrte er auf den Bildschirm, um die Aufnahme besser erkennen zu können.

„Aber wie … ich meine, wie lässt sich das erklären?", stieß er hervor, während er gebannt auf den Computer schaute. Die Gedanken wirbelten wie verrückt durch seinen Kopf – er sah wieder vor sich, wie er mit Anna gesprochen, sie berührt hatte.

„Es gibt keine logische Erklärung", erwiderte Lisa mit leiser Stimme. „Ich weiß nicht, was ich sagen soll."

Cory starrte auf das unscharfe graue Foto und dann wieder auf die fetten Lettern der Schlagzeile.

Wie war es möglich, dass Anna Corwin tot war?

Er spürte ihre Lippen, die sich so fest auf seine pressten, bis sie bluteten.

Das konnte einfach nicht sein!

An diesem Abend war Cory zu unruhig, um irgendetwas Sinnvolles zu tun. Er versuchte, einen Teil seiner Hausaufgaben zu erledigen, aber er konnte sich nicht konzentrieren. Um halb neun schlich er sich aus dem Haus und fuhr eine Weile in der Stadt herum. An den Straßenrändern und auf den Rasenflächen waren vereinzelt weiße Farbtupfer zu entdecken, Überbleibsel des leichten Schneefalls vom Morgen.

Cory kurvte ziellos herum, erst durch North Hills, dann an der Highschool vorbei, über die Canyon Road und wieder hoch nach North Hills. Doch im Grunde genommen wusste er die ganze Zeit, wohin ihn seine Fahrt führen würde.

In die Fear Street.

Er hielt am Bordstein vor dem Garten der Corwins und starrte das verwinkelte alte Haus an. Ein rötliches Leuchten am Himmel tauchte es in ein unheimliches, irreales Licht, sodass es wie die Kulisse für einen Horrorfilm wirkte.

Im Inneren des Hauses war wie üblich alles dunkel. Ein heftiger Windstoß ließ die Fensterläden lautstark gegen die Fassade knallen. Auf einmal ging ein schwaches Licht hinter einem der oberen Fenster an. Cory blickte angestrengt hinauf, aber er konnte nicht erkennen, ob sich drinnen jemand bewegte. Schon nach einer Minute begann das Licht zu flackern und verlosch.

Plötzlich hörte Cory hinter sich ein lautes Bellen und sah im Rückspiegel den großen schwarzen Dobermann auf den Wagen zustürmen. Er galoppierte wie ein Pferd über die dunkle Straße. Der Nachbar in dem verblichenen Regenmantel war ihm dicht auf den Fersen.

„Da ist er ja wieder", dachte Cory. Patrouillierten er und sein Hund etwa die ganze Nacht durch die Fear Street?

„Die geisterhaften Wächter", schoss es ihm durch den Kopf. Vielleicht war es ihre Aufgabe zu verhindern, dass die

Leute die Wahrheit über die Fear Street herausfanden. Und die lautete, dass all ihre Bewohner TOT waren!

Cory schüttelte den Kopf, um diese lächerlichen Gedanken zu vertreiben. Dann ließ er hektisch den Motor an und trat das Gaspedal bis zum Anschlag durch. Im Rückspiegel sah er, dass der Mann und der Hund wie angewurzelt stehen blieben, offenbar verblüfft über seinen schnellen Abgang.

Cory fuhr auf direktem Weg nach Hause, stürmte die Treppe hinauf und fiel ins Bett. Kurz darauf schlief er schon tief und träumte von einem Turnwettkampf. Er war hoch oben an den Ringen und stellte plötzlich fest, dass er nicht wusste, wie er wieder hinunterkommen sollte. Alle starrten ihn an und warteten darauf, dass er sich bewegte. Aber Cory konnte sich einfach nicht mehr erinnern, wie das ging.

Er wurde dadurch geweckt, dass jemand sein Gesicht berührte.

Wie elektrisiert fuhr er hoch, dankbar, dass er aus seinem Traum gerissen worden war. Wieder strich eine Hand über seine Wange. Blinzelnd versuchte er, ganz wach zu werden.

Anna!

Sie saß neben ihm auf dem Bett und sah ihn mit ihren blauen Augen unverwandt an.

„Was machst du hier? Wie bist du überhaupt reingekommen?", fragte er. Seine Stimme war nur ein heiseres, schlaftrunkenes Flüstern.

„Kümmre dich um mich, Cory. Bitte", bat sie und sah dabei schrecklich verängstigt und verloren aus. Dann strich sie mit ihren Lippen sanft über seine Stirn.

„Anna ..."

Sie presste ihr Gesicht an seins.

Er konnte nicht glauben, dass das wirklich passierte. Sie war hier – allein mit ihm. In seinem Zimmer. Er wünschte sich verzweifelt noch einen Kuss wie den im Auto.

„Anna …" Er streckte seine Hände nach ihr aus. Wollte sie zu sich hinunterziehen.

Sie lächelte ihn an. Ihr weiches Haar streifte über sein Gesicht.

„Anna, warum hat deine Familie behauptet, du seist tot?"

Die Frage schien sie weder zu überraschen noch aufzuregen.

„Weil ich tot *bin*", flüsterte sie ihm ins Ohr. „Aber du kannst dich trotzdem um mich kümmern, Cory."

„Wie meinst du das?" Ihm wurde eiskalt vor Angst. Anna sah plötzlich sehr geisterhaft aus, bleich und durchscheinend. Ihr Blick brannte sich in seine Augen. Und er war überhaupt nicht mehr freundlich, sondern bedrohlich und böse.

„Wie meinst du das?", wiederholte er, unfähig, die Furcht in seiner Stimme zu verbergen.

„Du könntest auch sterben", wisperte sie. „Dann wären wir immer zusammen."

„Nein!", rief er und schob sie weg. „Nein, das will ich nicht!"

Das Telefon klingelte.

Er schoss hoch und blickte sich um.

Keine Anna. Also war es ein Traum gewesen. Nur ein Traum.

Dabei war ihm alles so realistisch vorgekommen.

Das Telefon war jedenfalls sehr real. Cory warf einen Blick auf die Uhr auf seinem Schreibtisch. Kurz nach Mitternacht. Er griff nach dem Hörer.

„Hallo, Cory?" Eine flüsternde Stimme. Annas Stimme.

„Hallo, Anna", flüsterte er zurück.

„Komm schnell. Bitte! Du musst unbedingt kommen! Aber park auf keinen Fall vor unserem Haus! Wir treffen uns vor der ausgebrannten alten Villa. Beeil dich, Cory! Du bist der Einzige, an den ich mich wenden kann!"

13

Nachdem Anna aufgelegt hatte, hielt Cory den Hörer noch eine ganze Zeit in der Hand. Er musste sichergehen, dass es wirklich passiert war, dass er das nicht auch geträumt hatte.

Ja. Sie hatte ihn tatsächlich angerufen. Anna war lebendig.

Er dachte wieder daran, wie sie neben ihm im Auto gesessen und ihn geküsst hatte. Oh, diese Küsse!

Natürlich musste er zu ihr fahren!

Sie brauchte ihn.

Außerdem wollte er ihr all die Fragen stellen, die ihm durch den Kopf gingen, um ein für alle Mal die Wahrheit über sie herauszufinden.

Innerhalb von Sekunden war er angezogen, hatte die Schreibtischlampe ausgeknipst und schlich leise die Treppe hinunter. Er war schon halb unten, als sich die Tür zum Schlafzimmer seiner Eltern öffnete und sein Vater in den dunklen Flur tapste. „Cory, bist du das?"

Er musste antworten. Wenn er es nicht tat, würde sein Vater ihn für einen Einbrecher halten. „Ja, Dad. Ich bin's", antwortete er im Flüsterton.

„Was ist los? Was hast du vor?"

Lass dir was einfallen, Cory! Mach schon. „Ich, äh … ich wollte mir nur etwas zu essen holen. Ich bin aufgewacht, weil ich Hunger hatte."

Sein Vater schnaubte, aber nahm ihm die Geschichte offenbar ab. „Ich dachte, ich hätte das Telefon klingeln hören", sagte er gähnend.

„Ja, da hatte sich jemand verwählt", erwiderte Cory.

Nachdem sein Vater wieder im Schlafzimmer verschwunden war, blieb er noch ein oder zwei Minuten reglos auf der Treppe stehen. Dann schlich er lautlos nach unten und zur Tür hinaus.

Es war noch kälter als in der ersten Nacht, in der er heimlich das Haus verlassen hatte, aber dafür völlig windstill. Der Boden unter seinen Turnschuhen fühlte sich hart und gefroren an. Der Mond war hinter dicken Wolken verborgen. Wieder ließ er den Wagen die Einfahrt hinunterrollen und startete ihn erst auf der Straße.

Die Mill Road lag genauso dunkel und verlassen da wie zuvor. Cory starrte auf die Mittellinie der schmalen Straße und dachte an Anna.

Steckte sie diesmal wirklich in Schwierigkeiten? Sie hatte auf jeden Fall sehr verängstigt geklungen. Was konnte nur passiert sein? Hatte sie Angst, es ihm zu erzählen?

Oder wollte sie ihn sehen? Wenn ja, warum rief sie immer mitten in der Nacht an? Und warum sollte er nicht in der Nähe ihres Hauses parken? Warum mussten sie sich ausgerechnet vor der unheimlichen alten Fear-Villa treffen?

Cory dachte an den verstörenden Traum, den er gerade von ihr gehabt hatte. Dabei fiel ihm das Foto aus dem Zeitungsartikel wieder ein. Er zwang sich, nicht daran zu denken. Er wollte sie so gerne noch einmal küssen. Mann, war das aufregend!

Er bog in die Fear Street ein und hielt vor dem ausgebrannten Gebäude. Gegenüber lag dunkel und still der Friedhof. Als er die Scheinwerfer ausmachte, hüllte ihn sofort die Dunkelheit ein. Er konnte nicht das Geringste sehen. Es kam Cory plötzlich so vor, als hätte ihn die Finsternis vom Rest der Welt abgeschnitten. Als hätte er einen Tunnel betreten, einen endlosen schwarzen Tunnel …

Er drehte sich um und hielt durch die hintere Scheibe nach Anna Ausschau. Keine Spur von ihr. Nichts bewegte sich.

Die Bäume, schwarze Schatten vor dem dunklen Himmel, wirkten wie eine Theaterkulisse.

Cory drehte das Fenster herunter und atmete tief die kühle Luft ein. Dann warf er einen Blick in den Rückspiegel. Sie kam immer noch nicht. Er legte die Hand auf den Türgriff, um auszusteigen. Doch als er an den riesigen Dobermann dachte, änderte er seine Meinung.

Mit heruntergekurbeltem Fenster war es zu kalt, also machte er es wieder zu. Wo war Anna bloß? Er warf einen Blick auf sein Handgelenk, musste aber feststellen, dass er vergessen hatte, seine Armbanduhr umzubinden. Wieder drehte er sich um und sah aus dem hinteren Fenster. Nur undurchdringliche Schwärze.

Trotz der Kälte waren Corys Handflächen heiß und verschwitzt. Er hustete. Seine Kehle fühlte sich trocken und wie zugeschnürt an. Langsam konnte er nicht länger still sitzen. Er war einfach zu nervös.

Cory stieß die Tür auf und stieg aus. Dann machte er sie schnell wieder zu, damit niemand das Licht der Innenbeleuchtung sehen konnte. Er lauschte, ob etwas von dem Nachbarn und seinem bösartigen Vierbeiner zu hören war. Den geisterhaften Wächtern … Doch es herrschte absolute Stille.

„Ungefähr so muss es auf dem Mond sein", sagte er sich. So ruhig. So lautlos. So … irreal. Auf einmal klang ihm die eindringliche Anfangsmusik der Serie ‚Twilight Zone' in den Ohren.

Wo war Anna?

Er ging die Straße hinunter auf ihr Haus zu. Die Luft war kalt und feucht – so feucht, dass sie förmlich an ihm zu kleben schien. An der Auffahrt blieb er stehen und sah zu dem alten Haus hoch.

Vollständig dunkel.

Oder doch nicht? War da nicht ein winziger Lichtschimmer, der hinter einer Jalousie im ersten Stock hervordrang?

Anscheinend war dort drinnen noch jemand wach. Ob es Anna war?

Wartete sie auf eine günstige Gelegenheit, sich hinauszuschleichen und zu ihm zu kommen? Hielt irgendwer sie davon ab?

Brad? Der verrückte Brad.

Cory fröstelte und ihm lief ein kalter Schauer über den ganzen Körper. Er beschloss, zurückzugehen und im Wagen zu warten. Auf der Straße war es so dunkel, dass er nicht weiter als ein paar Meter sehen konnte. Das einzige Geräusch stammte von seinen Füßen, als er über die unebene Straße trottete. Schließlich stieg er ins Auto und schloss die Tür. Hier drinnen war es auch nicht viel wärmer. Er ließ sich tief in den Sitz sinken, zog seine Jacke so hoch wie möglich und versuchte, wieder warm zu werden.

Wo war sie nur?

Er starrte auf die Windschutzscheibe und beobachtete, wie sie von seinem Atem beschlug.

Zitterte er vor Kälte? Oder weil er anfing, sich ernsthaft Sorgen um Anna zu machen?

Vielleicht war ihr etwas Schreckliches passiert. Vielleicht hatte sie ihn angerufen, weil sie wusste, dass sie in Gefahr schwebte – und er war nicht schnell genug dagewesen.

Während Cory gedankenverloren auf die schmierige Windschutzscheibe starrte, wurden seine Befürchtungen immer wilder. Vielleicht hielt Brad Anna in diesem Haus gefangen. Sie hatte gesagt, dass er gefährlich war. Genau, dieses Wort hatte sie benutzt. Gefährlich. Vielleicht hatte Cory ihr helfen sollen, ihm zu entkommen. Doch dann hatte Brad es herausgefunden und … dann … ja, was?

Wieder stieß Cory die Wagentür auf und stieg aus. Er sah

die Straße hinunter zu Annas Haus. Sie kam nicht. Sein Atem legte sich wie eine Wolke aus Dampf um sein Gesicht. Er merkte, wie hastig er atmete und dass sein Herz klopfte wie verrückt.

Wo war sie?

Ihm blieb keine Wahl. Er musste noch einmal zu ihrem Haus gehen und sich davon überzeugen, dass mit ihr alles okay war.

Cory begann zu laufen. Seine Turnschuhe machten ein dumpfes Geräusch auf dem harten Boden. Abgesehen davon war nur sein keuchender Atem zu hören. Er bog in die kies- bestreute Auffahrt ein und legte noch einen Zahn zu. Als er aufblickte, sah er einen schmalen Lichtstrahl, der aus einem der oberen Zimmer fiel.

Der Boden unter ihm schien zu schwanken und er musste sich zwingen, einfach weiterzulaufen. Cory taumelte die Ve- randa hinauf und drückte hastig auf die Klingel, ohne daran zu denken, dass sie kaputt war. Dann klopfte er an die Tür. Zuerst ganz normal, und als niemand öffnete, so fest, wie er konnte.

Wo war sie?

Was machten sie mit ihr?

Die Tür schwang auf. Mit verschlafenem Gesicht und ver- quollenen Augen trat Brad auf die Veranda und ließ Cory zu- rückweichen. Seine kleinen Augen weiteten sich einen Mo- ment vor Überraschung, dann kniff er sie zusammen und ein ärgerlicher Ausdruck breitete sich auf seinem rosafarbenen Gesicht aus.

„Du …", stieß er hervor und wandte den Kopf ab, als woll- te er auf den Boden spucken.

Cory versuchte, etwas zu sagen, aber er war völlig außer Atem.

„Was willst du hier schon wieder?", fragte Brad und beugte sich bedrohlich über Cory. „Was hast du hier zu suchen?"

„Anna hat mich angerufen …", schaffte es Cory hervor-
zustoßen.

Brads Miene verzerrte sich vor Wut. Er packte Cory mit
beiden Händen an der Jacke. „Willst du mich quälen?", schrie
er. „Ist das so eine Art grausamer Streich?"

Cory versuchte, sich loszureißen, aber Brads Griff war
überraschend kräftig. „Warte, ich …"

„Ich habe es dir doch schon gesagt!", brüllte Brad aus voller
Kehle. „ANNA IST TOT! ANNA IST TOT! Warum glaubst
du mir das nicht?"

Er zerrte so heftig an Corys Jacke, dass der Mühe hatte,
Luft zu bekommen. In einer verzweifelten Anstrengung, sich
zu befreien, riss Cory beide Hände hoch und ließ sie mit voller Wucht auf Brads Unterarme krachen.

Brad ließ ihn los und Cory wich hastig zurück.

Das schien Brad noch wütender zu machen. Wieder packte
er Cory an der Jacke und zerrte ihn durch die offene Tür ins
Haus. „Jetzt werde ich mir dich ein für alle Mal vom Hals
schaffen", keuchte er.

14

„Das passiert nicht wirklich", versuchte sich Cory einzureden. „Das ist nur ein schlechter Traum. Wach auf! Mach schon!"

Aber er wachte nicht auf. Denn dies war kein Traum.

Brad zerrte ihn hinter sich her ins Wohnzimmer. Im Haus war es heiß und stickig. Die Luft roch abgestanden. Ein kleines Feuer im Kamin an der gegenüberliegenden Wand war die einzige Lichtquelle. Schatten zuckten über die dunklen Wände. Das Feuer knackte laut und erschreckte Cory.

Brad lachte schrill. Er schien Corys Angst zu genießen.

Kaum hatte er seine Jacke losgelassen, wich Cory einen Schritt zurück. Brads Ohrring funkelte im Licht des Feuers. Er lachte so irre, dass er davon ganz feuchte Augen bekam. „Du hast richtig Schiss vor mir, was?", fragte er und rieb sich die Tränen aus den Augen.

Cory antwortete nicht. Er starrte Annas durchgedrehten Bruder an und überlegte fieberhaft, wie er fliehen konnte, falls Brad ihn wieder angriff. Aber er hatte zu viel Angst, um klar denken zu können.

„Verschwinde!", knurrte Brad. „Du kannst gehen. Aber lass dich hier nie wieder blicken."

Cory zögerte einen Moment. Er war sich nicht sicher, ob er richtig gehört hatte. Doch dann stürmte er an Brad vorbei aus dem Haus. Die Tür fiel mit einem lauten Knall hinter ihm ins Schloss.

Die eiskalte Luft, die ihm entgegenschlug, weckte schlagartig seine Lebensgeister. Als er die Auffahrt schon halb hinunter war, blieb er noch einmal stehen. Er drehte sich um und blickte zu dem Fenster im ersten Stock hinauf. Die Jalousie war hochgezogen worden und das Licht flutete in die Dunkelheit hinaus.

Eine Gestalt stand am Fenster und blickte zu ihm hinunter.

„Anna!", rief er, die Hände wie einen Trichter um den Mund gelegt. „Anna, bist du das?" Er winkte ihr hektisch zu.

Aber die Gestalt im Fenster ließ reglos die Jalousie herunter.

Und der Vorgarten lag jetzt wieder in völliger Dunkelheit.

„Wie weit kannst du ihn spucken?"

„Was? Diesen Pfirsichkern?" Arnie hielt den roten Kern zwischen Daumen und Zeigefinger hoch.

„Ja. Wie weit?", fragte David mit ernster Miene, als ginge es hier um eine wissenschaftliche Untersuchung.

„Bis in den Mülleimer", sagte Arnie und zeigte auf einen grünen Papierkorb auf der anderen Seite der Kantine, der mindestens dreißig Meter entfernt war. „Leichteste Übung, Mann."

„Angeber", erwiderte David. „Das schaffst du nie."

„Kein Problem", beharrte Arnie. „Eigentlich ist das viel zu leicht. Soll ich dir mal was sagen? Siehst du den Jungen mit den roten Haaren, der dir ein bisschen ähnlich sieht? Ich lasse den Kern von seinem Kopf abprallen und von da aus in den Mülleimer hüpfen. Damit es ein bisschen schwerer wird."

„Nie im Leben", widersprach David kopfschüttelnd. „Du kannst ihn nicht mal halb so weit spucken. Was meinst du, Brooks?"

„Was?" Cory blickte von seinem Schinkensandwich auf.

„Glaubst du, er schafft es?"

Cory zuckte die Achseln. „Sorry, ich war mit den Gedanken gerade woanders." Er hatte natürlich wieder mal an Anna gedacht. Seit zwei Tagen versuchte er nun schon, sie anzurufen, aber es ging nie jemand ran.

„Arnie behauptet, dass er den Pfirsichkern bis in den Papierkorb da drüben spucken kann", erklärte David.

„Ach, ja?" Cory runzelte die Stirn.

„*Ach, ja?* Ist das alles? Interessierst du dich denn überhaupt nicht mehr für Sport, Brooks? Schlimm genug, dass du deinen Humor verloren hast. Aber jetzt ignorierst du sogar schon erstklassige sportliche Leistungen."

„Wann werdet ihr beiden endlich erwachsen?", erwiderte Cory schwach. Er biss von seinem Sandwich ab, aber fühlte sich zu müde, um zu kauen.

„Du bist ganz schön fertig, Mann", bemerkte Arnie kopfschüttelnd und zwirbelte dabei den Pfirsichkern in seinen Fingern. „Was ist eigentlich mit dir los?"

„Ich … ich hab nicht besonders viel Schlaf bekommen", antwortete Cory.

„Hat die kleine Blonde dich so lange wach gehalten?", fragte Arnie mit einem verschwörerischen Grinsen. „Warum teilst du deine Erfahrungen eigentlich nicht mit deinen Kumpeln?"

„Lass ihn in Ruhe", sagte David und drehte Arnie auf dem Stuhl herum. „Spuck lieber deinen Kern. Ich wette fünf Dollar, dass du es nicht mal halb durch den Raum schaffst."

„Die Wette gilt, Mann!", erwiderte Arnie. Er nahm den Pfirsichkern in den Mund und holte tief Luft. Plötzlich wurden seine Augen ganz groß. Er griff sich an den Hals, riss den Mund auf und schnappte nach Luft.

„Oh, nein! Er hat ihn verschluckt! Er erstickt!", schrie David, sprang von seinem Stuhl auf und klopfte Arnie wie verrückt auf den Rücken.

Arnies Gesicht lief knallrot an. Er versuchte zu atmen, bekam aber offenbar keine Luft.

„Hilfe! Helft uns doch!", brüllte Cory.

„Oh, mein Gott! Er erstickt!" David wurde weiß wie die Wand und sah aus, als würde er gleich umkippen.

„Hilfe ..."

Cory hörte auf zu schreien und starrte Arnie an. Sein Freund lachte jetzt und zwinkerte ihm zu. Als er ihm die Hand hinhielt, sah er, dass der Kern immer noch darin lag. Arnie hatte ihn überhaupt nicht in den Mund gesteckt.

„Angeschmiert!", grölte Arnie mit einem triumphierenden Grinsen und brach lachend auf dem Tisch zusammen. David erholte sich schnell von seinem Schreck. Er stimmte in Arnies Lachen ein und hämmerte johlend auf den Tisch.

Cory stand auf und warf genervt den Rest seines Mittagessens weg. „Ihr beiden seid echt krank", murmelte er.

„Hey, Brooks, komm schon", sagte Arnie. „Was ist los mit dir? Das war doch lustig, gib's zu."

Cory schüttelte den Kopf und ging hinaus. Er lief eine Weile über den Parkplatz. Es war bitterkalt und er hatte nicht mal seine Jacke an, aber er merkte es überhaupt nicht.

Er versuchte, sich selbst davon zu überzeugen, dass er Anna aus seinem Kopf löschen musste. Er wusste, dass es ihm viel besser gehen würde, wenn er sie einfach vergessen und zu seinem alten Leben zurückkehren könnte.

„Was für ein Wrack ich jetzt bin", dachte er. „Ich bin total fertig und übermüdet. Alles geht den Bach runter: meine Schulleistungen, mein Turnen und *ich* ebenso. Und das alles nur wegen eines Mädchens, deren unheimlicher Bruder mir ständig erzählt, sie wäre *tot*!"

Er musste sie vergessen, musste sich zwingen, sie aus seinem Leben zu streichen. Das war das einzig Richtige.

Aber Cory wusste auch, dass er das nicht schaffen würde.

Jedenfalls nicht, solange er nicht ein paar Antworten auf seine Fragen bekommen hatte. Über den Zeitungsartikel.

Über ihren Bruder. Und warum sie ihn angerufen hatte und dann nicht aufgetaucht war ...

Er hörte das erste Klingeln im Inneren des Schulgebäudes. Gleich würde die fünfte Stunde anfangen. Plötzlich merkte er, wie kalt es war. Er rieb sich fröstelnd über die Arme, während er schnell in die Schule zurücklief.

Er und Lisa kamen gleichzeitig bei ihren Spinden an.

„Na, wie läuft's?", fragte sie.

Er machte eine Bewegung mit der Hand, die „so lala" bedeuten sollte.

„Es tut mir echt leid wegen Samstag", sagte sie. „Ich meine, wegen des Wettkampfs und allem."

Cory musterte ihr Gesicht, um zu sehen, ob sie ihn aufzog, aber ihr Mitgefühl schien echt zu sein.

„Es kommen auch noch andere Wettkämpfe", murmelte er.

„Ich weiß", sagte sie. Cory fiel auf, dass Lisa sich irgendwie komisch verhielt. So angespannt. Sie neckte ihn gar nicht oder zog ihn auf, wie sie es schon ihr ganzes Leben getan hatte.

„Und wie ist es bei dir so?", fragte er.

„Alles okay." Sie schien Probleme mit ihrem Zahlenschloss zu haben. Endlich bekam sie es auf und öffnete ihren Spind. „Kann ich dich mal was fragen?" Ihre Stimme klang gedämpft hinter der Tür hervor.

„Klar", sagte Cory erstaunt. Es sah Lisa gar nicht ähnlich, übertrieben höflich zu sein. Wenn sie eine Frage hatte, platzte sie normalerweise einfach damit heraus.

„Äh ... also ... hier in der Schule ist doch am Samstag Disco. Hast du vielleicht Lust, mit mir hinzugehen?" Sie stieß es so schnell hervor, dass es wie ein einziges langes Wort klang. Immer noch blieb sie hinter ihrer Spindtür in Deckung.

Cory war total überrascht. Er und Lisa waren schon ihr ganzes Leben befreundet, aber sie hatten noch nie eine *Verabredung* gehabt.

Doch Cory fand, dass das gar keine so schlechte Idee war. Er musste versuchen, Anna irgendwie zu vergessen. Oder wenigstens nicht die ganze Zeit an sie zu denken. Es würde ihm helfen, mit Lisa auszugehen. Sie war wirklich eine gute Freundin und immer für ihn da, wenn er sie brauchte.

„Klar", sagte er. „Gerne!"

Lisa schaute hinter der Tür hervor. Auf ihrem Gesicht lag ein breites Lächeln. „Ich hol dich um acht ab!", rief sie. Die Aufregung war ihrer Stimme deutlich anzuhören.

Cory lächelte zurück. Lisa verhielt sich echt komisch. Als ob sie in ihn verliebt wäre oder so. Er blickte an ihr vorbei auf den Flur, der sich rasch leerte. War das etwa Anna, die dort hinten im Schatten zwischen zwei Türen stand?

Oder bildete er sich das nur ein?

„Ich muss sie aus dem Kopf bekommen", dachte er verstört. „Jetzt fange ich schon an, sie überall zu sehen."

Doch, Moment. Jemand trat aus dem Schatten und kam auf sie zu. Es war Anna.

Sie stellte sich rasch vor Lisa und warf Cory ein warmes Lächeln zu. „Hallo", sagte sie mit weicher Stimme und ihr Blick verriet, dass sie sich freute, ihn zu sehen. Sie trug eine weiße Bluse und ein altmodisches geblümtes Trägerkleid. Irgendwie sah sie noch zerbrechlicher aus als sonst.

„Hallo", erwiderte Cory und trat einen Schritt zurück. Sie stand ein bisschen zu nah bei ihm. Er warf einen Blick zu Lisa, die völlig überrascht aussah.

„Hallo", sagte auch Lisa und streckte ihr die Hand hin. „Wir haben uns noch gar nicht richtig vorgestellt. Ich bin Lisa. Lisa Blume. Du bist in meinem Physikkurs."

„Ja, ich weiß", gab Anna zurück, schüttelte Lisa die Hand

und schenkte ihr ein strahlendes Lächeln. „Du bist mir schon aufgefallen, weil du immer so witzig bist."

„Dummerweise kommt man damit in Physik nicht viel weiter", meinte Lisa und zupfte nervös an ihren schwarzen Locken herum. „Wann bist du denn nach Shadyside gezogen?"

„Vor ein paar Wochen", antwortete Anna. „Es ist echt schwer, überall die Neue zu sein. Die Schule ist so riesig. Vorher bin ich auf der Melrose-Highschool gewesen. Da gab es nur zweihundert Schüler. Cory ist der einzige neue Freund, den ich hier bis jetzt gefunden habe." Sie lächelte ihn strahlend an. Cory merkte, wie er knallrot anlief.

„Du Glückliche", sagte Lisa mit ihrem üblichen ironischen Unterton und warf ihm einen seltsamen Blick zu.

„Wie lange kennt ihr beiden euch denn schon?", wollte Anna von Lisa wissen.

„Viel zu lange", witzelte sie.

Cory stimmte nicht in ihr Lachen mit ein. Er konnte den Blick nicht von Anna lassen. Sie war so schön. Es war irre, sich ganz normal mit ihr zu unterhalten und zu sehen, dass sie sich mit Lisa gut verstand.

Anna wirkte plötzlich verlegen. „Ich hoffe, ich habe euch nicht gestört", sagte sie zu Lisa. „Tut mir leid. Ich habe gehört, dass du Cory gefragt hast, ob er mit dir zur Disco geht. Und dann bin ich einfach so reingeplatzt …"

„Nein. Sei doch nicht albern", erwiderte Lisa mit einem Blick auf die Uhr. „Oh, es klingelt gleich. Ich sollte heute mal pünktlich sein. Bis dann." Sie schnappte sich ihre Schultasche und knallte die Spindtür zu. „Tschüss, Cory! Schön, dass wir uns kennengelernt haben, Anna!", rief sie über die Schulter, während sie den Flur hinuntersprintete.

Kaum war Lisa um die Ecke verschwunden, griff Anna nach Corys Hand und drückte sie leicht. „Erinnerst du dich an

243

Freitagnacht?", flüsterte sie ihm ins Ohr. Dazu musste sie sich auf die Zehenspitzen stellen.

Natürlich erinnerte er sich an Freitagnacht. Aber wenn sie so dicht bei ihm stand und seine Hand hielt, war sein Kopf plötzlich wie leer gefegt.

„Ja", sagte er.

„Tolle Antwort, Cory. Sehr originell", dachte er ärgerlich.

Sie glitt mit den Lippen über sein Ohr und flüsterte etwas. Es klang wieder wie: „Jetzt gehörst du mir." Aber da musste er sich verhört haben.

„Hey, Anna", setzte er an. „Wir müssen miteinander reden. Ich muss dich etwas fragen, wegen …"

Aber sie legte ihm die Hand auf den Mund. Dann kam sie langsam näher und presste anstelle der Hand ihre Lippen auf seine. Der Kuss schien eine Ewigkeit zu dauern. Nach einer Weile musste Cory nach Luft ringen. Schließlich wurden sie durch ein anerkennendes Pfeifen unterbrochen.

Anna zuckte zurück und Cory blickte benommen auf.

Es klingelte.

„Tschüss, Cory", flüsterte sie, lächelte ihm verschwörerisch zu und rannte den Flur hinunter.

„Nein, warte …"

Doch sie war schon verschwunden. Und jetzt kam er auch noch zu spät zum Unterricht. Cory schüttelte den Kopf. Er wusste, dass es sowieso sinnlos war, zu den nächsten Kursen zu gehen, weil Anna den ganzen Nachmittag in seinem Kopf herumspuken würde.

„Coole Aktion, Cory."

„Hä?"

„Du hast mich schon verstanden", sagte Lisa. Inzwischen waren drei Stunden vergangen und die Schule für heute aus. Wieder hatten die beiden sich an ihren Spinden getroffen.

„Als Mr Martin sich vor dir aufgebaut und zu dir gesagt hat: ‚Cory, ich glaube, du hast heute kein Wort von meinem Unterricht mitbekommen.‘, und du nur meintest: ‚Was?‘ … Echt cool!"

„Ach, lass mich doch in Ruhe!", fauchte Cory. „Ich hab bloß mal kurz nicht zugehört, das ist alles."

„Das kannst du mir doch nicht erzählen." Lisa lachte. „Und was machst du jetzt? Hast du Training?"

„Ja, ich bin immer noch in der Mannschaft, ob du's glaubst oder nicht", murmelte Cory entmutigt.

„Also, äh … hast du vielleicht Lust, nach dem Abendessen rüberzukommen? Vielleicht ein bisschen lernen und …" Sie öffnete ihren Spind und griff hinein. „Hey, hier ist irgendwas Klebriges …"

Sie zog ihren Arm wieder heraus und begann zu schreien.

Ihre Hand war voller Blut.

„Was ist denn das?", fragte Cory erschrocken.

In diesem Moment fiel eine tote Katze aus dem Spind, genau auf Lisas weiße Turnschuhe. Blut tropfte aus der offenen Spindtür. Der Bauch der Katze war aufgeschlitzt.

Lisa presste ihren Kopf an die kühle Kachelwand. „Ich glaub das nicht … Ich glaub's einfach nicht …", wiederholte sie immer wieder, ohne sich zu bewegen.

Cory fiel auf, dass etwas um den Hals der Katze gebunden war. Es war ein Stück Papier, auf das jemand eine Nachricht gekritzelt hatte.

Er beugte sich hinunter, um sie besser lesen zu können: „LISA – DU BIST AUCH BALD TOT."

15

„Anna!"

„Hi, Cory. Ich habe auf dich gewartet. Wie war das Training?"

Er seufzte und warf sich kraftlos den Rucksack über die Schulter. „Frag lieber nicht. Ich hab's gar nicht erst zum Training geschafft."

„Oh." Sie musste sich beeilen, um mit ihm Schritt zu halten, als er den Bürgersteig entlang in Richtung Straße eilte. Es war fünf Uhr und der Himmel war bereits dunkel. Ein feuchter Wind blies ihnen ins Gesicht und erschwerte das Gehen.

Aber Cory brauchte unbedingt frische Luft. Er musste sich bewegen, seine Muskeln spüren und ein bisschen überschüssige Energie loswerden.

„Ich habe Lisa geholfen, ihren Spind sauber zu machen", sagte er. Dann fuhr er herum und schaute Anna in die Augen. Er wollte ihre Reaktion sehen.

„Wieso, hat sie einen Putzfimmel?", fragte Anna mit einem hohen, perlenden Lachen. „Wer macht denn seinen Spind sauber, wenn die Schule gerade erst angefangen hat?"

Sie schien wirklich keine Ahnung von der Katze zu haben. Oder sie musste eine ziemlich gute Schauspielerin sein.

Als sie zusammen die Sauerei beseitigten, hatte Lisa darauf beharrt, dass Anna die Hauptverdächtige war. „Sie hat gehört, dass wir zusammen tanzen gehen wollen, und ist eifersüchtig", sagte Lisa, während sie die Papiertücher in ihrer Hand musterte, die das dunkelrote Blut der Katze aufsaugten.

„So 'n Quatsch. Ich bin doch noch nicht mal mit ihr ausgegangen", hatte Cory abgewinkt.

„Ich hab doch gesehen, wie sie dich angeschaut hat", sagte Lisa. „Und wie sie neben dir gestanden hat. Total besitzergreifend. Sie war es. Das weiß ich!"

„Das ist doch albern." Lisas Vorwürfe machten Cory richtig wütend.

„Hol noch mehr Papiertücher", kommandierte Lisa. „Uuuuh, ich glaube, mir wird schlecht. Zum Glück hasse ich Katzen."

Und jetzt, anderthalb Stunden später, lief Cory durch den Wind und versuchte, Anna zu erklären, was passiert war. „Es war eine tote Katze. Jemand hat ihr den Bauch aufgeschlitzt." Er beobachtete ihre Reaktion.

Ihr Mund formte ein entsetztes kleines O. „Nein!"

„Und dieser Jemand hatte auch eine Nachricht um den Hals der Katze gebunden", fuhr Cory fort. „Darauf stand, dass Lisa auch sterben wird."

„Wie furchtbar!", rief Anna und schlug die Hand vor den Mund. „Arme Lisa. Wer macht denn so etwas Widerliches?"

Sie wirkte ehrlich betroffen. Cory hatte ein richtig schlechtes Gewissen, dass er sie verdächtigt hatte. Er wusste, dass sie es nicht gewesen war.

„Hast du Lust auf eine Cola oder so?", fragte er.

„Nein." Sie schüttelte den Kopf. Ihr feines Haar wehte im starken Wind. „Lass uns einfach noch ein bisschen laufen. Ich kann das mit Lisa gar nicht glauben. Das ist ja schrecklich."

„Lass uns über etwas anderes reden", sagte er, um die Situation ein bisschen aufzulockern.

„Ich habe gehört, du warst letztes Jahr der beste Turner der ganzen Highschool", säuselte sie.

„Das war letztes Jahr", erwiderte Cory leise.

„Und bevor du gekommen bist", setzte er in Gedanken hinzu.

„Sportler haben doch auch mal einen Einbruch, oder?", fragte Anna mit sanfter Stimme. Sie hängte sich bei ihm ein und benutzte Cory als Schutz gegen den Wind.

„Lass uns lieber noch mal das Thema wechseln", meinte er nur.

„Vielleicht sollten wir über die Disco sprechen", wisperte sie und brachte ihren Mund ganz dicht an sein Ohr. Sofort lief ihm ein wohliger Schauer über den Rücken.

„Was ist damit?", fragte er.

„Möchtest du nicht lieber mit mir hingehen?" Ihre Stimme wurde ganz leise und einschmeichelnd, wie ein kleines Kind, das um Süßigkeiten bettelt.

„Also, ich ... äh ... ja ... ich denke schon."

„Super!"

„Aber das kann ich Lisa nicht antun. Wir sind schon so lange befreundet und ..."

„Oh." Anna wirkte im ersten Moment total enttäuscht, aber dann leuchtete ihr Gesicht gleich wieder auf. „Na gut, dann eben ein andermal."

Sie bogen in den Park Drive ein und gingen langsam weiter. Annas Berührung war so federleicht, dass Cory sie durch seine Daunenjacke kaum spüren konnte. Es war ein tolles Gefühl, so mit ihr durch die Gegend zu laufen. Sie war wunderschön. Als dann auch noch die hohen Straßenlaternen angingen und den grauen Abend erhellten, erschien sie ihm hübscher und glücklicher als jemals zuvor.

Er zerstörte diesen friedlichen Moment nur ungern. Aber er hatte keine andere Wahl. Es gab einfach zu viele Fragen, die er ihr stellen musste, zu viele Dinge, die er unbedingt wissen wollte.

„Ich war wieder bei eurem Haus", begann er und spürte

sofort, wie sich ihr Griff um seinen Arm anspannte. Als wüsste sie, was als Nächstes kommen würde. Als hätte sie es erwartet – und gefürchtet. „Dein Bruder ... er ist wieder an die Tür gekommen."

„Brad." Sie formte das Wort mit den Lippen, ohne dass ein Geräusch zu hören war.

Cory blieb stehen und drehte sich zu ihr, damit er sie betrachten konnte. „Er schien ziemlich aufgeregt zu sein, Anna. Brad hat mich gepackt, ins Haus gezerrt und angefangen, mich rumzuschubsen. Und er hat wieder behauptet, du seist tot."

Anna riss überrascht den Mund auf und stieß einen leisen Schrei voller Schmerz und Schock aus. Es klang, als hätte man einen kleinen Hund getreten. „Nein!"

Sie schlüpfte aus seinem Arm und rannte den Bürgersteig hinunter. Ihre weißen Ballerinas machten keinerlei Geräusche.

Dieses Mal würde er sie nicht so einfach verschwinden lassen. Er ließ seinen Rucksack auf den Boden gleiten und rannte hinter ihr her. Mühelos holte er sie ein, packte sie am Arm und wirbelte sie herum.

Anna weigerte sich, ihn anzusehen. „Geh weg!", rief sie und schubste ihn fort. „Geh weg, Cory! Du willst da bestimmt nicht reingezogen werden."

„Ich stecke in der Sache doch sowieso schon drin!", knurrte er und weigerte sich, sie loszulassen. „Allein schon, weil ich nicht aufhören kann, an dich zu denken!"

Bei diesen Worten gab Anna auf, sich zu wehren. Sie sah Cory fragend an, als würde sie ihren Ohren nicht trauen. „Es tut mir leid", sagte sie mit kaum hörbarer Stimme.

Mit dem Einbruch der Dunkelheit kühlte die Luft noch weiter ab und der Wind frischte auf. Cory ließ Annas Arm los. Sie drehte sich um und ging in Richtung Highschool zurück. Er folgte ihr mit einigen Schritten Abstand. „Ich muss die Wahrheit wissen", drängte er. „Warum hat dein Bruder das über dich behauptet?"

„Ich weiß es nicht", antwortete sie, ohne sich umzusehen. „Ich habe dir doch gesagt, dass er verrückt ist."

„Kurz bevor du mich letzten Freitag angerufen hast, hat noch jemand anders durchgeklingelt. Er sagte, ich sollte mich nicht mehr mit dir treffen, denn du seist tot. Und wenn ich es doch täte, würde ich auch sterben. War das dein Bruder?"

„Keine Ahnung", sagte sie. „Ich weiß es wirklich nicht. Du musst mir einfach glauben." Sie beschleunigte ihre Schritte. Nun musste Cory sich beeilen, um mit ihr Schritt zu halten.

„Aber warum sollte dein Bruder so etwas sagen?", wollte Cory wissen. „Warum sollte er überall herumerzählen, du seist tot?"

Anna fuhr unerwartet herum, sodass er beinahe mit ihr zusammengeprallt wäre. „Ich weiß es nicht! Ich weiß es nicht! Er ist verrückt! Das habe ich dir doch gesagt. Er ist verrückt und sehr gefährlich!", schrie sie, während ihr Tränen in die Augen stiegen. „Ich kann wirklich nicht darüber sprechen. Verstehst du das denn nicht?"

„Wer lebt noch bei euch im Haus?", fragte Cory und senkte bewusst seine Stimme. Er wollte sie nicht zum Weinen bringen und auch nicht, dass sie einen hysterischen Anfall bekam. Die Arme hatte offensichtlich einen Bruder, der ihr das Leben zur Hölle machte.

„Meine Mutter", antwortete Anna und wischte sich mit dem Handrücken über die Augen. „Aber es geht ihr nicht so gut. Wir sind nur zu dritt."

Schweigend gingen sie eine Weile nebeneinanderher. „Hör nicht auf Brad", sagte sie schließlich. „Immerhin bin ich jetzt

hier bei dir. Halt dich am besten von ihm fern. Er muss das …
das mit uns gar nicht wissen."

„Bitte entschuldige all meine Fragen", sagte er mit weicher
Stimme und legte ihr vorsichtig den Arm um die Schulter.
„Ich wollte dich nicht aufregen. Aber ich weiß nicht, was ich
von alldem halten soll. Und als du mich Samstagnacht angerufen hast, da …"

„Was? Moment mal, Cory. Du meinst Freitagnacht."

„Nein, am Samstag hast du mich auch angerufen und ich
bin so schnell gekommen, wie ich konnte …"

Anna drehte sich um und bremste ihn, indem sie beide Hände auf seine Brust legte. Sie sah sehr aufgeregt aus. „Da hat
dir jemand einen Streich gespielt!", rief sie, während ihre
blauen Augen sich in seine brannten. „Ich habe dich Samstagnacht jedenfalls nicht angerufen!"

„Aber wer …"

„Pscht. Schon gut", sagte sie und hielt den Finger vor seine
Lippen. „Lass uns nicht mehr darüber reden." Sie legte den
Kopf in den Nacken und hob ihm ihr Gesicht entgegen. Cory
beugte sich zu ihr hinunter und begann sie zu küssen.

„Nein!", rief sie plötzlich und erschreckte ihn damit. Sie blickte an Cory vorbei auf die hohen Hecken, die den Bürgersteig
säumten. „Ich muss los. Folge mir nicht. Er beobachtet mich!"

Sie riss sich los und rannte die Straße zurück in Richtung
Highschool. Cory stand hilflos da und sah ihr ein paar Sekunden nach. Dann stürmte er um die Hecke herum.

Ungefähr hundert Meter entfernt rannte jemand in einem
dunklen Parka mit Pelzbesatz blitzschnell in die andere Richtung davon. War es Brad?

Schon möglich.

Anna hatte die Wahrheit gesagt.

Ihr verrückter Bruder spionierte ihnen hinterher.

„Ich habe schon von den großen Neuigkeiten gehört."

„Was?" Cory blickte von der neuesten Ausgabe seiner Sportzeitung auf.

„Ich habe von den großen Neuigkeiten gehört", wiederholte seine Mutter. Es schien sie zu ärgern, dass Cory offenbar nicht wusste, wovon sie sprach. „Vorhin habe ich mit Lisas Mutter gesprochen."

„Ach ja?" Cory blätterte die Zeitschrift durch, bis er den Artikel übers Turnen gefunden hatte, der ihn interessierte. „Und was sind die großen Neuigkeiten?"

„Na, von dir und Lisa", erwiderte Mrs Brooks ungeduldig. „Hä?"

Sie kam zu ihm hinüber, baute sich vor der Couch auf und zwang ihn so, von seiner Zeitung aufzublicken. „Spreche ich zufällig mit Cory Brooks auf dem Planeten Erde?", fragte sie.

Er verdrehte genervt die Augen. „Lass mich einfach in Ruhe, ja?"

„Also, bist du nun mit Lisa verabredet oder nicht?"

„Oh." Plötzlich fiel ihm die Disco wieder ein. „Ja, ich denke schon." Na und? Was war schon dabei? Warum grinste seine Mutter denn so breit?

„Ich wusste immer, dass es eines Tages passieren würde", sagte sie und verschränkte zufrieden die Arme vor der Brust. Dann wippte sie auf den Fußballen auf und ab. Das machte sie immer, wenn sie aufgeregt war und nicht stillstehen konnte.

„Wovon redest du?"

„Ich war mir ganz sicher, dass irgendwann die Zeit kommen würde, wo ihr mehr als nur Freunde sein würdet, du und Lisa."

„Hey, Mum, und von welchem Planeten kommst du?", fragte Cory genervt.

„Na ja, ich habe nur gedacht, es wäre doch nett, wenn du und Lisa …"

„Ich muss mich um wichtigere Dinge kümmern", schnitt er ihr das Wort ab.

„Als da wären?"

„Anna zum Beispiel", dachte er. Aber er sagte nichts, sondern zuckte nur mit den Schultern.

„Vielleicht deine Hausaufgaben?", fragte seine Mutter.

„Oh, richtig. Die hätte ich beinahe vergessen." Er sprang von der Couch auf und verschwand eilig in seinem Zimmer. „Danke, dass du mich daran erinnert hast!", rief er zu ihr hinunter.

„Gern geschehen", hörte er sie aus der Küche antworten. „Übrigens, dein Vater und ich gehen heute aus. Du kannst also in Ruhe lernen."

Cory setzte sich an seinen Schreibtisch und versuchte, sich auf das alte China zu konzentrieren. Aber seine Gedanken wanderten umher. Annas Gesicht schob sich ständig vor sein inneres Auge und lenkte ihn von der vierten Ming-Dynastie ab. Immer wieder sah er ihre entsetzte Miene vor sich, als sie Brad entdeckt hatte.

Warum hatte sie solche Angst vor ihm? Was hatte er für eine Macht über sie? Was tat er ihr an?

Er stellte fest, dass er wieder einmal keine befriedigenden Antworten von ihr bekommen hatte. Genau genommen hatte er *überhaupt keine* Antworten erhalten. Anna schien zu viel Angst zu haben, um darüber zu reden.

Cory beschloss, einige Textstellen zu unterstreichen, damit er sich besser konzentrieren konnte. Er suchte nach seinem gelben Textmarker, als das Telefon klingelte. Er spürte, wie sich sein Magen krampfhaft zusammenzog.

Früher hatte er sich über dieses Geräusch gefreut. Jetzt erfüllte es ihn mit Furcht.

Es klingelte ein zweites, ein drittes Mal.

Cory war allein im Haus. Er konnte es einfach läuten lassen. Unschlüssig betrachtete er den Apparat, die Hand nur wenige Zentimeter vom Hörer entfernt.

Sollte er rangehen oder nicht?

16

„Hallo?"

„Hallo, Cory."

„David?" Er war total erleichtert, die Stimme seines Freundes zu hören.

„Was machst du gerade?"

„Nicht viel. Lernen. Irgend so 'nen Text lesen."

„Und worüber?"

„Ich weiß nicht genau", antwortete Cory und beide lachten.

Sie redeten eine Weile über belangloses Zeug. Es war das entspannteste Gespräch, das sie seit Wochen gehabt hatten, wahrscheinlich weil Cory so erleichtert war, dass es sich bei dem Anrufer um David handelte.

Schließlich fragte Cory: „Was gibt's? Warum hast du angerufen?"

„Ich dachte, du würdest vielleicht gerne mal mit jemandem reden", erwiderte David, der plötzlich etwas bedrückt klang.

„Okay, das haben wir doch getan", sagte Cory, ohne weiter darauf einzugehen.

„Nein, ich meine ..." David zögerte. „Darüber reden, warum du in letzter Zeit so komisch warst und so viele Sachen versiebt hast. Du weißt schon, Training vergessen und so. Ich dachte, vielleicht ..."

„Es gibt nichts zu reden", antwortete Cory scharf.

„Ich wollte mich ja auch nicht einmischen. Ich dachte nur, dass ..." David klang jetzt richtig verletzt.

„Es ist alles in Ordnung", versicherte ihm Cory. Er hatte wirklich keine Lust auf das Thema. Dafür fehlte ihm im Moment einfach die Energie. „Wahrscheinlich hatte ich andere Sachen im Kopf."

„Meinst du die Neue?"

„Na ja, auch …"

„Die ist echt cool!", rief David. „Irgendwie anders …"

„Stimmt", bestätigte Cory hastig. Er wollte mit David wirklich nicht über Anna sprechen. „Du, ich muss jetzt aufhören."

„Und du bist sicher, dass du dich nicht mal ausquatschen willst … über alles?"

„Nein. Danke, David. Mir geht's gut. Echt. Ich glaube, mein Timing beim Turnen wird auch wieder besser. Beim Wettkampf am Samstag war ich gar nicht so schlecht. Und …"

„Dann muss das wohl jemand anders gewesen sein, der beim Aufwärmen nach ein paar Sekunden vom Barren geplumpst ist."

„Jeder kann mal stürzen, David", knurrte Cory, der langsam sauer wurde. „Ich war nur mal für eine Sekunde unkonzentriert …"

„Unkonzentriert! Cory, seitdem du Anna getroffen hast, lebst du in einer Traumwelt. Du läufst rum, als wärst du von den Ringen gefallen und dabei auf dem Kopf gelandet."

„Ach? Und was geht dich das an?", hörte Cory sich selbst mit scharfer Stimme sagen. Er war überrascht von seiner eigenen Heftigkeit.

„Ich dachte, ich wäre dein Freund", sagte David, der jetzt genauso hitzig klang wie Cory.

„Aber Freunde gehen sich gegenseitig nicht auf die Nerven", sagte Cory kurz angebunden. „Wir sehen uns, David."

„Nicht, wenn ich dich zuerst sehe", entgegnete David.

Normalerweise hätten sie über diesen uralten blöden Witz gelacht, aber diesmal legten sie einfach auf.

Hinterher lief Cory eine Weile aufgebracht in seinem Zimmer auf und ab. Er wusste nicht, auf wen er wütender war – auf David oder auf sich selbst.

Er knallte sein Schulbuch zu und tigerte noch eine Weile hin und her. Eigentlich musste er dringend lernen, aber er konnte sich einfach nicht konzentrieren. Mit einem Seufzer lehnte er sich auf das Fensterbrett und starrte in die Nacht hinaus. Von der anderen Seite des Rasens strahlte helles Licht aus Lisas Zimmer. Cory beschloss rüberzugehen und nachzusehen, wie es ihr ging.

Mit seinen Turnschuhen schlitterte er über das nasse Gras. Er klopfte leise an die Küchentür, dann etwas lauter. Nach einer Weile tauchte Lisa auf. Sie wirkte erstaunt. „Hast du dich im Haus geirrt?", fragte sie und strich sich durch die langen schwarzen Haare, während sie ihm die Tür aufhielt.

„Ich glaube nicht."

Lisa verzog das Gesicht. „Deine Turnschuhe sind nass. Sieh dir mal den Küchenboden an."

Cory betrachtete die feuchten Spuren, die er auf dem Linoleum hinterlassen hatte. Dann sprang er schwungvoll in die Luft und landete im Handstand. „Besser so?", fragte er und lief auf Händen durch die Küche.

Lisa lachte laut. „Das ist super!", sagte sie und folgte ihm. „Du bist der reinste Schimpanse. Kannst du auch mit deinen Füßen essen?"

Im Flur angekommen rollte er sich ab und kam wieder auf die Beine. „Jetzt bist du dran", sagte er und zeigte auf den Boden.

„Kommt nicht infrage", protestierte sie und wich zurück. „Möchtest du eine Banane?"

Cory schüttelte den Kopf und ließ sich in einen der Polstersessel im Wohnzimmer fallen. Er fühlte sich plötzlich ganz erschöpft.

„Komm mit rüber ins Fernsehzimmer", sagte sie und zog ihn am Arm. „Setz dich lieber nicht auf die guten Möbel. Was willst du eigentlich hier?"

„Keine Ahnung. Hab mich wahrscheinlich im Haus geirrt", gab er zurück.

Sie lachte wieder, als sie ihn mit sich ins Nebenzimmer schleppte. „Mir gefällt ihr Lachen", dachte Cory. Es kam tief aus der Kehle und klang richtig sexy. Außerdem sah sie süß aus. Sie trug ausgeblichene Jeans und ein altes Highschool-Sweatshirt, das an den Bündchen schon ganz zerschlissen war.

Lisa zerrte noch einmal kräftig an seinem Arm, sodass er gegen sie prallte. Ihr Haar roch nach Kokosnuss. Sie musste es vorhin gewaschen haben. Cory atmete tief ein. Ziemlich verlockend, der Duft.

„Wie geht's dir?", fragte sie. „Schon besser?"

„Besser als was?", erwiderte er und schob einen Stapel Zeitungen beiseite, damit er sich auf die dunkle Ledercouch setzen konnte. „Besser als wenn mich ein Laster überfahren hätte? Definitiv."

„Also nicht besonders, oder?", fragte Lisa mitfühlend. Als sie sich neben ihn setzte, berührte ihr Knie sein Bein.

„Wenn ich doch bloß mein Timing an den Ringen wieder-hätte." Wie oft hatte er das in letzter Zeit gesagt.

„Das kommt schon wieder", versicherte sie ihm und legte eine Hand tröstend auf seine Schulter.

„Anna hat heute draußen vor der Schule auf mich gewar-tet", sagte er. „Das war echt 'ne Überraschung."

Lisa zog ihre Hand wieder weg und seufzte. „Was wollte sie von dir? Ein paar Tipps, wie man einen Salto rückwärts macht?"

Er ging nicht auf ihre Stichelei ein. Als er eine Schlagzeile entdeckte, die ihn interessierte, griff er nach einer der Zeitungen, die er eben noch beiseitegeschoben hatte. Ein Fahrer hatte in der Fear Street die Kontrolle über seinen Wagen verloren und war in einen Baum gekracht. Der völlig verdatterte Mann hatte keine Ahnung, wie das passieren konnte. Die Straße war trocken und er war nicht einmal besonders schnell gefahren.

„Ich liebe deine Besuche, Cory", drang Lisas Stimme zu ihm durch. „Erst erzählst du mir von Anna und dann liest du Zeitung. Du bist ein echter Unterhaltungskünstler."

Cory ließ die Zeitung sinken und wollte gerade anfangen, sich zu entschuldigen, als das Telefon klingelte.

„Wer ruft denn so spät noch an?", fragte Lisa erstaunt. Sie sprang von der Couch auf und griff nach dem Telefon, bevor es zum zweiten Mal klingeln und ihre Eltern wecken konnte. „Hallo?"

Stille am anderen Ende.

„Hallo?", wiederholte sie.

„Du bist auch bald tot", flüsterte ihr eine Stimme ins Ohr.

Genau dieselben Worte wie auf dem Zettel, den die Katze um den Hals gebunden hatte.

17

„Anna ist diejenige, die mich bedroht, Cory. Sie hat die Katze getötet und von ihr kommt auch dieser Drohanruf."

„Nein, das ist unmöglich", beharrte er. „Komm schon, Lisa. Lass uns einfach tanzen und nicht länger darüber reden." Cory zog sie auf die Tanzfläche, wo sich bereits mehrere Paare tummelten. Der Boden der Turnhalle vibrierte von der lauten Musik. Es lief gerade der neueste Hit von Lady Gaga.

Lisa machte einen halbherzigen Versuch zu tanzen, aber nach ein oder zwei Minuten gab sie es auf und lotste ihn zurück an den Rand. „Du willst doch nur vom Thema ablenken", sagte sie, während sie weiter seine Hände festhielt. Trotz der Hitze in der Turnhalle waren ihre ganz kalt.

„Nein, ich will eigentlich nur tanzen", gab er genervt zurück. „Warum hast du mich überhaupt gefragt, ob ich mit dir zur Disco gehe? Wenn du die ganze Zeit über Anna reden willst, hätten wir auch zu dir oder mir gehen können."

„Sie bedroht mein Leben und du verteidigst sie auch noch."

„Anna war es nicht", sagte Cory. „Das weiß ich. Als ich ihr von der toten Katze in deinem Spind erzählt habe, war sie entsetzt. Ehrlich. Du hast ihr total leidgetan."

„Dann ist sie eben eine gute Schauspielerin", beharrte Lisa mit einem höhnischen Lächeln. „Jedenfalls gut genug, um dich hinters Licht zu führen."

Ein paar Leute aus dem Turnerteam winkten Cory von der anderen Seite der Halle zu. Er winkte zurück. Am liebsten wäre er hinübergerannt, um mit ihnen zu quatschen und ein bisschen herumzualbern. Sein erstes Date mit Lisa lief bis jetzt nicht besonders gut.

„Warum sollte Anna dir eine tote Katze in den Spind legen? Warum? Und was hat sie davon, wenn sie dich anruft und bedroht?", brüllte Cory lautstark, um die Musik zu übertönen. „Sie kennt dich doch nicht mal."

„Anna ist eifersüchtig", erwiderte Lisa. „Das habe ich dir doch schon gesagt."

„Du spinnst", schnaubte Cory und schüttelte ungläubig den Kopf. Er drehte sich um und marschierte davon, aber sie folgte ihm auf dem Fuß. „Hat sie dich gefragt, ob du mit ihr zur Disco gehst?"

„Kann sein."

„Hat sie oder hat sie nicht? Sag mir die Wahrheit."

„Also … ja."

„Und hat sie im Flur gestanden und rumspioniert, als ich dich gefragt habe, ob du mit mir tanzen gehst?"

„Sie hat nicht rumspioniert. Sie …"

„Nein, sie hat nur gelauscht, stimmt's? Anna war dort im Flur und hat uns zusammen gesehen. Und hinterher hatte ich die tote Katze mit der Nachricht im Spind."

„Das beweist doch noch gar nichts."

„Mann, du verteidigst sie ja wirklich bis zum Letzten!", fauchte Lisa, deren dunkle Augen wütend funkelten. Einige Kids, die ganz in der Nähe standen, bemerkten verblüfft, dass der Streit zwischen den beiden immer hitziger wurde.

Cory wurde es langsam unangenehm. „Lisa, bitte." Er nahm sie am Arm, aber sie riss sich sofort wieder los. „Ich kenne Anna. Sie würde nie …"

„Wie gut kennst du sie?", fragte Lisa in beißendem Ton. „Wie gut?"

„Es muss jemand anders sein, der dich einschüchtern will. Jemand, der dich kennt."

„Wer denn? Wer soll das sein?"

„Ich weiß es nicht, aber auf jeden Fall nicht Anna!", rief Cory. „Sie hat ihre eigenen Probleme und bestimmt keine Zeit, dir auch noch welche zu machen."

„Ach, hat sie nicht?" Lisa war inzwischen kurz vorm Platzen. Sie versetzte Cory einen harten Stoß vor die Brust und schubste ihn gegen die Deko aus Krepppapier, die von den Wänden der Turnhalle hing. „Komm, setz dich doch. Wie wär's, wenn du mir von Annas Problemen erzählst. Damit können wir ja den Abend verbringen. Das würde dir bestimmt gefallen, nicht wahr?"

„Komm wieder runter, Lisa. Die anderen sehen schon alle zu uns rüber."

„Also, was sind denn nun Annas Probleme, Cory? Na los! Lass uns darüber reden. Worum geht es? Ist sie zu dünn? Ist das ihr Problem? Zu hübsch? Ja, das wird's sein. Die arme Kleine ist einfach zu niedlich, nicht wahr?"

„Lisa, bitte. Du rastest hier wegen nichts total aus."

„Wegen nichts? Jemand bedroht mein Leben! Das ist also nichts?"

„So habe ich es nicht gemeint und das weißt du auch. Krieg dich wieder ein. Lass uns meinetwegen tanzen. Ich entschuldige mich, okay?"

„Wofür entschuldigst du dich?"

„Keine Ahnung. Wofür du willst."

Sie seufzte und schüttelte den Kopf. „Ich hätte wissen müssen, dass es nicht funktioniert." In diesem Moment war das Stück zu Ende und ihre Stimme hallte durch die überfüllte Turnhalle. „Du bist besessen von Anna! Oh, jetzt blamiere ich dich, Cory. Stimmt's?" Das nächste Stück begann.

„Nein, ich meine, ja. Ich …"

„Tut mir echt leid. Wird nicht wieder vorkommen." Lisa wandte sich ab und stürmte über die Tanzfläche davon. Im ersten Moment wollte Cory ihr hinterherlaufen, entschied sich dann aber dagegen. Er sah zu, wie sie sich einen Weg durch die tanzenden Paare bahnte und auf der anderen Seite der Turnhalle durch die große Doppeltür verschwand.

Und jetzt?

Sollte er ihr ein bisschen Zeit lassen, sich zu beruhigen, und sich dann noch mal bei ihr entschuldigen? Das wär wahrscheinlich das Beste. Er hatte schon tausendmal erlebt, dass Lisa einen Wutanfall bekommen hatte. Sie war immer schnell auf hundertachtzig, aber normalerweise verrauchte ihr Ärger genauso schnell, wie er gekommen war.

Lisa war diejenige, die eifersüchtig war. Trotz des Streits, den sie gerade gehabt hatten, musste er bei diesem Gedanken lächeln. Sie war eifersüchtig auf Anna. Und sie hatte auch allen Grund dazu.

Anna. Für den Bruchteil einer Sekunde meinte er sie auf der Tanzfläche zu sehen.

Nein, das konnte nicht sein. Energisch verdrängte er sie aus seinen Gedanken und beschloss, hinüber zur Bar zu gehen und sich eine Cola zu holen. Hinterher würde er vielleicht ein bisschen mit seinen Kumpels quatschen und sich anschließend bei Lisa entschuldigen.

Er hatte die Turnhalle erst halb durchquert, als ein Schrei ertönte.

Der schrille Entsetzensschrei eines Mädchens.

Die Musik hatte gerade aufgehört, sodass alle ihn hörten.

Cory wusste es sofort.

Das war Lisas Stimme!

18

Einige Schüler waren bereits in den dunklen Korridor gestürmt, als Cory dort ankam. Eine einsame gelbliche Glühbirne am anderen Ende des Flurs spendete das einzige Licht. Die Jugendlichen erschienen wie bloße Schatten, die auf der Suche nach dem Mädchen, das geschrien hatte, durch die Dunkelheit huschten.

„Hier ist niemand!", schrie jemand. Seine Stimme klang unheimlich, wie sie von den gekachelten Wänden zurückgeworfen wurde.

„Aber wer hat dann geschrien?", fragte ein anderer.

Cory wusste es. Aber wo war Lisa?

„Ich bin hier unten! Kann mir bitte jemand helfen?", ertönte plötzlich ihre Stimme aus dem Treppenhaus.

Immer zwei Stufen auf einmal nehmend, hastete Cory die Treppe hinunter.

„Was ist denn passiert?"

„Wer ist es?"

„Ist jemand da unten?"

Aufgeregte Stimmen hallten durch die leeren Flure.

„Lisa, ist alles in Ordnung?", fragte Cory. Sie saß am Fuß der Treppe auf dem Boden.

„Nein, ich glaube nicht."

Er half ihr auf, aber sie konnte den rechten Fuß nicht belasten. Also ließ er sie sich vorsichtig wieder hinsetzen.

Inzwischen drängten sich mehrere Neugierige auf den Stufen und sahen in dem schwachen Licht zu ihnen hinunter. „Was ist passiert?" „Es ist Lisa Blume." „Ist sie verletzt?"

„Es … es ist alles in Ordnung!", rief Lisa zu ihnen hinauf.

„Tut mir leid, wenn ich euch erschreckt habe. Ihr könnt in die Turnhalle zurückgehen. Wirklich. Ich bin okay."

Trotzdem lungerten ein paar Schüler weiter auf der Treppe herum. Einige Jungen fingen an, laut zu pfeifen, um das Echo in den Gängen zu testen. Als nach einer Weile die Musik in der Turnhalle wieder einsetzte, gingen alle zurück hinein.

„Es ist mein Knöchel", sagte Lisa zu Cory und zuckte vor Schmerz zusammen, als sie einen zweiten Versuch machte aufzustehen. „Ich glaube, er ist verstaucht. Beim Laufen wird es bestimmt besser werden – falls ich laufen kann. Mann, hab ich ein Glück gehabt. Ich hätte auch tot sein können. Diese Stufen sind verdammt hart!"

Cory stützte sie, als sie versuchte, ihren Knöchel zu belasten. „Bist du gefallen?", fragte er.

„Nein. Jemand hat mich gestoßen."

„Was?"

„Du hast doch gehört, was ich gesagt habe."

„Aber wer …"

„Autsch!", schrie sie auf und stützte sich fester auf seinen Arm. „Woher soll ich das wissen? Es war so dunkel. Ich bin an der Treppe vorbeigegangen und habe niemanden gesehen. Ich dachte, ich wäre alleine. Es war irgendwie richtig unheimlich. Man konnte nur das Hämmern der Bässe aus der Turnhalle hören. Ich … ich glaube, ich setz mich lieber wieder hin."

Cory ließ sie behutsam auf die unterste Stufe niedergleiten, dennoch keuchte sie vor Schmerz auf. „Hey, unsere erste Verabredung werden wir bestimmt nie vergessen, was?", stieß sie hervor.

Beide lachten, allerdings mehr wegen der Anspannung als wegen Lisas Bemerkung.

„Erzähl weiter", sagte Cory. „Was ist passiert?"

„Ich weiß nicht. Derjenige muss schon dagewesen sein. Ich habe jedenfalls keine Schritte gehört. Aber ich habe auch nicht darauf geachtet, weil ich so sauer auf dich war."

„Vielen Dank", sagte Cory ironisch. „Ich wusste doch, dass mal wieder alles meine Schuld ist."

„Ist es ja auch", sagte sie, zog ihn zu sich herunter und klammerte sich an seinen Arm. „Jedenfalls schubsten mich plötzlich zwei Hände von hinten. Und während ich die Treppe runterfiel, sah ich diesen Kerl da stehen. Ich glaube, ich habe geschrien."

„Kerl? Was für ein Kerl?"

„Er sah irgendwie komisch aus, auch wenn ich ihn in der Dunkelheit nicht so richtig erkennen konnte. Sein Gesicht war ziemlich aufgequollen und er trug einen glitzernden Ohrring."

„Einen Ohrring?"

Cory rutschte das Herz in die Hose.

„Brad!", rief er.

„Brad? Wer ist das? Kennst du ihn?"

„Das ist Annas Bruder. Er ist total verrückt."

„Aber – er hat versucht, mich zu töten!", rief Lisa, der jetzt erst klar wurde, wie knapp sie mit dem Leben davongekommen war. „Warum sollte Annas Bruder versuchen, mich umzubringen?"

„Mir ist gerade etwas eingefallen", sagte Cory und sprang auf. „Ist die Tür aufgegangen, nachdem du die Treppe hinuntergefallen bist?"

„Welche Tür?" Lisa war verwirrt.

„Die Eingangstür. Ist der Typ mit dem Ohrring rausgerannt?"

„Ich … ich glaube nicht. Nein, ich bin sicher. Ich habe nichts gehört."

„Alle anderen Türen sind nämlich nachts verschlossen",

sagte Cory aufgeregt. „Nur der Ausgang in der Nähe der Turnhalle ist wegen der Disco geöffnet. Das heißt …"

„Die Person, die mich die Treppe hinuntergestoßen hat, ist noch im Gebäude."

„Richtig. Dann wollen wir uns mal ein bisschen umsehen." Er zog sie von der Stufe hoch. „Kannst du laufen?"

Sie trat mit ihrem verletzten Fuß auf und versuchte es. „Ja. Ich denke, es wird gehen."

Cory half ihr die Treppe hinauf. „Wir suchen zuerst den langen Gang ab und anschließend den kürzeren." Er flüsterte jetzt.

Lisa lehnte sich beim Gehen leicht an ihn und blieb dicht an seiner Seite. Das einzige Geräusch in dem dunklen Flur war das Klacken ihrer Sohlen. „Das ist doch verrückt", flüsterte Lisa ihm zu.

„Vielleicht. Vielleicht aber auch nicht", flüsterte Cory zurück, den Blick starr nach vorn gerichtet. „Pscht!" Er blieb stehen und legte ihr eine Hand auf den Rücken. Er hatte ein Geräusch im Sprachlabor gehört.

Versteckte sich dort jemand?

Sie schlichen zusammen zu der Glastür, die ein ganzes Stück offen stand, und lauschten. Da war es wieder. Ein schlurfendes Geräusch, wie von jemandem, der zu einem neuen Versteck huschte.

Lauschend verharrten sie ein paar Sekunden in der Türöffnung. „Da drinnen ist jemand", flüsterte Cory. „Ich glaube, gleich haben wir den Knaben, der dich gestoßen hat."

Er zog die Tür ganz auf. Dann betraten sie schnell den Raum. Lisa tastete an der Wand entlang, bis sie den Schalter gefunden hatte, und machte das Licht an.

„Wer ist da?", rief Cory.

Wieder das Schlurfen.

Sie folgten dem Geräusch durch den Raum. Dann sahen sie

es. Eines der Fenster stand ein paar Zentimeter offen. Das Rascheln stammte von einer Jalousie, die sich im Wind bewegte.

„Gute Arbeit, Sherlock", witzelte Lisa und schüttelte den Kopf. „Du hast die Jalousie auf frischer Tat ertappt!"

Cory lachte nicht. „Komm. Lass uns weitersuchen", sagte er und knipste das Licht aus. „Wenn Brad noch im Gebäude ist, will ich ihn unbedingt finden."

Sie bogen neben Mr Cardozas Klassenraum um eine Ecke und gingen leise weiter. Als ihr Knöchel anzuschwellen begann und wieder stärker schmerzte, stützte Lisa sich ein bisschen mehr auf Cory. Im Flur wurde es immer dunkler, je weiter sie sich von der Beleuchtung in der Haupthalle entfernten.

Plötzlich hörten sie kratzende Geräusche. Beide schnappten erschrocken nach Luft. Etwas huschte vor ihnen entlang und verschwand in einem der Klassenräume. „Was war das denn?", stieß Lisa hervor.

„Hör auf, so an meinem Pullover zu zerren. Du rupfst ja die ganze Wolle aus", beschwerte sich Cory.

„Aber was war das?", flüsterte Lisa atemlos und umklammerte seinen Arm noch fester.

„Ein vierbeiniges Wesen", antwortete er trocken. „Wahrscheinlich eine Ratte."

„Oh, meinst du, es gibt hier noch mehr davon?"

„Kann gut sein."

Sie schlichen bis zum Ende des Flurs und blieben dabei dicht zusammen. Dann gingen sie wieder zurück, öffneten alle Türen und warfen einen Blick in die düsteren, stillen Räume. Im Dunkeln wirkten die vertrauten Klassen um vieles größer und wurden zu unheimlichen Höhlen voller knarzender Geräusche und beweglicher Schatten.

„Cory, ich glaube, du bringst mich jetzt besser nach Hause", flüsterte Lisa. Sie klang ziemlich entmutigt. „Sieh dir mal meinen Knöchel an. Er hat inzwischen den Umfang einer Melone. So kann ich nicht mehr viel weiterlaufen."

„Und du bist sicher, dass du nicht noch mal tanzen willst?" Es war nur ein kläglicher Witz, aber sie lachten trotzdem darüber.

Doch als sie eine Stimme hörten, die aus Mr Burnettes Bioraum drang, blieb ihnen das Lachen im Halse stecken. Es war die Stimme eines jungen Mannes.

Sehr leise, aber eindeutig zu erkennen.

Für einen Moment ließ Lisa sich erschöpft gegen die kühlen Wandfliesen fallen. Dann schlichen die beiden zur Tür, die einen Spalt offen stand.

Noch ein Geräusch. Ein Husten.

Jemand versteckte sich dort drinnen.

„Brad?", fragte Lisa im Flüsterton, ihren Mund ganz dicht an Corys Ohr.

„Das werden wir gleich sehen", flüsterte Cory mit klopfendem Herzen zurück.

Er zog die Tür auf, trat in die Klasse und knipste das Licht an.

Ein Mädchen schrie auf.

Sie saß auf dem Schoß eines Jungen. Ihr Lippenstift war über das ganze Kinn verschmiert.

Cory erkannte den Jungen sofort. Es war Gary Harwood, ein Schüler im letzten Highschooljahr und Mitglied der Ringermannschaft.

„Hey, Brooks, was soll denn der Mist?", schnauzte Gary ihn an und blinzelte in der plötzlichen Helligkeit.

„Verschwindet!", zischte das Mädchen mit finsterer Miene, den Arm immer noch um Garys breite Schultern geschlungen. „Hat man denn gar keine Privatsphäre mehr?"

„Genau. Sieh zu, dass du Land gewinnst", fügte Gary in bedrohlichem Ton hinzu.

„'tschuldigung", stieß Cory hervor, machte hastig das Licht aus und verließ rückwärts den Raum.

Lisa war bereits im Flur. Sie lehnte an der Wand und schüttelte sich vor Lachen. Cory zog sie an den Haaren. „Hey, das ist nicht witzig", knurrte er.

Während Lisa so sehr lachte, dass ihr die Tränen über die Wangen kullerten, zerrte sie ihn über den Gang in den kleinen Musiksaal.

„Werd jetzt bloß nicht hysterisch", sagte er und zwang sich, ein ernstes Gesicht zu machen.

„Das ist echt zum Schreien!", gackerte sie und wischte sich mit den Handflächen über die Wangen. „Da störst du ausgerechnet einen Typen aus dem Ringerteam beim Knutschen. Der Knabe wird dich umbringen! Der knackt Walnüsse mit seinen Halsmuskeln!" Wieder schüttelte sie eine Lachsalve.

„Das ist nicht witzig", beharrte Cory. „Komm, wir müssen weitersuchen. Wenn derjenige, der dich geschubst hat, immer noch …"

Er brach mitten im Satz ab. Jemand war in die Türöffnung getreten. Als Erstes sah Cory den Ärmel eines schwarzen, fellbesetzten Parkas. Dann entdeckte er die Kapuze, die der Typ aufgesetzt hatte, um sein Gesicht zu verbergen.

Lisa packte Corys Arm. „Das … das ist er", flüsterte sie angstvoll.

Die Kapuze glitt zurück, als der Mann den Raum betrat.

Es war Brad.

19

Brad wich zurück in die Dunkelheit. Aber sie hatten sein Gesicht schon gesehen.

Merkwürdigerweise wirkte er erschrockener als sie.

Er ging langsam auf sie zu und zog sich die Kapuze seines Parkas wieder über den Kopf, als wollte er sich darin verstecken. Cory und Lisa wichen in Richtung der großen Fenster zurück. Dabei stieß Lisa einen Notenständer um. Das laute Krachen ließ beide erschrocken aufschreien.

Brad blieb mitten im Raum stehen.

Seine Augen schossen unruhig von einer Seite zur anderen. Er schien zu zögern, was er als Nächstes tun sollte. Dann murmelte er etwas vor sich hin. Cory verstand nur das letzte Wort: „Fehler".

Brad wiederholte es noch einmal. Aber wieder hörte Cory nur „Fehler".

Bedrohte Brad sie? Wollte er sie davor warnen, ihn zu verfolgen? Weil das ein großer Fehler wäre? Er konnte es nicht genau verstehen.

Brad stand da und starrte sie an, die kleinen dunklen Augen vor Panik weit aufgerissen. Unter der Kapuze konnte man große Schweißtropfen auf seiner Stirn erkennen. Sein Gesicht war hochrot.

Plötzlich drehte er sich ohne ein weiteres Wort um und stürzte aus dem Raum. Cory befreite sich mit einem Ruck aus Lisas ängstlichem Klammergriff und rannte ihm hinterher.

Doch Brad schlug ihm die Tür vor der Nase zu, bevor Cory ihn erreicht hatte. Dann hörten Cory und Lisa einen lauten Knall.

„Hey!", rief Lisa.

Cory drehte am Türknauf. Er versuchte es einmal. Und noch einmal. Er rüttelte an der Tür, drückte mit aller Kraft dagegen, aber nichts passierte. Mit besorgter Miene drehte er sich zu Lisa um. „Sie geht nicht auf. Er muss von der anderen Seite irgendetwas davorgeschoben haben."

„Bist du sicher? Vielleicht hast du einfach gedrückt statt gezogen?"

„Möchtest du's vielleicht mal versuchen?", meckerte Cory sie an.

Lisa ließ sich auf einen Klappstuhl fallen und rieb sich vorsichtig ihren Knöchel. „Nein. Ich glaub dir ja. War das Annas Bruder?"

„Bingo."

„Was meinst du, sollen wir die Polizei rufen, wenn wir hier rauskommen? Falls wir hier rauskommen", fügte sie hinzu und deutete mit einem Grinsen an, dass der letzte Satz witzig gemeint war.

„Ich weiß nicht", murmelte Cory und versuchte noch einmal erfolglos, die Tür zu öffnen. „Am liebsten würde ich zuerst Anna anrufen. Sie könnte in Gefahr sein. Wenn wir Brad die Polizei auf den Hals hetzen, weiß ich nicht, was er ihr womöglich antut."

„Erst mal müssen wir hier raus", sagte Lisa mit schwacher Stimme. „Aber wie sollen wir das ... oh, warte – ich weiß. Ruf Harwood! Wetten, er und das Mädchen knutschen immer noch drüben im Klassenzimmer rum?"

Cory zuckte die Achseln. Er ging ganz dicht an die Tür und schrie: „Hey, Harwood! Lass uns hier raus! *Harwood!*"

Keine Antwort.

Er versuchte es noch einmal. Lauter diesmal. Immer noch keine Reaktion.

„Verdammt!", schimpfte Lisa. „Hör auf zu brüllen. Uns

kann sowieso niemand hören. Wir sind hier im Musiksaal und der ist schalldicht."

Cory starrte den Türknauf noch ein paar Sekunden an. Dann drehte er sich um, rannte zum Fenster und zog die Metalljalousien hoch. Der Raum ging auf den Parkplatz hinaus. Es war eine klare Nacht. Die Reihen der Fahrzeuge reflektierten das grelle Licht der Laternen.

„Hey, sieh doch mal!", rief Cory.

Brad rannte zu einem kleinen Auto, das am Rand des Parkplatzes stand. Cory beobachtete, wie er in den Wagen sprang und mit quietschenden Reifen davonraste.

„Komm, lass uns von hier verschwinden", sagte Cory. Er öffnete eins der Fenster und riss es bis zum Anschlag auf.

„Aber wir sind hier im zweiten Stock", protestierte Linda.

Cory steckte seinen Kopf raus und lehnte sich weit vor. Ein paar Sekunden später kam er wieder herein. „Kein Problem", sagte er grinsend. „Ich bin Turner, schon vergessen?"

„Oh, oh. Dein Lächeln gefällt mir gar nicht. Ziehst du jetzt die Tarzan-Nummer ab?"

„Na klar", sagte er, kratzte sich unter den Armen und nickte wie dessen Schimpanse Cheeta.

„Also, ich komme mir im Moment nicht gerade wie Jane vor", gab Lisa zu, die vor Schmerz zusammenzuckte, als sie ihr Gewicht auf den verletzten Knöchel verlagerte.

„Macht nichts. Ich komme zurück und hole dich", versprach Cory.

„Was hast du vor?"

„Unter dem Fenster verläuft ein ungefähr zehn Zentimeter breites Sims. Darauf werde ich entlangbalancieren bis zu diesem Baum. Dort klettere ich auf den Ast und rutsche dann am Stamm hinunter."

„Vielleicht sollten wir einfach hierbleiben, bis die Schule am Montagmorgen wieder losgeht", sagte Lisa.

„Mann, du weißt wirklich, wie man jemanden anfeuert", schnaubte Cory.

„Wir könnten uns ganz entspannt zurücklehnen und zusehen, wie mein Knöchel anschwillt", schlug Lisa vor. Sie hüpfte unbeholfen zu ihm hin, nahm Corys Hand und zog ihn vom Fenster weg.

„Keine Angst", sagte Cory und entwand sich ihrem Griff. Er schwang ein Bein über das Fensterbrett und ließ sich auf das schmale Sims hinunter. „Glaub mir. Das ist kein Problem für mich. Die Nummer könnte ich selbst mit verbundenen Augen hinlegen."

Lisa trat vom Fenster zurück, ließ sich auf einen Stuhl fallen und legte ihren verletzten Knöchel auf das zugehörige Pult. Sie konnte einfach nicht hinsehen.

Cory hatte jetzt beide Füße auf dem Sims und hielt sich noch an der Unterkante des Fensterbretts fest. Er blickte nach links. Bis zu der Platane waren es ungefähr drei Meter.

Er drehte sich vorsichtig um, sodass er mit dem Gesicht zur Mauer stand. Dann machte er einen Schritt zur Seite. „Puh! Das ist ganz schön glitschig!"

„Na super!", rief Lisa und rieb sich den verletzten Knöchel. „Sieh zu, dass du wieder reinkommst!"

„Nein, ich zieh das durch", erwiderte Cory, aber er klang längst nicht mehr so selbstsicher wie noch ein paar Sekunden zuvor.

Um den nächsten Schritt machen zu können, musste er das Fensterbrett loslassen. Er drückte sich jetzt mit seinem ganzen Körper gegen das Mauerwerk.

Langsam und vorsichtig, die Handflächen an die Backsteinwand gepresst, machte er einen Schritt zur Seite. Und dann noch einen.

Zu seiner großen Bestürzung wurde das Sims auf einmal schmaler. Er musste jetzt auf Zehenspitzen stehen, um nicht abzurutschen. Aber so war es viel schwieriger, das Gleichgewicht zu halten.

Auf einmal fiel Cory auf, dass er schon die ganze Zeit die Luft angehalten hatte. Er atmete bewusst tief durch. Dann wandte er den Kopf und schaute über die Schulter zum Baum.

Der schien auf einmal viel weiter entfernt, als es von drinnen gewirkt hatte. Und als er sich immer näher heranrobbte, merkte er, dass der Ast, den er erklimmen wollte, sich gar nicht so dicht am Sims befand, wie es ursprünglich ausgesehen hatte. In Wirklichkeit war er mindestens einen Meter entfernt, wenn nicht mehr.

Cory wurde gerade klar, dass er den Baum von hier aus nie erreichen würde, als er mit dem rechten Fuß von dem schlüpfrigen Sims abrutschte und in die Tiefe stürzte.

20

Dank seiner Turnerreflexe griff Cory instinktiv nach oben und packte das Sims, als wäre es ein Barren.

Doch seine Hände glitten an dem feuchten Stein ab und sein Körper rutschte an der Ziegelwand weiter nach unten.

„Hey!" Als er spürte, wie seine Füße das Sims im ersten Stock berührten, warf er sich, ohne nachzudenken, nach vorn. Er fiel durch ein offenes Fenster und landete unsanft auf Händen und Knien.

Es schien ewig zu dauern, bis er wieder Luft bekam. Dann richtete er sich langsam auf und sah sich in dem dunklen Raum um, den er sofort erkannte. Er war mitten in die Werkstatt geplumpst. „Ein großes Dankeschön an denjenigen, der das Fenster offen gelassen hat", sagte er laut.

Dann stand er auf, reckte sich und checkte seinen Körper. Alles fühlte sich so weit okay an, abgesehen davon, dass er immer noch das Gefühl hatte zu fallen. Beim Gedanken an Lisa stürmte er aus der Werkstatt. Die Bässe, die aus der Turnhalle drangen, hämmerten durch die Flure. Cory drehte sich um und rannte die Treppe zum Musiksaal hinauf. Dort sah er, dass das Pult des Aufsichtsschülers unter der Klinke verkeilt worden war. Es war unverschämt schwer, aber er schob es beiseite und riss die Tür auf. „Das war aber schnell", sagte Lisa. Sie hockte immer noch auf dem Stuhl, mit ihrem Knöchel auf dem Pult.

„Ich habe eine Abkürzung genommen", erwiderte er trocken.

Eine halbe Stunde später machten sie es sich auf dem niedrigen Sofa in Lisas Wohnzimmer bequem. Sie legte ihren geschwollenen Knöchel auf den Couchtisch und ließ sich mit einem Seufzer in die Kissen sinken.

„Was für ein Abenteuer", sagte Cory niedergeschlagen. Er war in Gedanken bei Brad. Und bei Anna, der armen Anna.

„Was für ein erstes Date", murmelte Lisa und starrte ihren Knöchel an. „Es tut mir wirklich leid. Ich …"

„Nein, ich muss mich entschuldigen", unterbrach Cory sie.

Plötzlich beugte sie sich vor und gab ihm einen Kuss. Einen zarten, zaghaften Kuss.

In diesem Moment klingelte das Telefon neben dem Sofa. Beide zuckten erschrocken zurück.

Lisa griff hastig nach dem Hörer und schob sich mit der freien Hand die Haare aus dem Gesicht. „Hallo?"

Am anderen Ende waren laute Atemgeräusche zu hören. „Hallo? Hallo?"

„Wer ist dran?", wollte Cory wissen.

Sie zuckte fragend mit den Schultern.

Wieder dieses abgehackte, rhythmische Atmen, das offensichtlich bedrohlich klingen sollte.

„Warum tun Sie das?", rief Lisa.

Dann war die Leitung auf einmal tot.

Lisa warf den Hörer hin. Ihre Hände zitterten, aber sie wirkte eher wütend als ängstlich. „Das muss aufhören!", rief sie.

Cory bewegte sich auf sie zu, um sie zu trösten, aber sie wich zurück. „Wir müssen die Polizei rufen", sagte sie entschieden.

„Ja, ich weiß", murmelte Cory. „Aber lass mich zuerst mit Anna sprechen. Morgen früh fahre ich als Erstes zu ihr."

„Aber Brad wird doch auch da sein, oder?"

„Das ist mir egal. Ich habe keine Angst vor ihm. Hauptsache, ich komme zu Anna. Ich will wissen, was da läuft. Und ich werde ihr sagen, dass wir keine andere Wahl haben, als Brad bei der Polizei zu melden."

„Autsch!" Lisa ließ sich aufs Sofa zurückfallen und rieb sich mit schmerzverzerrtem Gesicht den Knöchel. „Tolle Verabredung. Ich hab's echt drauf, einem Jungen einen unvergesslichen Abend zu bereiten, was?"

„Wenigstens war es nicht langweilig!", sagte Cory und lachte gequält. Er stand auf und ging zur Tür. „Und du bist sicher, dass mit dir so weit alles in Ordnung ist?"

„Ja, absolut. Ruf mich gleich an, wenn du morgen mit ihr gesprochen hast, hörst du?"

„Klar. Mach dir keine Sorgen."

„Viel Glück."

„Danke", sagte er. „Das kann ich brauchen."

21

Cory fuhr mit dem Wagen die Fear Street entlang und steuerte diesmal direkt die kiesbestreute Auffahrt der Corwins an. Bis jetzt hatte er das Haus noch nie bei Tageslicht gesehen. Im grellen Licht der Sonnenstrahlen, die auf die verblichenen Schindeln und die schief hängenden Fensterläden fielen, sah es noch schäbiger aus als nachts.

Seine Eltern hatten sich gewundert, wo er so früh am Sonntagmorgen hinwollte. Cory hatte ihnen erzählt, dass ein außerplanmäßiges Training angesetzt worden war. Er log sie nicht gerne an, noch dazu, wenn es eine so fadenscheinige Lüge war. Aber er konnte ihnen ja schlecht erzählen, dass er zur Fear Street wollte, um herauszufinden, warum der Bruder eines Mädchens, das er noch gar nicht so lange kannte, ihn und Lisa terrorisierte und sogar versucht hatte, Lisa umzubringen.

Cory hatte keinen Plan, was er tun würde, wenn Brad an die Tür kam. Er war fast die ganze Nacht wach gewesen und hatte darüber nachgedacht, aber ihm war nichts Schlaues eingefallen. Außerdem hatte er versucht, sich über seine Gefühle für Anna klar zu werden. Er war wütend auf sich, dass er sich mit ihr und ihrem kranken, verrückten Bruder eingelassen hatte. Sie tat ihm leid und jagte ihm gleichzeitig irgendwie Angst ein. Trotzdem fühlte er sich immer noch magisch von ihr angezogen – von ihrem hübschen, altmodischen Aussehen, von ihren herausfordernden Küssen, von ihrer … Andersartigkeit.

All diese Wochen hatte er nur an sie gedacht. Und doch war sie ihm nach wie vor ein Rätsel.

Aber nicht mehr lange.

Er war dabei, dieses Geheimnis zu enthüllen. Alle Geheimnisse. Cory war entschlossen, nicht eher zu gehen, bis sie all seine Fragen beantwortet hatte.

Er klopfte laut an die Tür.

Keine Reaktion. Er wartete eine Weile.

Cory ignorierte das Hämmern in seiner Brust und den Impuls, so weit wie möglich wegzurennen, und klopfte wieder.

Stille.

Er klopfte noch einmal, energischer diesmal. Und noch einmal.

Aus dem Inneren des Hauses war kein Geräusch zu hören.

Eher verärgert als enttäuscht, wandte Cory sich ab und ging zu seinem Wagen zurück.

„Morgen."

Es war der seltsame Nachbar. Er lehnte auf Corys Motorhaube und trug wie immer seinen ausgeblichenen Regenmantel und das Basecap, obwohl es ein strahlender, sonniger Tag war. Voltaire, der große Dobermann, saß an seiner Seite. Cory fuhr erschrocken ein Stück zurück und stellte dann erleichtert fest, dass der Hund an der Leine war.

„Tagsüber sieht man dich hier nicht so oft", stellte der Mann fest und grinste Cory an. Man konnte es nicht unbedingt als freundliches Grinsen bezeichnen, aber immerhin war es der netteste Gesichtsausdruck, den er sich bis jetzt abgerungen hatte.

„Kann sein", meinte Cory ausweichend und ging langsam auf das Auto zu.

„Die sind nicht zu Hause", sagte der Mann und zeigte auf das Haus. „Sind heute Morgen ganz früh weggefahren."

„Oh", entfuhr es Cory. „Wissen Sie zufällig, wo sie hinwollten?"

Der Mann schien sich durch seine Frage beleidigt zu füh-

len. „Ich steck meine Nase doch nicht in fremde Angelegen-
heiten", entgegnete er kurz angebunden.

„Sie scheinen eine Menge über sie zu wissen."

Der Mann sah ihn nachdenklich an. „Wenn man Tür an Tür
lebt, fallen einem nun mal bestimmte Dinge auf, ob man will
oder nicht", sagte er schließlich. „Du scheinst ein anständiger
junger Mann zu sein."

Das unerwartete Kompliment verblüffte Cory. „Danke."

„Darum verstehe ich auch nicht, warum du immer wieder
auftauchst, um sie zu besuchen", fügte er demonstrativ hinzu.
Der Hund bellte. „Schon gut, Voltaire." Der Mann erhob sich
von Corys Wagen. „Wir sehen uns", sagte er und winkte ihm
zu, als seien sie alte Freunde. Dann trabte er davon, um mit
Voltaire Schritt zu halten, der heftig an der Leine zog.

„Nicht, wenn ich dich zuerst sehe", murmelte Cory leise
vor sich hin. Weder der alte Mann noch sein Dobermann
wirkten bei Tag besonders bedrohlich. Nur ein neugieriger
Zeitgenosse, der seinen Hund Tag und Nacht ausführte, um
zu sehen, was sich in der Nachbarschaft so tat.

Tja, Cory hatte jedenfalls nichts Neues erfahren. Er warf
noch einen letzten Blick auf das alte Haus und stieg dann
niedergeschlagen ins Auto. Er hatte die ganze Nacht damit
zugebracht, sich zurechtzulegen, was er sagen wollte. Und
jetzt war niemand da, bei dem er es loswerden konnte.

Er verbrachte den Nachmittag mit dem Versuch, etwas von
seinen Hausaufgaben zu erledigen, mit denen er furchtbar im
Rückstand war. Außerdem rief er jede halbe Stunde bei den
Corwins an. Aber den ganzen Tag und Abend schien niemand
zu Hause zu sein.

Am nächsten Morgen fuhr Cory nervös und schlecht gelaunt früh zur Schule und wartete am Spind auf Anna. Aber
als es klingelte, war sie immer noch nicht aufgetaucht und
wieder einmal ging er enttäuscht in seine Klasse.

Bis zum Schulschluss lief er ihr nicht über den Weg. Dann stolperte er durch Zufall vor dem Biologiesaal über sie.

Für einen Moment sah es so aus, als würde sie ihn nicht erkennen. Doch dann veränderte sich ihre Miene und sie schenkte ihm ein warmes Lächeln. „Cory. Hallo."

„Ich ... ich muss mit dir reden."

„Das geht nicht. Ich bin auf dem Weg nach Hause und ..."

Cory packte sie am Arm. Warum, wusste er selbst nicht genau. Eigentlich hatte er überhaupt keinen Plan. Er war nur fest entschlossen, sie nicht wieder entwischen zu lassen. „Nein. Du kommst jetzt mit mir. Ich muss mit dir reden. Hinterher bringe ich dich dann nach Hause."

Anna leistete keinen Widerstand. Offenbar merkte sie, dass es ihm ernst war und dass er ein Nein als Antwort nicht akzeptieren würde.

Cory führte sie schweigend zu seinem Auto. Dabei zerrte er sie hinter sich her, als wäre sie seine Gefangene. Er ließ ihre Hand keine Sekunde los, als hätte er Angst, dass sie sich sonst wieder in Luft auflösen würde. Während er zu dem großen Einkaufszentrum in der Division Street fuhr, fummelte Anna am Radio herum. Sie stellte einen Sender ein, hörte ein paar Sekunden zu und sprang dann zum nächsten.

Bei seiner Lieblingspizzeria angekommen, führte er Anna an einen Tisch im hinteren Bereich. Sie setzte sich ihm mit einem unbehaglichen Lächeln gegenüber, während ihr Blick immer wieder zum Eingang des langen, schmalen Restaurants wanderte. Um diese Zeit war es sehr ruhig. Nur ein paar Tische waren besetzt. Die meisten Leute, die nach der Schule hier aßen, waren noch nicht aufgetaucht.

Eine Kellnerin kam lustlos zu ihnen herübergeschlurft und ließ dabei eine Kaugummiblase mit lautem Knall platzen. Cory bestellte zwei Colas. Dann wandte er sich Anna zu und nahm ihre Hand. „Erzähl mir die Wahrheit über dich und

Brad", bat er mit einem tiefen Blick in ihre geheimnisvollen, undurchdringlichen blauen Augen. „Ich möchte wissen, was da läuft. Alles."

Anna schien zu spüren, dass sie diesmal keine Chance hatte, ihn abzulenken. Und als sie erst einmal angefangen hatte zu reden, sprudelte es nur so aus ihr heraus. Sie wirkte erleichtert, endlich jemanden zu haben, dem sie alles erzählen konnte.

„Letzten Monat bin ich mit meiner Mutter und Brad hierhergezogen", begann sie, den Blick auf Cory gerichtet. Sie blickte nervös zur Fensterfront der Pizzeria, bevor sie ihn wieder ansah. „Mein Vater hat uns verlassen. Er ist vor ein paar Jahren einfach verschwunden. Meiner Mutter geht es nicht gut. Sie ist sehr labil. Seit damals ist Brad das Oberhaupt der Familie.

Ungefähr vor einem Jahr", fuhr sie hastig mit ihrer leisen Stimme fort, „ist Brad etwas Schreckliches zugestoßen. Er war in ein Mädchen namens Emily verliebt. Und Emily wurde bei einem Flugzeugabsturz getötet. Es war furchtbar. Brad hat sich nie von diesem Schock erholt."

„Wie meinst du das?", fragte Cory.

„Er hat die Verbindung zur Realität verloren. Emilys Tod hat er einfach nicht verkraftet. Eine Weile hat er sich eingeredet, sie wäre noch am Leben. Wir hatten eine Schwester. Ihr Name war Willa. Sie war ein Jahr älter als ich. Wir beide sahen uns ziemlich ähnlich, aber sie war eine echte Schönheit.

Nachdem Emily gestorben war, spielte Brad sich immer mehr als Beschützer gegenüber Willa und mir auf. Er verhielt sich richtig abgedreht und fing an, Willa Emily zu nennen. Kurz darauf begann er den Leuten zu erzählen, Willa sei tot – selbst, wenn sie direkt neben ihm im Zimmer stand!

Wir wussten nicht, was wir mit ihm machen sollten. Er war

so durcheinander. Wir wollten mit ihm zum Arzt gehen, aber er wehrte sich mit Händen und Füßen."

„Hier sind eure Colas. Ich würde gerne sofort kassieren", unterbrach sie die Bedienung.

Cory zog sein Portemonnaie heraus und fand zwei Dollarnoten. Anna riss das Papier von ihrem Strohhalm ab und trank ihre Cola gierig mit einem einzigen Zug aus.

„Erzähl weiter. Bitte", drängte Cory.

„Es wird noch schlimmer", sagte sie. In jedem ihrer Augen schimmerte eine große Träne. „Sie sehen aus wie zwei tiefe blaue Seen", schoss es Cory durch den Kopf.

„Brad brachte Willa und Emily weiterhin durcheinander und behauptete steif und fest, Willa sei tot. Und dann ist es eines Tages tatsächlich passiert. Willa wurde getötet. Sie ist die Kellertreppe hinuntergefallen."

Cory gab ein mitfühlendes Stöhnen von sich. „Wie entsetzlich …"

„Brad war zu dieser Zeit zu Hause. Er behauptete, es sei ein Unfall gewesen. Willa hätte schmutzige Wäsche in den Keller bringen wollen und sei dabei gestolpert und gefallen. Doch meine Mutter und ich haben ihm das nie abgenommen. Wir hatten den Verdacht, dass Brad sie geschubst hat.

Weißt du, zuerst hat er allen Leuten erzählt, Willa wäre tot. Und dann war sie wirklich tot!

Wir hatten schreckliche Angst vor Brad, davor, was er als Nächstes tun würde. Aber wir hatten niemanden, der uns helfen konnte. Mein Dad hat uns verlassen, als wir noch ganz klein waren. Er hat sich einfach aus dem Staub gemacht. Meine Mutter war zu krank, um zu arbeiten, aber auch zu stolz, um von der staatlichen Fürsorge zu leben. Wir hatten nur Brad, der für uns sorgte. Was sollten wir also tun? Wir mussten ihm seine Geschichte abnehmen, dass Willas Tod ein Unfall war."

„Und dann seid ihr nach Shadyside gezogen?", fragte Cory.

„Nein. Noch nicht. Das alles ist im letzten Frühling passiert. Brad schien es eine Weile besser zu gehen. Aber dann wurde er wieder zusehends verwirrt. Er fing an, den Leuten zu erzählen, ich sei tot. Ich hatte solche Angst und wusste nicht, was ich tun sollte. Wollte Brad mich als Nächste umbringen?"

„Das kann nicht wahr sein", sagte Cory betroffen und bot ihr seine Cola an, da sie ihre vollständig ausgetrunken hatte.

Sie nahm einen langen Schluck. „Irgendwie brachte Mum die Stärke auf, darauf zu bestehen, dass wir umzogen. Und letzten Endes landeten wir hier in Shadyside. Wir hofften, dass die neue Umgebung Brad helfen würde, seinen Schock zu bewältigen. Aber es brachte nichts. Er erzählt nach wie vor allen Leuten, ich sei tot. Und gleichzeitig lässt er mich nicht aus den Augen. Er möchte nicht, dass ich das Haus verlasse oder eine Verabredung habe oder irgendwas. An manchen Tagen darf ich nicht mal zur Schule gehen."

„Das erklärt einiges", sagte Cory mehr zu sich selbst als zu ihr. Die bedrückenden Einzelheiten ihrer Geschichte wirbelten immer noch durch seinen Kopf. „Die Ärmste lebt in einem Albtraum", dachte er. „Ich muss einen Weg finden, ihr zu helfen. Wir müssen Brad irgendwie aus dem Haus bekommen."

Doch dann fiel ihm plötzlich etwas ein.

„Hey, warte mal!", rief er.

„Was ist?" Sie sah aus, als fürchtete sie sich vor dem, was er sagen wollte.

„Ich habe einen Zeitungsartikel aus Melrose gesehen. Darin stand, du wärst tot. Es war ein Foto dabei und alles."

„Oh." Anna wurde rot und klammerte sich mit beiden Händen an der Tischplatte fest. Sie schien fieberhaft nachzudenken. „Stimmt, jetzt fällt's mir wieder ein", sagte sie nach einer Weile, während ihre Gesichtshaut langsam wieder ihre normale Farbe annahm. „Wahrscheinlich habe ich es verdrängt. Ist das nicht furchtbar? Seinen eigenen Nachruf in der Zeitung zu sehen? Brad hat behauptet, dass der Reporter alles durcheinandergebracht hat. Aber ich glaube, dass er Willas Tod nicht ertragen konnte und ihnen deshalb erzählt hat, dass ich es gewesen sei."

Cory schüttelte ungläubig den Kopf.

„Ich habe ständig solche Angst", sagte Anna und griff nach seiner Hand. „Ich weiß gar nicht mehr, was ich denken soll. Verwechselt Brad mich mit Emily? Oder mit Willa? Hat er vor, mich auch umzubringen, seit er allen erzählt, ich sei tot? Ich habe wirklich Angst, besonders jetzt, wo meine Mutter ihre Schwester besucht. Brad und ich sind nämlich ganz allein im Haus ..."

Cory konnte sie einfach nur anstarren – ihre wunderschönen Augen, die sich jetzt mit Tränen füllten, und ihr goldenes Haar. Er wusste nicht, was er sagen sollte. Es war eine traurige und gleichzeitig beängstigende Geschichte.

Plötzlich beugte sie sich über den Tisch und küsste ihn. Zuerst ganz sanft und dann immer fester.

Abrupt hörte sie damit wieder auf und wich mit schreckensstarrem Gesicht zurück.

Cory drehte sich um, weil er sehen wollte, was sie so erschreckt hatte. Sein Blick fiel auf Brad, der vor dem großen Fenster am Eingang der Pizzeria stand. Er hatte das Gesicht an die Scheibe gepresst und seine Miene war wutverzerrt.

„Ich ... ich muss gehen", stieß Anna panisch hervor.

Sie sprang vom Tisch auf und verschwand durch die Hintertür des Restaurants.

Cory sah ihr nach und drehte sich dann wieder um. Brad klebte immer noch am Fenster und starrte Cory unverwandt an. Auf seinem Gesicht spiegelten sich Hass und unbändige Wut.

22

Sobald Cory zu Hause war, versuchte er, Lisa anzurufen, aber sie war mit ihrer Familie unterwegs. Nach dem Abendessen probierte er es bei Anna. Er ließ es zwanzigmal klingeln und zählte bei jedem Ton mit.

Als er auflegte, wirbelten ihm verstörende Bilder durch den Kopf – Brads wutverzerrtes Gesicht, Annas verängstigte Miene und ihre zarte Gestalt, die sich beim Sturz die Kellertreppe hinunter schmerzhaft verrenkte.

Er versuchte es fünf Minuten später noch einmal und kurz darauf wieder, aber immer mit dem gleichen Ergebnis, egal, wie lange er es auch klingeln ließ.

Wenn ihr nun etwas zugestoßen war? Was, wenn Brad ihr etwas angetan hatte, nachdem er sie zusammen in der Pizzeria gesehen hatte? Darüber durfte er gar nicht nachdenken.

Aber er musste etwas unternehmen. Brad hatte schon einmal getötet. Jedenfalls war Anna davon überzeugt. Wer konnte schon sagen, ob er es nicht wieder tun würde.

Als er so dagestanden hatte, das hochrote Gesicht unbeweglich gegen die Scheibe des Restaurants gepresst, mit hervortretenden Augen und den Mund vor Wut zusammengepresst, hatte er zweifellos wie jemand ausgesehen, dem ein Mord zuzutrauen war.

Cory griff zum Hörer und wählte die Nummer der Corwins, ohne auf das Zittern seiner Hand zu achten. Nach dem sechsten Klingeln nahm jemand ab.

„Ja?"

Cory erkannte die barsche Stimme. „Brad? Ich weiß, dass Anna da ist. Hol sie bitte ans Telefon."

„Anna ist nirgendwo. Anna ist tot."

Es klickte in der Leitung. Brad hatte einfach aufgelegt.

Was hatte er damit gemeint? War Anna tatsächlich tot? Hatte Brad sie gerade umgebracht?

Nein. Das war nur wieder eine von Brads kranken, verrückten Fantasien.

Oder etwa nicht?

Cory wurde klar, dass ihm keine Wahl blieb. Er zog seine Jacke an, rannte, immer zwei Stufen auf einmal nehmend, die Treppe hinunter und schnappte sich die Autoschlüssel von der Ablage im Flur. „Hey, wo willst du denn hin?", rief seine Mutter ihm hinterher.

Er murmelte eine unverständliche Antwort und zog die Haustür hinter sich zu. Ein paar Sekunden später raste er im Blindflug durch den dicken, feuchten Nebel in Richtung Fear Street, mit Annas Gesicht vor seinem inneren Auge als einzigem Wegweiser.

„Bitte sei noch am Leben", sagte er leise vor sich hin. „Bitte, bitte, bitte." Die Scheibenwischer klackten im Rhythmus seiner Worte: „Bit-te, bit-te, bit-te …"

Die Fahrt schien Stunden zu dauern. Endlich fuhr er die lange kiesbestreute Auffahrt zum Haus der Corwins hinauf und hielt mit quietschenden Bremsen. Ohne den Motor oder die Scheinwerfer auszumachen, riss er die Wagentür auf und stürmte auf die Veranda.

Er blieb vor der Haustür stehen, hob die Hand, klopfte – und hörte einen lauten Schrei.

Einen durchdringenden, wütenden Schrei.

„Er ist meinetwegen gekommen! Lass mich gehen!"

„Sie lebt!", dachte Cory erleichtert.

Ohne eine Sekunde zu zögern, stieß er die schwere hölzerne Tür auf und platzte ins Haus. Er fand sich in einem dunklen, schmalen Eingangsflur mit einer kleinen Garderobe an der Wand wieder und atmete den strengen Geruch von Mottenpulver ein. Direkt an den Flur schloss sich das Wohnzimmer an, das nur von einem kleinen flackernden Feuer im Kamin erleuchtet wurde.

„Lass mich gehen!", hörte er Anna schreien. „Er ist gekommen, um mich zu sehen! Mich!"

Mit klopfendem Herzen stürmte Cory ins Wohnzimmer. Dort waren Anna und Brad auf dem Boden vor dem Kamin in einen verzweifelten Kampf verstrickt. Sie hockte auf seiner Brust und versuchte, seine Hände von ihrer Taille wegzuzerren, damit sie aufstehen konnte. Es gelang ihr, seine Arme nach unten zu drücken, aber gleich darauf schoss Brads Hand hoch und presste sich so hart unter ihr Kinn, dass ihr Kopf nach hinten ruckte. Er rollte sich schnell unter ihr weg und versetzte ihr einen harten Stoß, der sie in Richtung Feuer taumeln ließ. Mit einem lauten Stöhnen rappelte er sich auf, bereit, wieder anzugreifen.

Cory stürzte mit ausgestreckten Armen quer durchs Zimmer, um Anna zu verteidigen, so gut er konnte.

Als er hörte, wie Cory sich näherte, fuhr Brad erschrocken herum. Aber es war schon zu spät. Cory sprang auf seinen Rücken und drosch ihm die Faust in die Seite. Beide fielen zu Boden und begannen miteinander zu ringen.

„Cory! Du bist hier!", rief Anna, die sich wieder erholt hatte und nun vom Feuer zurückwich.

Brad wirbelte herum und versuchte, einen Hieb auf Corys Zwerchfell zu landen. Aber dem gelang es auszuweichen und der Schlag ging ins Leere.

„Verschwinde von hier!", brüllte Brad. Speichel tropfte ihm übers Kinn und seine kleinen Augen funkelten vor Wut. „Du weißt ja nicht, was du tust! Wenn du Bescheid wüsstest, würdest du so schnell wie möglich verschwinden."

„Zu spät!", rief Cory. Er senkte den Kopf und rammte ihn

mit voller Wucht in Brads Brust. Der schrie auf und stolperte rückwärts.

„Hilfe, Cory! Bitte, hilf mir!", kreischte Anna aus der anderen Ecke des Zimmers. Sie hielt sich mit beiden Händen die Ohren zu, als wollte sie sich gegen ohrenbetäubenden Lärm schützen.

Doch Cory und Brad rangen jetzt stumm miteinander.

Brad war eher schlaff und nicht besonders kräftig, aber er war größer als Cory und schien mehr Erfahrung im Kämpfen zu haben. Er wirbelte Cory herum und stieß ihn unsanft gegen die Wand.

Wie betäubt ließ sich Cory auf alle viere fallen und versuchte, die Benommenheit abzuschütteln. Doch Brad sprang sofort auf seinen Rücken und zerrte seinen Kopf in den Nacken.

„Mein Hals! Du wirst mir das Genick brechen!", schrie Cory auf.

Doch seine Schreie führten nur dazu, dass Brad noch fester zog.

„Hilf mir, Cory! Hilf mir doch!", kreischte Anna weiter vor sich hin, während sie sich in die Zimmerecke presste.

Seinen Kopf immer noch nach hinten zerrend, hievte Brad Cory auf die Füße. Cory kämpfte verzweifelt darum, Luft zu bekommen. Er merkte, dass er kurz davor war, ohnmächtig zu werden. Der heftige Schmerz machte es ihm unmöglich, sich zu bewegen oder einen klaren Gedanken zu fassen.

Irgendwie schaffte er es, sich eine Vase von dem Tischchen neben der Couch zu schnappen. Sie war schwer und glitt ihm fast aus der Hand. Aber er nahm all seine Kraft zusammen und schaffte es, sie mit voller Wucht auf Brads Kopf knallen zu lassen.

Brad kniff vor Schmerz die Augen zusammen und stieß einen kurzen Schrei aus, der verebbte, als er zu Boden ging.

Cory schnappte nach Luft und trat keuchend einen Schritt zurück. Er wappnete sich für Brads nächste Attacke. Doch die kam nicht, denn Brad fiel wie ein nasser Sack in sich zusammen und rührte sich nicht mehr. Er war bewusstlos.

Bevor Cory sein Gleichgewicht wiedergefunden hatte, hatte Anna sich schon auf ihn gestürzt. Sie umschlang ihn mit ihren Armen, warf ihn dabei beinahe um und presste ihr Gesicht an seine Schulter. „Danke", flüsterte sie. „Danke, danke! Ich wusste, dass du kommen würdest. Ich wusste es einfach."

Corys Herz klopfte so stark, dass er fürchtete, es würde gleich explodieren. Seine Brust hob und senkte sich krampfhaft, als er versuchte, wieder zu Atem zu kommen. Seine Muskeln schmerzten von der Anstrengung des Kampfs und ihm wurde ein bisschen übel.

„Wir ... wir müssen die Polizei rufen", stieß Cory hervor und versuchte, sich aus ihrem Griff zu befreien, damit er sich erst einmal beruhigen und wieder zu Atem kommen konnte.

„Danke, dass du mich gerettet hast. Danke." Ihr Atem strich heiß über seine Wange.

Cory blickte auf Brad hinunter, der immer noch bewusstlos auf dem Teppich lag. „Anna, bitte. Wir müssen uns beeilen. Brad wird nicht lange weggetreten sein", drängte Cory, aber er war sich nicht sicher, ob seine Worte zu ihr durchdrangen.

„Wir müssen dich von hier wegbringen, damit du in Sicherheit vor ihm bist."

„Ja", flüsterte sie. „Ja." Sie nahm seine Hände und zog ihn zur Treppe im Flur. „Komm mit, Cory. Endlich sind wir ganz für uns. Er kann uns nicht stören." Sie küsste seine Wange, seine Stirn und sah ihn mit einem teuflischen Blick an. „Komm mit hoch in mein Zimmer, Cory. Brad wird uns in Ruhe lassen."

„Nein. Anna, bitte. Wir müssen die Polizei rufen", beharrte er. Ihre Augen wirkten wild und irgendwie irreal – wie große blaue Knöpfe. Ihr Gesicht schien vor Aufregung zu glühen. „Anna, Brad wird bald wieder aufwachen. Wir können nicht ...“

Sie zog ihn hinter sich her, die knarrende, schiefe Treppe hinauf. „Das müssen wir feiern, Cory. Du und ich. Komm.“ Ein einladendes, sexy Lächeln umspielte ihre Lippen. Ihre Augen wurden noch größer, noch undurchdringlicher.

Cory gab nach. Er merkte, dass er ihr nicht widerstehen konnte. Er begann, ihr die Treppe hinauf zu folgen.

„Ich möchte dir etwas zeigen, Cory“, sagte sie, als sie den Treppenabsatz erreicht hatten.

„Was denn, Anna?“

„Das hier“, sagte sie. Ihr Lächeln war plötzlich wie weggewischt. Sie kniff die Augen zusammen und griff nach etwas, das auf einem Tischchen in dem schmalen Flur lag.

Was war das?

Cory hatte Schwierigkeiten, es in der schwachen Flurbeleuchtung zu erkennen.

Jetzt hielt Anna den Gegenstand hoch. Es war ein silberner Brieföffner, der die Form eines Dolchs hatte. Und seinem Aussehen nach zu urteilen, war er auch genauso scharf.

„Anna ...“ Cory spürte, wie Panik in seiner Brust aufstieg. Seine Muskeln verkrampften sich.

„Der hier wird sich um Brad kümmern“, sagte sie und schwang ihn zur Probe durch die Luft.

„Nein!“, schrie Cory. „Das lasse ich nicht zu!“

„Mir stellt sich niemand in den Weg“, entgegnete sie ruhig. „Nicht einmal du.“

Anna hob den Brieföffner hoch über ihren Kopf und bewegte sich drohend auf ihn zu. In dem schwachen, schattenhaften Licht wirkte ihr Gesicht mit einem Mal hart, Furcht einflößend und von Hass verzerrt.

„Leg das weg!", rief Cory und wich verstört zurück. Was war hier eigentlich los? Hatte er sie nicht gerade gerettet? Hatte sie nicht eben noch in seinen Armen gelegen, ihm gedankt und ihn in ihr Zimmer schleppen wollen? „Anna, was machst du denn da? Hör auf! Wir müssen die Polizei rufen!"

Ihre Augen waren jetzt klar und eiskalt. Sie antwortete nicht und schien ihn überhaupt nicht zu hören. Mit voller Wucht ließ sie den Brieföffner nach unten sausen, um ihn in seine Brust zu stechen.

Cory sprang im letzten Moment zur Seite und die Klinge verfehlte ihn nur knapp.

Anna stürzte sich mit der Waffe in der Hand erneut auf ihn. Er wich mit erhobenen Händen ein Stück zurück, um sie abzuwehren. „Anna, was tust du denn da? Anna, bitte – hör mir doch zu!"

Plötzlich merkte er, dass er mit dem Rücken vor einem offenen Fenster stand. Ihm blieb kein Platz mehr, um auszuweichen.

Anna bewegte sich schnell auf ihn zu, die silberne Klinge vor sich ausgestreckt.

Cory versuchte, sich zur Seite wegzuducken.

In diesem Moment stieß sie zu.

Er verlor das Gleichgewicht und fiel nach hinten – aus dem offenen Fenster.

23

Es kam ihm vor, als würde alles in Zeitlupe ablaufen. Zuerst spürte Cory, wie er den Boden unter den Füßen verlor. Dann sah er den schwarzen Himmel und spürte den Schock, als ihm die kalte Nachtluft ins Gesicht schlug.

Er fiel – rückwärts und mit dem Kopf voran.

Instinktiv winkelte er seine Beine an und hakte sich damit ans Fensterbrett. Immerhin war er Turner. Er besaß einige Fähigkeiten. Er musste sie nur nutzen.

Er musste sie nutzen. Oder sterben.

Seine Kniekehlen knallten schmerzhaft gegen das Fenstersims, dennoch klammerte er sich mit seinen Beinen eisern daran fest. Dann schwang er sich mithilfe seiner Bauchmuskeln, die er sich über die Jahre antrainiert hatte, hoch und ließ sich zurück in den Flur gleiten.

Anna hatte sich nicht bewegt. Sie stand wie erstarrt da, hielt den Brieföffner vor sich ausgestreckt und schaute mit leerem Blick auf das Fenster.

Cory machte einen Vorwärtssalto durch den engen Flur und kickte ihr die Waffe aus der Hand.

Anna kreischte auf und schien aus ihrer Schockstarre zu erwachen. Cory landete auf beiden Füßen und musterte sie. Ihr Gesicht, das völlig ausdruckslos gewesen war, als sie zum Fenster geblickt hatte, verfinsterte sich jetzt vor Wut. Mit einem verzweifelten Schrei, der dem Angriffssignal eines wilden Tieres glich, stürzte sie sich auf ihn.

Blitzschnell wich er zur Seite aus und packte sie, als sie an ihm vorbeischoss. Er wirbelte sie herum und drehte ihr die Arme auf den Rücken.

„Lass mich los! Lass mich los!", schrie sie. Aber sie war leicht und schwach und keine ernst zu nehmende Gegnerin für ihn.

Cory hielt ihre Arme hinter dem Rücken fest und drängte sie zurück zur Treppe. Sie wehrte sich mit aller Kraft, zappelte kreischend in seinem Griff und verfluchte ihn lauthals.

Er wollte sie gerade die Stufen hinunterbugsieren, als er ein Geräusch hörte. Ein Blick nach unten zeigte ihm zu seinem Entsetzen, dass Brad wieder bei Bewusstsein war.

Und ihm jetzt entgegenkam.

Cory saß in der Falle.

24

„Geh weg, Brad! Bleib mir vom Hals!", hörte Cory sich rufen.

Er merkte selbst, wie lächerlich das klang.

„Ich habe dich gewarnt!", rief Brad mit schwacher Stimme zu ihm hoch. Er war jetzt schon auf halber Höhe der Treppe.

Anna kämpfte wie wild, um sich zu befreien, aber Cory hielt sie unerbittlich fest. Er warf einen schnellen Blick zum offenen Fenster. Für einen kurzen Moment überlegte er, Anna einfach loszulassen oder sie gegen Brad zu schubsen und dann aus dem Fenster zu springen.

„Ich habe versucht, dir Angst einzujagen, um dich zu vertreiben", sagte Brad und kam ihm langsam Stufe für Stufe entgegen. „Ich wollte dich so erschrecken, dass du dich nicht mit ihr einlässt."

„Hau ab, Brad!", schrie Anna.

Aber er kam noch einen Schritt näher. Anna verstärkte ihre Anstrengungen und Cory packte sie fester.

„Ich wollte, dass du vor ihr sicher bist", sagte Brad.

„Halt die Klappe, Brad! Sonst bringe ich dich auch noch um!", kreischte Anna.

Mit einer letzten verzweifelten Anstrengung befreite sie sich aus Corys Griff und stürzte sich auf den Brieföffner. Doch Cory fing sie sofort wieder ein und zerrte sie zurück.

Brad ließ sich auf die oberste Stufe sinken und rieb sich den Hinterkopf. Cory erkannte plötzlich, dass er offenbar gar nicht die Absicht hatte, mit ihm zu kämpfen.

„Möchtest du die ganze Geschichte wissen?", fragte er Cory. „Aber ich warne dich, es wird dir nicht gefallen."

„Halt den Mund, Brad!", schrie Anna ihn an.

„Ich habe dir die ganze Zeit die Wahrheit gesagt. Anna ist tot."

„Sei verdammt noch mal still, Brad!"

„Das hier ist nicht Anna, sondern Willa. Annas Schwester."

Cory war so verblüfft, dass er sie beinahe losgelassen hätte.

„Als Anna die Treppe hinuntergefallen und gestorben ist, hatten Mum und ich die Befürchtung, dass es kein Unfall war, sondern dass Willa sie gestoßen hat", fuhr Brad fort und rieb sich über die Beule. „Sie war schon immer wahnsinnig eifersüchtig auf ihre Schwester. Anna hatte alles. Anna war schön und sie hatte eine Million Freunde. Sie bekam ständig die besten Noten, ohne viel dafür tun zu müssen. Willa konnte da in keiner Hinsicht mithalten – und Anna rieb es ihr auch noch ständig unter die Nase."

„Hör jetzt endlich auf, Brad! Ich mein's ernst …"

„Aber ich konnte nicht beweisen, dass Willa Anna getötet hatte. Und meiner Mutter geht es nicht gut. Ich wusste, dass sie es nicht überleben würde, beide Töchter zu verlieren. Also habe ich nie etwas wegen Willa unternommen."

„Nach Annas sogenanntem Unfall schien Willa wieder ganz normal zu sein", fuhr Brad mit leiser, zittriger Stimme fort. So leise, dass Cory Mühe hatte, ihn zu verstehen. „Aber ich hatte immer ein Auge auf sie. Dann sind wir hierhergezogen. Ich hatte gehofft, dass die neue Umgebung uns allen helfen würde, über die Tragödie mit Anna hinwegzukommen. Aber das war dumm von mir."

„Halt endlich den Mund, Brad! Ja, du bist dumm. Das bist du schon immer gewesen!", kreischte Willa, die nach wie vor versuchte, sich aus Corys Griff zu winden.

„Wie ich schon sagte, als wir hierherzogen, schien es Willa

zunächst gut zu gehen", erzählte Brad weiter, ohne auf den Ausbruch seiner Schwester zu reagieren. „Zumindest zu Hause verhielt sie sich völlig normal. Aber als du vorbeikamst und nach Anna fragtest, wurde mir klar, was Willa tat. Mir fiel auf, dass sie anfing, sich wie Anna zu kleiden und wie sie zu reden. Ich habe versucht, dich in die Flucht zu schlagen, Cory. Ich habe mein Möglichstes getan, damit du dich nicht mit ihr einlässt. Dann fand ich heraus, dass sie sich in der Schule Anna nannte und versuchte, ihre Identität anzunehmen."

„Ich werde dich töten!", kreischte Willa wieder los, den Blick unverwandt auf den Brieföffner gerichtet.

„Ich weiß, ich hätte dafür sorgen müssen, dass Willa professionelle Hilfe bekommt", sagte Brad niedergeschlagen. „Aber wir konnten es uns einfach nicht leisten. Ich hätte etwas für Willa tun müssen. Irgendetwas."

„Dich werde ich auch töten!", schrie Willa aus voller Kehle. „Ich werde euch beide töten!"

„Ich weiß, dass sie bei dir angerufen und deine Freundin bedroht hat. Sie hat dich hinters Licht geführt, dich gezwungen, sich mit ihr zu treffen, und dich langsam in ihr Netz gezogen. Wahrscheinlich kann sie nicht mal etwas dafür."

„Moment mal", unterbrach Cory ihn. „Eins gefällt mir an deiner Geschichte nicht, Brad. Was ist mit dem Abend nach der Disco? Es war doch nicht Anna – ich meine, Willa –, die Lisa die Treppe hinuntergestoßen hat. Das warst du."

„Ich habe dir doch gesagt, dass das ein Irrtum war", erwiderte Brad hitzig. „Weißt du nicht mehr, im Musikraum? Ich bin Willa zur Disco gefolgt, weil ich mir schon gedacht habe, dass sie dir irgendwie Ärger machen will. Deswegen hatte ich vor, sie aufzuhalten, und habe in der Halle auf sie gewartet. Es war dunkel und ich konnte nicht viel erkennen. Ich dachte, es wäre Willa, die an mir vorbeigehuscht ist, und habe nach ihr gegriffen. Ich wollte sie nicht stoßen, aber sie ist die Treppe hinuntergefallen. Erst als sie unten lag, habe ich gemerkt, dass es das falsche Mädchen war. Ich wollte mich vergewissern, dass sie nicht schwer verletzt war. Aber als dann die Leute kamen, habe ich Panik bekommen und mich versteckt. Ich wusste nicht, was ich tun sollte, und hatte ein furchtbar schlechtes Gewissen wegen der Sache. Dabei wollte ich dich doch bloß vor Willa beschützen."

„Anna ist zur Disco gegangen, nicht Willa. Willa ist tot!", mischte Willa sich ein. „Hör auf, mich immer so zu nennen. Ich bin nicht Willa. Ich bin Anna! Anna! Anna!", schrie sie aus voller Kehle.

Brad stand auf und streckte die Arme aus und Cory schob Willa zu ihm hinüber. Erschöpft sank sie gegen ihren Bruder.

„Ruf die Polizei", sagte Brad zu Cory. „Wir müssen dafür sorgen, dass sie Hilfe bekommt."

25

„Hey, Cory, du hast schon den halben Schokoladenkuchen verdrückt!"

„Keine Angst, ich lass dir ein Stück übrig." Er schnitt sich eine weitere übergroße Portion ab und schob sie sich auf den Teller. Seitdem er das Haus der Corwins verlassen hatte, starb er beinahe vor Hunger.

Lisa setzte sich dicht neben ihn auf die Ledercouch und sah ihm beim Essen zu. „Und das ist die ganze Geschichte?", fragte sie.

Er schluckte einen Mundvoll Zuckerguss hinunter. „Ja, das ist alles", erwiderte er. Ihm war plötzlich der Appetit vergangen.

„Also hatte ich recht, mit der toten Katze und den Anrufen. Das war alles Anna."

„Nein. Willa", verbesserte er sie. „Aber stimmt, du lagst von Anfang an richtig." Cory runzelte die Stirn und stellte den Teller auf dem Couchtisch ab. „Wieder mal eine Horrorstory von den Leuten aus der Fear Street", sagte er mit bitterer Stimme. Ihm war ganz wacklig und zitterig zumute und er fühlte sich, als müsste er gleich anfangen zu schreien – oder zu weinen. Benommen starrte er die Wand an und versuchte, sich zusammenzureißen. So viele Gefühle stürzten gleichzeitig auf ihn ein, dass er völlig überfordert war.

Lisa legte ihm sanft die Hand auf die Schulter. „Wenn es um die Auswahl deiner Freundinnen geht, solltest du nächstes Mal lieber ein bisschen vorsichtiger sein", sagte sie.

Cory seufzte. „Stimmt. Vielleicht solltest du sie in Zukunft für mich aussuchen."

Ihre Hand wanderte hoch zu seinem Gesicht. Mit dem Handrücken strich sie ihm zart über die Wange. „Vielleicht sollte ich das wirklich", erwiderte sie leise.

Er drehte sich um und sah sie an. „Hast du da vielleicht schon eine im Auge?"

Ihre Gesichter waren nur noch Zentimeter voneinander entfernt. Lisa beugte sich ein wenig vor, um das letzte Stückchen zu überbrücken. Und dann gab sie ihm einen langen, süßen Kuss.

„Könnte sein …", sagte sie.

Über den Autor

„Woher nehmen Sie Ihre Ideen?"
Diese Frage bekommt R.L.Stine besonders oft
zu hören. „Ich weiß nicht, wo meine Ideen herkommen",
sagt der Erfinder der Reihen *Fear Street*
und *Fear Street Geisterstunde*. „Aber ich weiß,
dass ich noch viel mehr unheimliche Geschichten im Kopf
habe, und ich kann es kaum erwarten,
sie niederzuschreiben."
Bisher hat er mehrere Hundert Kriminalromane
und Thriller für Jugendliche geschrieben, die
in den USA alle Bestseller sind.
R.L.Stine wuchs in Columbo, Ohio, auf.
Heute lebt er mit seiner Frau Jane und seinem Sohn Matt
unweit des Central Parks in New York.

FEAR STREET

Noch mehr Spannung mit den Hardcovertiteln

ISBN 978-3-7855-7086-9   ISBN 978-3-7855-7560-4   ISBN 978-3-7855-7592-5

- Der Aufreißer
- Der Augenzeuge
- Blutiger Kuss
- Blutiges Casting
- Eifersucht
- Eingeschlossen
- Eiskalte Erpressung
- Eiskalter Hass
- Die Falle
- Falsch verbunden
- Das Geständnis
- Jagdfieber

- Die Mitbewohnerin
- Mörderische Gier
- Mörderische Krallen
- Mörderische Verabredung
- Mordnacht
- Die Mutprobe
- Ohne jede Spur
- Racheengel
- Rachsüchtig
- Schuldig
- Das Skalpell
- Teufelskreis

- Teuflische Freundin
- Teuflische Schönheit
- Die Todesklippe
- Das Todeslos
- Die Todesparty
- Tödliche Botschaft
- Tödliche Liebschaften
- Tödliche Lüge
- Tödlicher Beweis
- Tödlicher Tratsch
- Im Visier